FRIESENGURU

Olaf Büttner, geboren in Wilhelmshaven, wurde nach unruhigen Jahren schließlich doch noch Schriftsteller und Sozialpädagoge. Heute lebt er ganz in der Nähe seines Geburtsortes an der Küste und arbeitet neben dem Schreiben mit Jugendlichen und jungen Erwachsenen.
www.olafbüttner.de
www.facebook.com/olafbuettner

OLAF BÜTTNER

FRIESENGURU

Küsten Krimi

emons:

Bibliografische Information der Deutschen Nationalbibliothek
Die Deutsche Nationalbibliothek verzeichnet diese Publikation in der Deutschen Nationalbibliografie; detaillierte bibliografische Daten sind im Internet über http://dnb.d-nb.de abrufbar.

MIX
Papier aus verantwortungsvollen Quellen
FSC® C083411

Umschlagmotiv: mauritius images/Ingo Boelter
Umschlaggestaltung: Franziska Emons-Hausen, nach einem Konzept von Leonardo Magrelli und Nina Schäfer
Umsetzung: Tobias Doetsch
Gestaltung Innenteil: César Satz & Grafik GmbH, Köln
Lektorat: Lothar Strüh
Druck und Bindung: CPI – Clausen & Bosse, Leck
Printed in Germany 2018
ISBN 978-3-7408-0283-7
Küsten Krimi
Originalausgabe

Dieser Roman wurde vermittelt durch die Agentur Brauer, München.

1

Ich wimmelte sie zum dritten Mal ab. Entschlossen, kühl, präzise, jedoch charmant wie immer. Typisch ich, typisch Reent Reents. Seit Tagen belästigte sie mich mit ihrem Auftragswunsch. Aber ich wusste mich abzugrenzen. Religiöse Fragen waren nicht mein Metier. Diesmal behauptete sie sogar, sich auf dem Weg zu mir zu befinden, weshalb ich kurzerhand die Türklingel abstellte.

Es war an jenem heißen Tag des letzten Indian Summers, der mich mit einem Glas feinstem Bourbon in einer schattigen Ecke meines Balkons wiederfand. Innerlich wie stets hellwach, döste ich vor mich hin. Der Blick auf den Wilhelmshavener Großen Hafen mit dem vor mir liegenden Bontekai war eine phantastische Sache. Die von mir lässig auf dem Balkongitter abgelegten Füße machten einen entspannten Eindruck auf mich.

Meine Hauptbeschäftigung dieser Tage bestand darin, mich von den Strapazen meiner polnischen Abenteuer (nachlesbar in »Friesenschwindel«) zu erholen, gelegentlich im Kummer über das Schicksal meiner geliebten Nachbarin Marietta Weinzierl (Gefängnisaufenthalt) zu versinken sowie die Glücksgefühle meiner triumphalen Rückkehr in mich aufzusaugen wie ein trockener Schwamm.

Jene Frau am Telefon, die mich in meiner Eigenschaft als frischgebackener Erfolgsdetektiv so flehentlich um Hilfe anwinselte, vermisste ihre dreiundzwanzigjährige Tochter Saskia, die sie Sassi nannte. Sie selbst hieß Susi, Susi Schöpski. Ihr Winseln erinnerte mich an das Winseln des Jack Russell Terriers Ricky, das er anstimmte, wenn ich abends vergessen hatte, am Bontekai eine letzte Runde mit ihm zu drehen. Der schneeweiße Hund Mariettas befand sich weiterhin in meiner Obhut.

Susi Schöpskis Aussage zufolge war Saskia Schöpski alias Sassi in die Hände eines Gurus geraten. Ich hatte keine Ahnung, was sie darunter verstand. Einen weißhaarigen Inder mit langem Bart und verschmitztem Lächeln? Einen coolen Geschäftsmann in schniekem Anzug, der andere durch philosophisches Gequatsche über den Tisch und dann das Geld aus der Tasche zog? Oder möglicherweise eine Mischung aus beidem? Aber nicht mal die Antworten auf diese Fragen interessierten mich.

Susi S. sah sich außerstande, besagte Tochter selbst aus den Fängen jenes Mannes zu befreien. Ihren Gatten Alwin ebenfalls. Sie hielt ihn für eine Flachpfeife.

Ich persönlich sah die einzige Chance für ihre Tochter in deren Selbstrettung, was ich Susi auch unverblümt mitteilte. Können ist vor allem eine Frage des Wollens. In präzisen Worten erläuterte ich der hartnäckigen Frau meine Theorie. Ich hatte nicht das Gefühl, dass sie mir zuhörte.

»Sie ist dem Kerl komplett verfallen!«, unterbrach mich die besorgte Mutter nach sieben Minuten. »Sie braucht Hilfe! Ihre Hilfe, Herr Reents. Sonst ist sie verloren! Bitte!«

Die Frau war außer sich. Ihre Stimme klang so melodisch wie in einen Blecheimer tropfender Regen. Ihre hohe Meinung zu meiner Person gefiel mir jedoch. Gleichzeitig dachte ich, dass sie mir viel erzählen konnte. Zum Beispiel, dass die angebliche Sekte, die der angebliche Guru anführte, »Ebbe und Flut« hieß. Beim Googeln bekam ich außer dem Standort Tettens (Dorf im friesischen Wangerland, Anm. des Autors), einer Telefonnummer und der Bezeichnung »Spirituelle Gemeinschaft« nichts heraus. Die Website der Gruppe befand sich im Aufbau.

Meine Alarmglocken schrillten. Ich wollte und wollte nichts mit dem Fall zu tun haben. Frau Schöpski musste sich schließlich meinem erstarkten Selbstbewusstsein beugen. Ihr übertriebener Hilferuf versickerte wie ein verlorener Priel im Watt. Als ich auflegte, hatte sie den gewünschten Konsultationstermin in meiner »Haven-Detektei effektiv!« nicht erhalten.

Ich fragte mich, wie die Lady wohl aussah, und hoffte, nichts verpasst zu haben. Am Ende unseres Gesprächs kündigte sie an, die Sache nunmehr selbst in die Hand zu nehmen. Notfalls zusammen mit dem Hund ihrer Tochter, der ebenfalls Jack Russel war.

Durch den spektakulären Erfolg in meinem ersten Fall hatte

ich mir eine Position erarbeitet, die es mir ermöglichte, auch ideell nicht mehr jeden Auftrag annehmen zu müssen. Finanziell hatte ich dies durch meinen Lottogewinn in Höhe von siebzehn Millionen Euro noch nie nötig gehabt. Kenner meiner steil aufschießenden Karriere wissen Bescheid.

Ich wollte den lieben Gott noch eine Weile einen guten Mann sein lassen. Hatte nicht vor, mich mit frommen Wünschen aufzuhalten. Plante nicht, Stoßgebete zum Himmel zu senden. Was sollte ich da mit einem religiösen Fall? Ich wollte mein beneidenswertes Dasein genießen, was das Zeug hielt. Das Leben war kurz.

In den vergangenen Wochen hatten nicht nur die Wilhelmshavener Zeitung, das Jeversche Wochenblatt, die Nordwest-Zeitung, Radio Jade, der Friesische Rundfunk und Radio Nordseewelle ausführlichst über meine polnischen Abenteuer berichtet. Auch überregionale Medien hatten sich an dieser Kampagne zur Stärkung meines detektivischen Images in so großer Zahl beteiligt, dass ich eine Aufzählung vermeide.

Doch hatte ich kein Interesse daran, mich im bequemen Strandkorb des Erfolgs zurückzulehnen. Wollte mich nicht vom Licht der Anerkennung in diesem bräunen lassen wie der verhätschelte Nordseetourist. Das führte nur zu seelischem Sonnenbrand.

Mein Sinnen und Handeln war in die Zukunft gerichtet. Den Blick geradeaus wie einen Feldstecher in die sommerlich blühenden Rapsfelder der friesischen Tiefebene.

Seit geraumer Zeit verfügte ich über eine innere Stimme. Diese verfolgte mich wie ein Schatten an der Wand. Sie nervte häufig, so auch jetzt. In schnodderigem Tonfall wies sie mich darauf hin, dass sie es für unangebracht hielt, die Füße hochzulegen.

Marlowe wäre nicht Marlowe geworden, hätte er nach jedem Fall die Füße auf dem Tisch dauergeparkt und sich ein Glas nach dem anderen genehmigt.

Meine innere Stimme kannte mich gut. Sie wusste, wer mein großes Vorbild war, und warf es mir hin wie einen Wattwurmköder. Philip Marlowe war nicht nur mein Idol, der berühmte

Detektiv der Chandler-Romane hatte mich auch bei der Aufklärung meines ersten Falles innerlich begleitet. Selbst in heikelsten Situationen hatte er mich angespornt, meine gediegene Coolness zu wahren.

Gleichzeitig hatte meine innere Stimme keine Ahnung von mir. Ein Mann wie ich, aus jenem feinen, aber robusten Holz geschnitzt wie alle Friesen, ähnelnd einem Stück Treibholz vom Schilliger Strand, ein solcher Mann läuft niemals Gefahr, die Schuhe auf Dauerruhemodus zu stellen oder dem Suff zu verfallen.

Einer wie ich trinkt ein, zwei gute Gläser, um noch klarer denken zu können. Er legt die Füße überhaupt nur hoch, um danach noch entschlossener auf dem Boden der Tatsachen zu stehen.

Der Hund, der mir noch immer an den Hacken klebte wie die Fliege am toten Hering, lag mir zu Füßen. Er blinzelte mich von unten an, als handele es sich bei ihm um ein demütiges Geschöpf, was mich spöttisch lächeln ließ.

Bei dem Gedanken, dass ich den weißen Winzling einst für meine innere Stimme gehalten hatte, grinste ich schieflippig. Er war Jack Russell Terrier durch und durch. Infolgedessen konnte er nicht reden. Dass er der Hund meiner attraktiven Nachbarin Marietta war, der mein Herz gehörte, stellte den einzigen Grund seiner Anwesenheit dar.

Aufgrund der Umstände, die zu erklären zu kompliziert wäre, war Marietta räumlich an ihre Bleibe in Vechta gebunden. Dass sie innerhalb der kommenden Jahre erneut meine Nachbarin werden würde, war aufgrund der umfangreichen Anklagepunkte auszuschließen.

Den Hund und mich verband außer unserem polnischen Abenteuer vor allem, dass wir beide Marietta vermissten wie Hölle. Während ich jedoch warten konnte, lief das Tier Gefahr, ihre Rückkehr nicht mehr zu erleben. Hunde werden nicht so alt.

Ich hätte große Lust gehabt, meine innere Stimme für immer zum Schweigen zu bringen. In der Vergangenheit hatte ich

Versuche unternommen, ihr mit Hilfe des Psychologen Klaus Maria Deuter den Garaus zu machen. Diese waren jedoch aufgrund deprimierender Unfähigkeit des Therapeuten gescheitert. Eine Neuauflage unserer fruchtlosen Gespräche war nicht nur unerwünscht, sondern unmöglich. Deuter befand sich aufgrund eines fetten Burn-outs mittlerweile selbst in psychiatrischer Behandlung, wie die Wilhelmshavener Gerüchteküche verkündete, welche wie stets blühte.

Mit meiner inneren Stimme schloss ich einen Kompromiss und rief bei der Glaubensgemeinschaft »Ebbe und Flut« an. Ein paar Infos einzuholen konnte schließlich nicht schaden.

»Ja, hallo, hier spricht Reent Reents.«

»Guten Tag«, säuselte eine freundliche weibliche Stimme. Sie klang mehr nach Telefonsex als nach spirituellem Hintergrund. »Was kann ich für Sie tun?«

Versehentlich fügte ich hinzu: »Der Haven-Detektiv. Ich hätte da mal ein paar Fragen …«

Sonst geht's noch?, zischte meine innere Stimme.

Mir fiel auf, dass ich einen Fehler gemacht hatte, und warf das Telefon auf den Tisch, als hätte ich mich daran verbrannt.

Dass ich Deuter vermisste, befremdete mich. Der Therapeut war für mich ein No-Go. Der aufkeimende Wunsch, ihn trotz seiner Erkrankung zu konsultieren, ging gar nicht.

Vielleicht hat er Ahnung von diesem Sektenkram?

»Wieso sollte er?«

Abgelenkt wurde ich durch eine Frau in leuchtend grünem Sommerkleid. Sie hatte langes rotblondes Haar und flanierte den Bontekai am Wasser entlang. Bereits auf die Entfernung raubte ihr Anblick mir den Atem. Mehrere Sekunden lang glaubte ich, dass es Marietta war. Dann jedoch wurde mir klar, dass ich einer optischen Täuschung erlegen sein musste.

2

Bis wir da unten sind, meinte meine innere Stimme neunmalklug, *ist die doch längst weg.* Ich war auf meinem Balkon in Aufbruchsvorbereitungen verstrickt. *Außerdem war das nie im Leben Ricks Frauchen. Das würde er wittern.*

Hinter der dick aufgetragenen Coolness der Stimme spürte ich auch ihre Nervosität. Noch während ich sie aufforderte, die Klappe zu halten, erblühte in mir die Erkenntnis, dass sie möglicherweise gar nicht mal so falschlag:

Wir würden definitiv zu spät unten ankommen, und auch ich ging davon aus, dass der Hund eine andere Reaktion gezeigt hätte als Gähnen bis zum Kieferknacken.

Trotzdem war es mir unmöglich, weiterhin Bourbon schlürfend in vergangenen Triumphen zu schwelgen wie die Seehunde im herbstlichen Horumersieler Hafenbecken. Ich schnappte mir die beim Hooksieler Hundecoach Ubbo Dose teuer erworbene ausfahrbare Leine. Einen Freundschaftspreis hatte der Kerl mir verweigert. Ich bedeutete dem Tier, mir locker zu folgen. Anleinen würde ich es dann nach Überquerung der verrosteten, unkrautüberwucherten Bahngleise. Die kleine Hecke dahinter ließ sich bequem übersteigen. Der Terrier nahm sie in einem Satz. Das grünbraune Wasser am Bontekai plätscherte in schwerer Nachmittagssonne dumpf vor sich hin.

Dass meine Instinkte bestens funktionierten, war mir an einem vorausgegangenen Ereignis bewusst geworden, das ich kurz schildern möchte:

Entgegen meiner Gewohnheit hatte ich mich entschlossen, den Fahrstuhl zu benutzen. Diesem unten entstiegen, sah ich gerade noch einen Mann mit eiligen Schritten die Treppe hinauf verschwinden. Er hatte halblanges grau durchsetztes Haar und trug etwas Helles, irgendwie Flatteriges. Mehr konnte ich nicht erkennen. Auch der Hund blickte ihm hinterher. Er kläffte einmal kurz und nachlässig. Mir war sofort klar, dass der Kerl keine

Zufallsbegegnung darstellte. Meiner Eingebung nach befand er sich auf dem Weg zur Haven-Detektei.

Intuitiv ahnte ich einen Zusammenhang mit Susi Schöpskis Guru-Geschichte. Trotzdem weigerte ich mich, dem Kerl weitere Beachtung zu schenken. Die Frau vom Bontekai schien mir wichtiger. Unauffällig wie Sand im Wind stahl ich mich davon.

Der will garantiert zu dir, klugscheißerte die Stimme. *Ich würde mich da mal lieber drum kümmern, statt fremden Frauen hinterherzurennen. Es riecht nach brisantem Fall.*

Ich überhörte sie. Was, wenn die Frau am Kai doch Marietta war? Entlassen wegen guter Führung. Oder ausgebrochen. Von nostalgischen Gefühlen überwältigt, betrat ich den sonnenüberfluteten Platz vor dem Haus. Der Hund folgte mir schwanzwedelnd. In diesen Augenblicken empfand ich ihn als treuen Kameraden und spürte, dass er Ähnliches für mich empfand.

Noch ahnte ich nichts von dem Ereignis-Sog, in den ich in Kürze geraten sollte. Die bisherige Ruhe war nichts als die Ruhe vor dem Sturm. Eine Floskel, die mit großer Wahrscheinlichkeit unserer sturmflutgeplagten Küstenregion entsprang. Denn es ist der ewige Kampf unzähliger Friesen-Generationen gegen die Urgewalt von Sturm und Meer, der uns Küstenbewohner zu jenem widerstandsfähigen und robusten, jedoch herzlichen, allen Wettern trotzenden sowie mit allen Wassern gewaschenen, durch keinerlei Woge zu brechenden Menschenschlag geformt hat, den wir bis heute in stoischer Ruhe verkörpern.

Am Bontekai startete ich Richtung Kaiser-Wilhelm-Brücke. Die riesige Drehbrücke stellt das Symbol meiner Heimatstadt Wilhelmshaven dar, in der ich seit meiner Geburt fest verankert bin. In ein paar Hundert Metern Entfernung erblickte ich das leuchtend grüne Sommerkleid, welches ich bereits vom Balkon aus gesehen hatte. Vielleicht hatte Marietta Freigang.

Mein Weg führte vorbei am ehemaligen Oceanis-Gebäude. Heute sind dort ein Theater (TheOs) und ein Restaurant (CaOs) untergebracht. Dahinter von der grünen Lady plötzlich keine Spur mehr. Doch in Höhe des leider seit Jahren vernachlässigten Museumsschiffes »Kapitän Meyer« stach mir der grelle Farbton ihres Kleids erneut ins Auge. Die Zielperson befand sich nun auf der KW-Brücke Richtung Südstrand.

»Marietta!«, rief ich.

Der Hund bellte, zerrte an der Leine wie ein Wahnsinniger.

Jenseits der Brücke verschwand das grüne Kleid Richtung Strandpromenade. In Windeseile erreichten wir die Brücke und überquerten diese. Richteten unsere suchenden Blicke die Promenade links hinauf ins Spaziergängergetümmel: nichts. Also Blicke nach rechts in Richtung Banter Fischerdorf. Kein grünes Kleid, so weit das Auge reichte.

Sinnlose Aktion, frotzelte die Stimme. *Aber auf mich hört ja kein Schwein.*

Nach einer ratlosen Weile, auf der Strandmauer aus rotem Backstein hockend, traten wir mit hängenden Köpfen den Rückweg an. Weitere hämische Kommentare der Stimme perlten von mir ab wie Nordseewasser von eingeölter Haut. Leere erfüllte mich, aber nicht lange. Auf einer Bank am Bontekai saß ... das grüne Kleid. Ich hatte keine Ahnung, wie es hierhergekommen war. Die im Kleid steckende Frau war nicht Marietta.

»Was tun Sie denn hier?« Wie immer in entscheidenden Augenblicken kannte ich keinerlei Scheu.

Auweia!, stöhnte die Stimme. *Geht's noch plumper?*

»Wie bitte?« Die Lady war es offenbar nicht gewohnt, am helllichten Tag von wildfremden Männern angesprochen zu werden.

»Ich meine, wie kommen Sie hierher?« Innerlich steckte ich mir eine an – seit ich mir das Rauchen abgewöhnt hatte, eine feste Angewohnheit, die mir in vielen Situationen weiterhalf. »Sie befanden sich doch gerade noch auf der Brücke Richtung Strand.«

»Ist das vielleicht verboten?«

Ein Lächeln huschte über ihr Gesicht. Oder täuschte ich mich? Die in ihrem Haar steckende Sonnenbrille zog sie runter auf die Nase, wandte sich provokativ ab. Sollte ich weitergehen? Ich tat es nicht. Sie schob die Brille wieder hoch. Die Blicke ihrer hellblauen Augen (Marietta hatte grüne) schienen verblüfft. Sie wanderten vom Hund zu mir und wieder zurück.

»Nun sagen Sie aber nicht«, rief sie, »dass Sie Reent Reents sind! Der berühmte Haven-Detektiv!«

»Effektiv«, ergänzte ich. Plötzlich wusste ich, wen ich vor mir hatte. Das war der Moment, in dem ich anfing, mich für religiöse Fragen zu interessieren. Eine Leidenschaft, die mich so schnell nicht mehr loslassen sollte. Auch wenn mir dies in jenem Moment noch nicht klar war.

3

Ganz im Gegenteil lehnte ich den Ermittlungsauftrag der attraktiven Endvierzigerin Susi Schöpski weiter konsequent ab. So leicht war Reent Reents nicht umzustimmen. Ein Mann, der einmal einen Entschluss gefasst hat, sollte im Notfall hartnäckig dazu stehen. Er durfte kein Rohr im Wind sein.

Im Gegensatz zu Susi-am-Telefon war Susi-am-Kai eher wortkarg. Vermutlich hatte sich bereits ein Hauch Resignation in ihre Gedanken geschlichen.

»Und Sie sind Frau Schöpski, stimmt's?« Ich setzte mich zu ihr auf die Bank. »Susi Schöpski.«

»Ja, natürlich«, bestätigte sie. »Susanne Schöpski, wer sonst?«

»Wo haben Sie denn den Hund gelassen?«, fragte ich mit Blick auf Ricky.

»Welchen Hund?«

»Na, den Hund Ihrer Tochter. Der ist doch auch ein Jack Russell.«

»Ach so, den. Ich musste ihn leider zu Hause lassen. Er hatte Kopfschmerzen.«

»Kopfschmerzen, aber …?«

»Ja, Kopfschmerzen«, bestätigte sie. »Dann benimmt er sich seltsam.«

Ich beschloss einen Themenwechsel.

»Und Sie erwarten noch immer von mir«, konstatierte ich gelassen, »dass ich nach Tettens fahre, um dort Ihre Tochter Sassi aus den Fängen dieser dubiosen Sekte zu befreien. Wie heißt die noch gleich? ›Gezeiten‹?«

»›Ebbe und Flut‹«, korrigierte sie kleinlich.

»Ist das nicht dasselbe?«

Sie sah mich irritiert an.

»Ihr Auftrag an mich wäre noch immer«, fragte ich, »diesen ebenfalls dubiosen Guru unter die Lupe zu nehmen, diesen …?«

»Heinz Meins?«

»Genau.«

Nun sag schon Ja!, forderte meine innere Stimme mit Nachdruck.

»Nun, Susi, ich muss Sie leider enttäuschen.«

»Inwiefern?«, fragte sie geistesabwesend. Die Arme konnte vermutlich an nichts anderes mehr denken als an ihr Töchterchen, das sich in den Klauen des Gurus wand wie ein Aal unmittelbar nach dem Fang.

»Wie schon am Telefon gesagt«, wiederholte ich nüchtern, »ich nehme den Auftrag nicht an. Religiöse Fragen sind nicht mein Metier. Man sollte nur in den Gründen angeln, von denen man etwas versteht, meinen Sie nicht?«

»Doch, doch«, versicherte Susi zerstreut, »da haben Sie natürlich recht. Ist aber wirklich sehr schade.«

»Manchmal«, erklärte ich, »muss man im Leben Dinge sein lassen, bei denen es einem schwerfällt, sie sein zu lassen. Genau wie umgekehrt.«

Hä?, fragte die Stimme. Auch Susi sah mich verwirrt an.

»Manchmal muss man Dinge tun, die man lieber sein ließe.«

»Ach so.«

Meine innere Stimme versuchte weiter, mich zu überreden. Susi dagegen spürte, dass sie verloren hatte, und hielt sich zurück. Die Stimme rannte gegen eine Wand aus Willenskraft und prallte ab. Wie einem spanischen Stier fehlte ihr die Gelassenheit der friesischen Milchkuh.

Steter Tropfen höhlt jedoch den Stein. Und so fand ich mich anderntags auf dem Hof des Hooksieler Hundetrainers Ubbo Dose wieder.

»Wat willst du denn in Tettens, sach ma?«, fragte Dose in seinem dösig friesischen Slang. »Weißt du eigentlich, dat ich dor mol drei Jahre gewount hab? Als ich ungefähr soun lüttschen Buddi gewesen war.« Er hielt die Hand in Hüfthöhe.

Wie fast immer trug Ubbo einen Einteiler. Früher ein Blaumann, konnte man ihn jetzt bestenfalls noch als Graumann bezeichnen, er war einfach durch.

»Nein, Ubbo, das wusste ich nicht.« Seit unserem gemeinsamen Polenabenteuer duzten wir uns, weshalb er mir quasi aus der Hand fraß. »Aber dann kennst du dich ja aus in dem Kaff.«

Ubbo wehrte sich gegen die Bezeichnung Kaff. Tettens sei allen Vorurteilen zum Trotz ein ehrbares Dorf, gegen das man nichts sagen könne. Und falls doch, solle man dies besser bleiben lassen. »Die Leudde da sind voll okay und ham dat Herz am rechten Fleck. Wie alle Wangerländer übrigens. Und alle Friesen.«

»Schon klar«, beruhigte ich den Hundetrainer. »Aber jetzt lass uns fahren. Wahrscheinlich geht es um Leben und Tod.«

»Ächt?«, rief er. »Warum sachst dat denn nich gleich, Mann?«

Der Sitz von »Ebbe und Flut« befand sich nicht im Ort Tettens selbst, sondern kurz dahinter links landeinwärts. Da es keine Adresse gab, die ich in mein Navi mit Marylin-Stimme hätte eingeben können, war ich heilfroh, mit Ubbo Dose einen ortskundigen Beifahrer an meiner Seite zu wissen. Er hatte zumindest eine Ahnung, wo der Spirituellenclub sich befinden könnte.

»Eigentlich kann dat nur da sein«, sagte er, geschmeichelt über mein Vertrauen, »wo ich denk, dat dat is. Sonst wüsst ich echt nich, wo dat sein sollte.«

Nach nur kurzer Suche führte er mich mit erstaunlicher Sicherheit zu einem kleinen, für offenbar viel Geld renovierten Anwesen. Bestehend aus Haupt- und zwei Nebenhäusern sowie umgebauter Scheune. Meine Intuition steckte mir, dass wir hier richtig waren. Dabei waren auf dem Weg keinerlei Hinweisschilder zu erblicken gewesen, was zwei recht unterschiedliche Schlussfolgerungen nahelegte: a) Die Betreiber hatten einen Hinweis nicht nötig, oder b) Hier waren ausschließlich Eingeweihte erwünscht.

Aus Gründen vorübergehender Irrelevanz schob ich die Frage beiseite. Die Antwort würde mir ohnehin früher oder später mit der Zufälligkeit eines streunenden Hundes zulaufen. Apropos: Die Gelassenheit, mit welcher der Jack Russel Terrier den Weg von Hooksiel nach Tettens auf Doses Schoß verbracht hatte, irritierte mich. Zufrieden damit, von Ubbos wettergegerbten

Händen gekrault zu werden, schien er geradezu vor sich hin zu grinsen. Auch Dose war ruhiger als sonst. Vermutlich beruhigten sie sich gegenseitig. Sie waren Seelenverwandte.

Sogar meine innere Stimme hielt sich zurück. Die Atmosphäre im Wageninnern glich der träge-friedlichen Ausstrahlung des vor sich hin dösenden Anwesens. Nur ich stand unter Strom wie ein Zitteraal. Unterwegs hatte mich das davor bewahrt, am Steuer einzuschlafen, was nicht gut gewesen wäre. Ich witterte einen neuen Fall.

Die Klinke der Eingangstür (eine im Vergleich zum Resthaus seltsam alte, dunkle Tür, wie entnommen aus einer alten Kirche) bestand aus einem großen goldfarbenen Fisch (Hering?) mit weit aufgerissenem Maul, als befände er sich auf Futtersuche. Neben der Tür erblickte ich ein meerblaues, wegen fehlender Größe beinahe dezent wirkendes Schild. Außer dem weißen Schriftzug »Ebbe und Flut« zeigte es zwei symbolisch angedeutete Wellen sowie die stilisierten Umrisse des Minsener Seewiefkens (Meerjungfrau, Anm. des Übersetzers). Letztere das Symbol des friesischen Wangerlandes, auch auf der Wangerland-Fahne zu sehen, weit über regionale Grenzen hinaus bekannt.

Susi Schöpski hatte mich eingeweiht, dass in den Glaubensgrundsätzen der angeblichen Sekte das Seewiefken eine entscheidende Rolle spielte. Näher erklären konnte sie mir diese jedoch nicht. Dass ich es schnell herausfinden würde, bezweifelte ich keine Sekunde. Während der Fahrt nach Tettens war Philip Marlowe in mir erwacht, was mich mit Zuversicht erfüllte.

»Geh du mit dem Hund um die Ecke. Ich werd derweil den Laden mal ein bisschen checken.«

Stumm folgte Ubbo meiner Anweisung. Er wirkte weiterhin schläfrig. Neben ihm schüttelte sich der Hund, und eine Wolke weißer Haare flog auf.

»Nimm ihn an die Leine«, sagte ich. »Sonst macht er doch nur, was er will.«

»Ich denk, der *soll* machen?« Der verpeilte Hundecoach war verwirrt, leinte aber endlich den Hund an.

»Lasst euch nur Zeit.« Wieder steckte ich mir innerlich eine an. »Kann eine Weile dauern.« Ubbo hielt den Daumen in die Luft. Wenn es drauf ankam, konnte ich mich auf ihn verlassen wie Friesland auf die Deiche, was ein beruhigendes Gefühl war.

Urplötzlich stand eine große Gestalt mit langem dunkelrotem Haar sowie langem, ebenfalls dunkelrotem Gewand vor mir. Ich hatte keine Ahnung, woher diese gekommen war, weshalb ich erschrak. Es handelte sich jedoch nicht um ein Gespenst, wie man annehmen könnte, sondern um eine Frau. Ich bin groß, aber sie war größer. Das Kleid ließ durchtrainierte Arme und kräftige Schultern frei, die ebenso weiß waren wie ihr Teint. Die markante Nase und die breiten Wangenknochen erinnerten eher an einen schönen Mann als an eine schöne Frau. Obwohl sie dies in gewisser Weise auch war.

Ihre angenehm angeraute Stimme sowie ein freundliches Lächeln begrüßten mich. Nach vorsichtigem Beginn erfüllte das Lächeln schnell das ganze Gesicht. Sonnengleich ging es in diesem auf, ein interessantes Phänomen. Ich würde es später notieren, um es in meinem angefangenen Krimi zu verwenden, bei dem ich noch immer nicht über die dritte Seite hinausgekommen war.

»Kann ich etwas für Sie tun?«, fragte die Erscheinung. Irgendwas an ihr machte mich nervös.

»Keine Ahnung«, sagte ich wahrheitsgemäß. Prüfend schweiften meine Blicke an ihr vorbei zum Anwesen. Sie fragte irgendetwas, das ich nicht verstand, da ich nicht zuhörte.

»Suchen Sie jemanden?«, wiederholte sie in schärferem Ton.

»Wieso denn plötzlich so gereizt?« Ich schob mich an ihr vorbei in Richtung Haupthaus. Warum hatte ich den Hund nicht mitgenommen? Ein harmloser Schoßhund ist die beste Tarnung, die man sich vorstellen kann.

Ich war noch nicht ganz an ihr vorbei, als sie schon wieder vor mir stand. Sie war schnell. Ich wieder an ihr vorbei, sie auch wieder an mir. Von außen betrachtet musste es aussehen wie ein alter friesischer Balztanz. Bevor es albern wurde, brach ich ab.

»Siebelt Siebelts«, stellte ich mich vor.

Verwirrt sah sie mich an.

»Ach so, ein Name. Nein, den gibt es hier nicht. Wenn Sie also nichts weiter wünschen …« Ihre Rechte wies Richtung Ausfahrt.

»Ich *bin* Siebelt Siebelts«, stellte ich klar. Die Finte mit dem falschen Namen war ein spontaner Einfall. »Was meine Eltern sich bei dem Vornamen gedacht haben, weiß ich auch nicht. Und wer sind Sie?«

»Ich wüsste nicht, was Sie das angeht.« Das Alter der Dame schätzte ich zwischen fünfundvierzig und fünfzig. »Ich muss Sie jetzt dringend bitten, das Gelände zu verlassen.«

Ich grinste. Ein Typ mit dunkelbrauner Deutscher Dogge kam aus dem Haus. Ich bezweifelte, dass dies ein Zufall war. Er war noch größer und kräftiger als die Frau und trug ein ärmelloses schwarzes Shirt. Glatze und Vollbart. Durch die Gläser seiner verspiegelten Sonnenbrille starrte er wortlos zu uns herüber. Offensichtlich lag ihm daran, einen bedrohlichen Eindruck zu erwecken. Ich ignorierte ihn gekonnt.

»Ich interessiere mich für spirituelle Fragen.« Meine vorgetäuschte Harmlosigkeit erinnerte mich an die Raffinesse einer Möwe auf Beutezug, kurz bevor sie kopfüber ins Wasser stieß. Ein Naturschauspiel, das man an unserer Küste häufig beobachten kann. Tatsächlich hatte ich mir nur einmal in meinem Leben eine spirituelle Frage gestellt. Und das lag so lange zurück, dass ich mich nicht mehr daran erinnern konnte, welche es gewesen war.

»Das tun viele«, konterte mein weibliches Gegenüber. Sie gab dem glatzköpfigen Giganten ein Zeichen. Dieser setzte sich samt Dogge in einen im Schatten geparkten Range Rover. Mit quietschenden Reifen und aufwirbelndem Staub fuhr er vom Hof, ohne uns eines weiteren Blickes zu würdigen.

Um die Ebene allgemeinen Geplänkels zu verlassen, wagte ich einen verbalen Vorstoß: »Ich würde gern mit Herrn Meins reden. Heinz Meins, den Betreiber von ›Ebbe und Flut‹.« Ich schaute der Lady tief in die meerfarbenen Augen, ohne dort eine Reaktion zu registrieren.

»Da müssen Sie ein anderes Mal wiederkommen«, erklärte sie ungerührt wie ein Deichschaf und wandte sich ab. »Oder an den Schilliger Strand fahren. Da ist er nämlich gerade.«

»Ist er baden?«, fragte ich.

Die Frau lachte ein Lachen wie aus einer anderen Welt, sagte aber nichts.

»Was macht er denn sonst in Schillig? Kitesurft er? Lässt er Drachen steigen?«

»Er meditiert mit unseren Gästen.« Sie war jetzt wieder ganz ernst, fast gelangweilt.

»Natürlich.« Ich tat, als sei eine Horde meditierender Strandtouristen das Selbstverständlichste in unserer friesischen Welt. »Was auch sonst?« Das nunmehr in mir aufsteigende Lachen schluckte ich hinunter wie eine beinah im Hals stecken gebliebene Schollengräte.

»Würden Sie mir netterweise noch Ihren Namen verraten?«

Sie sah mich an, als wisse sie nicht recht.

»Nur damit ich sagen kann, von wem ich den Hinweis habe ...«

»Walburga«, gab sie nun mit plötzlicher und überraschender Bereitwilligkeit Auskunft. »Walburga Meins.« Sie sprach den Namen aus, als würde sie mir die Messe lesen. Das flößte mir ein gewisses Unbehagen ein.

4

Ubbo Dose hatte meine Aufforderung, sich so schnell nicht wieder blicken zu lassen, ernst genommen. Zu ernst. Nach dem Verlassen des Sektentempels musste ich ihn erst suchen. Das dauerte exakt dreizehn Minuten, die mir später fehlen würden. Nachdem ich ihn samt Hund aufgelesen hatte, fuhren wir schnurstracks nach Schillig. Mein Instinkt sagte mir, dass wir keine Zeit zu verlieren hatten.

Obwohl die Ferien vorbei waren, war Schillig, dessen Sandstrand eine echte Perle der friesischen Küste darstellt, auch jetzt noch stark touristenfrequentiert. Ich parkte meinen Wagen bei einem netten Sozialarbeiter in der Inselstraße. Ein cooler Typ, der mir pauschal erlaubt hatte, mein Auto bei ihm abzustellen.

Ich vermutete Meins und seine Clique am frei zugänglichen Hundestrand. Daher erschien es mir das Klügste, dorthin zu gehen. Einem leise plätschernden, jedoch steten Priel gleich, kamen uns schlendernde Touristen in kleinen oder größeren Grüppchen entgegen. Mit sich führten sie Luftmatratzen, Sandschippen und so weiter. Die Atmosphäre war friedvoll und harmlos.

Als wir von der Inselstraße zum Deich abbogen, zwischen DRK-Gelände und der Feriensiedlung der Arbeiterwohlfahrt, kam uns eine Gestalt entgegen. Bereits auf größere Entfernung erregte sie meinen Argwohn. Es handelte sich um einen Mann, der sich immer wieder gehetzt umblickte. Er führte sich auf, als sei eine Monsterwelle hinter ihm her. Zunächst glaubte ich, er sei betrunken. Er torkelte etwas. Als er losrannte, verwischte sich der Eindruck. Sein Lauf war sportlich, elastisch und leicht … bis er stürzte. Der Hund bellte. Die Leine verhinderte seinen Blitzstart. Möglicherweise war der Kerl über seine eigenen Füße gestolpert. Noch ehe ich ihm aufhelfen konnte, wollte er schon auf federnden Beinen weiter. Dann erst sah er uns.

»Helfen Sie mir!«, rief er verzweifelt. »Die sind hinter mir her!« Es war niemand zu sehen.

»*Wer?*«, fragten die Stimme und ich zeitgleich. Ricky bellte erneut. Dose murmelte verblüfft: »Ich seh kein einen außer die da.«

Er deutete auf eine Gruppe alter Menschen mit Rollatoren, die parallel zum Deich unterwegs war und auch auf mich keinen gefährlichen Eindruck machte.

»Na DIE!« Der Mann wollte weiter.

Lasst ihn nicht laufen!, empfahl meine innere Stimme eindringlich. Der Hund, Ubbo und ich stellten uns ihm geschlossen in den Weg.

»Nu mal immer schön langsam mit die junge Pferde«, redete Ubbo beruhigend auf den Verstörten ein. »Da is doch überhaupt gar kein einer außer die paar Rentners da. Die tun doch nix.«

Worte, die tatsächlich eine beruhigende Wirkung auf den Gehetzten ausübten. Vermutlich eine Folge des einschläfernden Timbres in der Stimme des Hooksielers. Ich nutzte die Zeit, um das Äußere des verwirrten Mittdreißigers näher zu betrachten.

Er war mittelgroß, weder dick noch dünn und hatte halblanges, dichtes, in Strähnen leicht ergrautes Haupthaar sowie einen Vollbart. Offenbar war er dabei, sich beides wachsen zu lassen.

Der Vogel kommt mir bekannt vor, meinte die Stimme. Der Hund betrachtete den Fremden mit schief gelegtem Kopf. Er jaulte leise.

Die Kleidung machte einen merkwürdig uniformierten Eindruck. Sowohl das kurzärmelige Shirt als auch die schlotternde Hose war aus dünnem hellblauem Stoff gefertigt, der billig aussah. Die riesigen Füße steckten in Jesus-Latschen.

»Wie heißt du eigentlich, sach ma?« Ubbos Versuch zur weiteren Beruhigung war leicht durchschaubar, wirkte aber.

Und das Zeichen da, warf die Stimme ein, *auf dem Hemd. Das kenn ich auch.*

»Klausi«, stellte der Getriebene sich vor. Auf mich wirkte er wie ein Kind, das seine Mami verloren hatte. Hilflos irrte er nicht nur durch Schillig, sondern durch die Welt und sein gesamtes Leben. Ich war entschlossen, ihm Schutz zu gewähren. Andernfalls wäre ich nicht Reent Reents.

Nachdem mir dies klar geworden war, hatte ich Zeit, mich mit dem Hinweis meiner inneren Stimme zu beschäftigen. Klausis Shirt besaß über dem Herzen ein Emblem, das auch ich an diesem Tag zum zweiten Mal sah. Das erste Mal war auf dem Schild bei »Ebbe und Flut« gewesen: zwei angedeutete Wellen und die Umrisse des Minsener Seewiefkens. Der Verdacht, dass Klausi der Gruppe um Heinz Meins angehörte, drängte sich mit der Macht einer mittelschweren Sturmflut auf.

»Wo sind die anderen?«, fragte ich alarmiert.

Hinter ihm her, Mann, klugscheißerte die Stimme. *Das ist doch wohl klar.* Ubbo warf einen trägen Blick in Richtung Deich, wo inzwischen selbst die Senioren-Gang verschwunden war.

»Die wollen mich töten!«, schrie Klausi plötzlich überlaut. Der Hund spitzte sichtbar die Ohren. Hasenherz Ubbo wurde blass. Ich fragte: »Wer will Sie töten?«

Na die, die hinter ihm her sind. Ist doch wohl schon wieder klar.

Klausi wiederholte statt einer Antwort: »Die wollen mich töten.« Diesmal sehr leise. Als er selbst die Botschaft der Worte begriffen hatte, spannte sein Körper sich zum Durchstarten an.

»Hiergeblieben!«, rief ich autoritär und hielt Klausi fest. Ich spürte seinen Widerstand und sagte beruhigend: »Ubbo geht mit Ihnen vor, ich komme nach. Wir bringen Sie nach Tettens.«

Er aber schrie: »Nein! Nicht Tettens! Ich will nicht nach Tettens. Ich will nach Wangerooge!«

»Wat willst du da denn?«, hakte Ubbo clever nach. Sofort wurde Klausi wieder ruhiger. »Da komm ich her«, sagte er philosophisch, »und da will ich auch wieder hin.«

»Ach sou«, meinte Ubbo trocken.

Ich gab Ubbo ein Zeichen, mit dem angeschlagenen Mann zur Inselstraße vorzugehen. Ich selbst eilte die exakt fünfzig Stufen den Deich hoch, um von dort einen Blick auf den Strand werfen zu können. Über das normale Treiben hinaus Erwähnenswertes spielte sich hier nicht ab.

Unweit fuhr ein schwer beladenes riesiges chinesisches Containerschiff auf den Wilhelmshavener Jade-Weser-Port zu. Ein etwas kleineres Schiff befand sich auf dem Rückweg ins offene Meer. Dazwischen blitzten ein paar weiße Segel in der Sonne. Auf dem Weg nach Bremerhaven weiter hinten ein beladenes Auto-Frachtschiff. Draußen eine Ahnung des Leuchtturms Roter Sand. Am Wattsaum eine größere Gruppe Pferde mit Reitern, Gäste des Hotels Friesenstern aus Horum, die hier oft auf ihren dunklen Friesenpferden ihre Runden drehten. Der Strand belebt mit Badegästen. Links ruhig daliegend das Vogelschutzgebiet, rechts weiß glänzend der doppelte Hochzeits-Baldachin. Vorne im Watt wie seit Jahrzehnten schon das gekenterte Boot, das im Watt feststeckend nur langsam verfiel. Bei jeder Flut verschwand es und tauchte bei Ebbe wieder auf.

Welch tragende Rolle das Wrack bei der Lösung des vor mir liegenden mörderischen Falls spielen sollte, konnte ich zu diesem Zeitpunkt noch nicht ahnen. Dahinter Oldeoog, die unbewohnte Insel, auch Minsener Oog genannt, mit dem dünnen schwarzweißen Leuchtturm, dito. Rechts davon die Vogelinsel Mellum, auf der man Bäume und mittig ein Haus für Ornithologen erkennen konnte. Links Wangerooge mit dem alles überragenden Westturm, daneben der Osten Spiekeroogs. Ganz rechts Richtung Süden Hooksiel, dahinter Wilhelmshaven. All das war besonders. Es war einzigartig. Nirgends sonst auf der Welt hatte man einen solchen Panoramablick, aber wer wollte, konnte es hier jeden Tag betrachten. In diesem, und nur in diesem Sinne war er nichts Besonderes.

Als ich jedoch nach einer Gruppe Meditierender Ausschau hielt, welche die Nordsee anbetete, liefen meine Blicke ins Leere. Nirgends zu sehen auch Klausis angebliche, möglicherweise wutschnaubende Verfolger. Nichts bot sich dem forschenden Auge dar außer einem Bild des Friedens, das seinesgleichen suchte. Auf die Flächen zwischen den Dünen konnte ich nicht schauen, auch nicht sehr weit ins Vogelschutzgebiet hinein. Ohne Ergebnis kehrte ich um.

Ergaben die Anschuldigungen dieses Klausis irgendeinen Sinn? Warum sollte eine Horde friedvoll Meditierender einem ihrer Mitstreiter nach dem Leben trachten? Vermutlich lagen die Probleme mehr in Klausi selbst. Da ich jedoch nicht ganz sicher sein konnte, beschloss ich, mit diesem zur Wilhelmshavener Polizei zu fahren. Dort sollte er seine Aussage noch einmal vortragen. Vielleicht ließ die Sache sich so enträtseln.

5

Mein Verhältnis zu Oberkommissarin Gesine von Röhrbach hatte sich auch nach den polnischen Abenteuern nicht entspannt. Selbst unser gemeinsamer Fahndungserfolg mit anschließendem Fischessen im Seglerheim am Wilhelmshavener Nassauhafen (meine Einladung) hatte nicht zu einer Verbesserung unserer Beziehung beigetragen. Dass der Löwenanteil des Triumphs mir gehörte, hätte der Sache aus meiner Sicht keinerlei Abbruch getan. Eine neidgeplagte Seele jedoch wie die der nicht unattraktiven jungen Frau hatte damit spürbare Probleme.

Der Fall hatte bundesweites Interesse erregt. Als die erste Aufregung abgeklungen war und ich Interviews in alle Richtungen gegeben hatte, hatte ich Gesine von Röhrbach nicht, wie zunächst geplant, zum Schollenessen bei mir zu Hause eingeladen. In dem Moment, in dem ich die Einladung aussprechen wollte, hatte sie mir die kalte Schulter gezeigt. Die Schulter war hübsch und dezent gebräunt, wie ihr schulterfreies Sommerkleid offenbarte, aber ihre Kälte war frappierend.

Der beißende Tonfall ihrer Worte »Dann wird's ja wenigstens lustig!« war vernichtend gedacht und wirkte entsprechend. Ich hatte ihr soeben erzählt, dass ich drei Talkshow-Anfragen führender Sender erhalten hatte.

Da ich jedoch nicht nachtragend bin, hätte ich diese alten Kamellen hier gar nicht erwähnt. Ich tue dies nur, da ihre unterkühlte Ausstrahlung sofort zurückkehrte, als ich mit Klausi und Hund ihr schniekes Büro betrat. Es handelte sich um unser erstes Wiedersehen seit damals.

Auf eigenen Wunsch hatte Ubbo das Polizeirevier in der Mozartstraße im ehemaligen Gebäude des Marineamtes nicht mit mir betreten. Angeboten hatte ich es ihm. »Dat muss ich mir nu ächt nich geben, Alder«, hatte er melancholisch gemeint. Er scheute den Anblick der feschen Beamtin, wollte nicht an die polnischen Abenteuer erinnert werden. Diese hatten für ihn einen bitteren Beigeschmack. Der Verlust seiner geliebten Imilava war ihm dort schmerzlich klar geworden. Auch wenn es ihm nicht jeder gleich ansah: Ubbo Dose war ein sensibler Mann. Hinter rauer Friesenschale verbarg sich hier ein ungewöhnlich weicher Kern.

Auf der halbstündigen Fahrt von Schillig nach Wilhelmshaven hatte er sich rührend um den winselnden Klausi gekümmert und so dessen Ausrasten verhindert.

Ich stand vor einem Meer unbeantworteter Fragen. Die halben Aussagen, die Klausi stammelnd und zusammenhanglos in ununterbrochener Litanei von sich gab, seine wirren Ausrufe, alles wimmelte nur so vor Widersprüchlichkeiten. Sein Gestammel (»Böse, böse!«, »Der Teufel ist's!«, »Schiet'n Didi! Lasst mich!«, »Böse Geister!«, »Es ist die Meerjungfrau!«, »Mama!«, »Die Flut kommt!«, »Verschont Wangerooge!«, »Ich bin kein Verräter!«, »Alle sind verdammt!«) hier in seiner Gänze wiederzugeben, macht keinen Sinn.

»Also, um was geht's diesmal?«, fragte Gesine von Röhrbach genervt. Sie hatte sich herabgelassen, Klausi und mir die schmucklosen Stühle anzubieten, die auf der anderen Seite ihres schneeweißen Schreibtischs standen. Apropos schneeweiß: Ricky und sie begrüßten sich freudig. Sie kredenzte ihm ein Leckerli, welches sie aus der obersten Schublade fischte, als habe sie ihn erwartet.

»Wie ich sehe«, sagte ich lässig, »gibt's bei Ihnen noch immer diese Dinger.« Wortlos griff sie erneut in die Schublade und hielt mir ein hellgrünes Leckerli in der Form eines Hundeknochens hin. Ihr Lächeln war nicht freundlich. Ihre Augen waren hübsch, aber mal wieder zu stark geschminkt. Um sie zu irritieren, biss ich vom Leckerli ab. Es schmeckte gar nicht übel.

Auweia, stöhnte meine innere Stimme nicht zum ersten – und, wie ich sie kannte, auch nicht zum letzten – Mal.

»Bisschen zäh«, sagte ich. »Haben Sie die schon lange liegen?«

Dass ich die unerfahrene Oberkommissarin mit meiner unkonventionellen Reaktion überrascht hatte, erkannte ich an ihrem ratlosen Kopfschütteln. Der Terrier, der kein Leckerli-

Freund war, schob die ihm gereichte Köstlichkeit mit der Nase unter den Schreibtisch. Ein Verhalten, das ich von ihm kannte.

Seit Betreten des Büros hatte Klausi keinen Pieps von sich gegeben. Unser kleiner Disput beeindruckte ihn, staunend blickte er von einem zur anderen. Die Ängstlichkeit in seinen Augen wich einer gewissen Ungläubigkeit.

»Kommen Sie zur Sache«, forderte Gesine. »Ich hab auch noch anderes zu tun, als Ihnen beim Essen zuzusehen.«

»Eins zu null für Sie«, räumte ich ein. »Es geht um diesen Mann hier. Name angeblich Klausi. Viel mehr weiß ich auch nicht.«

»Warum wundert mich das nicht?«, fragte sie.

Zwei zu null.

»Agrrr!«, schrie Klausi unvermittelt. Wie vom Krebs gekniffen sprang er auf und ließ sich der Länge nach auf den Boden fallen. Im Affenzahn robbte er unter Gesines Schreibtisch. Panisch verdrückte Ricky sein Leckerli. Futterneid.

Was will der denn?, fragte die Stimme.

Klausi schmiegte sich an die Beine der Polizistin. Glücklicherweise trug sie an diesem Tag eine Jeans und kein Sommerkleidchen. Ich hab keine Ahnung, wie es dann weitergegangen wäre.

»Mama«, jammerte Klausi leise. »Hilf mir. Sie wollen mich holen.«

Gesine versuchte, ihre Waden aus seinem Griff zu befreien, schaffte es aber nicht. Damit es nicht noch peinlicher für sie wurde, tat sie nun, als sei die Situation das Normalste der Welt. Von mir wollte sie wissen, was der unter dem Tisch liegende Mann in ihrem Büro sollte.

»Er will eine Anzeige machen«, sagte ich ungerührt. »Er wird verfolgt.«

»Also ein Leidensgenosse von Ihnen?«, blödelte die hübsche Blondine. Unvorsichtigerweise hatte ich mich in einem meiner postpolnischen Interviews dazu hinreißen lassen, die Existenz meiner inneren Stimme dezent anzudeuten.

Lass sie los, du Depp!, forderte die Stimme unwirsch von Klausi. Seltsamerweise gehorchte er. Betreten kroch er unter dem

Tisch hervor. Gesines Aufforderung, sich erneut auf den Stuhl zu setzen, lehnte er konsequent ab. Er stellte sich ans Fenster.

»Sie wollen mich nämlich holen«, sagte er. »Sie sind böse.«

»Ich?«, fragte Gesine überrascht.

»Nein, die. Ich bin nicht böse. Die sind böse. Die wollen mich fangen.« Er hörte sich wieder an wie ein Kind, das diesmal seiner Mutter erklärte, warum es nicht zur Schule wollte. »Ich muss nach Wangerooge.«

Ricky schielte unterm Tisch hervor.

»Wo haben Sie den denn aufgegabelt?«, flüsterte Gesine von Röhrbach. Dem Terrier warf sie vier weitere Leckerlis zu, die er in Windeseile verdrückte. Der Bann war gebrochen, die Panik trieb ihn an.

»Am Schilliger Strand«, sagte ich. »Er war schon in diesem Zustand, als wir ihn trafen.«

»Wir?«

»Ubbo Dose war mit dabei.«

»Auch das noch«, stöhnte Gesine. Weitere Leckerlis folgten.

Ich finde die Polizisten-Schnitte echt nett, sagte die Stimme.

»Was hat das denn jetzt damit zu tun?«, antwortete ich versehentlich laut.

»Wie bitte?«, fragte Gesine.

»Ach nichts. Also: Er hat sich uns als Klausi vorgestellt und fühlt sich offenbar bedroht. Vermutlich ist er Mitglied einer Tettenser Sekte namens ›Ebbe und Flut‹, deren Anführer ein gewisser Heinz Meins –«

»Halt!«, rief die Oberkommissarin. »So geht das nicht, ich –«

»Nichts halt«, fiel ich ihr ins Wort. Was sie konnte, konnte ich schon lange. »Ich habe den Eindruck, dass es hier um Leben und Tod geht. Sie müssen –«

»Ich muss überhaupt nichts!« Gesine von Röhrbach stand auf.

Wow, schwärmte die Stimme. *Echt couragiert, die Kleine.*

»Nun halt die Klappe!« Wieder versehentlich laut.

»Schluss! Aus! Vorbei!« Energisch öffnete die Oberkommissarin die Tür. »Es reicht! Raus jetzt, ehe ich mich vergesse.«

»Hilfe!«, schrie Klausi panisch.

Lass uns mal wirklich besser gehen, meinte die Stimme etwas ängstlich. Der Hund gab ein wuffendes Bellen von sich und kam unterm Schreibtisch hervor.

»Sie nehmen jetzt Ihren neuen Freund hier an die Hand«, Gesine von Röhrbach zwang sich zur Ruhe, »Conni.«

»Klausi.«

»Von mir aus. Auf jeden Fall nehmen Sie ihn und fahren mit ihm in die Psychiatrie. Ich bin sicher, da kann man ihm helfen. Und am besten bleiben Sie auch gleich da.«

Starker Auftritt!, lobte meine innere Stimme.

Langsam stand ich auf. Sehr langsam.

»Würde ich Sie nicht so außerordentlich schätzen«, sagte ich lässig, »liebe Frau Oberkommissarin, dann …«

Dann?, hakte die Stimme gespannt nach. Gesine fragte wutschnaubend: »Dann?«

»Ach nichts. Sagen wir einfach: Die Sache hat kein Nachspiel.« Die ausstehende Einladung zur Scholle à la Reent passte auch hier nicht.

Als ich mit Hund und Klausi den Flur entlangging, war ich mir sicher, dass die Tür hinter uns zuknallen würde. Dass sie es nicht tat, beruhigte mich in unerklärlicher Weise.

Hat sich gut im Griff, die Kleine, kommentierte die Stimme. *Warum lädst du sie eigentlich nicht mal wieder zum Fischessen ein?*

6

Bereits der pure Anblick Klaus Maria Deuters weckte meinen Widerspruchsgeist. Genau hierin bestand die heilende Wirkung des Psychotherapeuten auf meine Person: Er musste nur den Mund auftun, und schon wusste ich, dass mir das exakte Gegenteil des Gesagten helfen würde.

Er war ein Psychologe, wie er im Buche steht, weshalb ich ihn stets ablehnte. Gleichzeitig zog es mich in gewissen Notsituationen zu ihm hin wie das Wasser bei Flut zur friesischen Küste.

Zuletzt war er wie erwähnt mit einem fetten Burn-out von der Bildfläche verschwunden, nun aber zurück in seiner Praxis in der Holtermannstraße des Villenviertels. Klausi benötigte dringend Hilfe. Im Auto hatte er eine Schreiattacke erlitten. Als Ubbo ihm den Mund zuhalten wollte, hatte er ihn gebissen. Ubbos Schrei erschrak den Hund so sehr, dass er wiederum Klausi reflexartig in die Wade biss. Als dieser nun erneut schrie, schloss sich ein Kreis. Etwas musste geschehen.

Deuter versuchte, uns an der Tür abzuwimmeln. Wie immer hatte er keinen Termin frei. Außerdem war unsere letzte Begegnung alles andere als erfreulich verlaufen.

Ich stellte einen Fuß in die halb geöffnete Tür. Der Hund schlüpfte durch den Spalt. Bellend stellte er sich hinter Deuter und lenkte ihn ab. Der Psychologe wurde nachlässig, und – schwupp – schon war ich drin. Ricky und ich entwickelten uns zum eingespielten Team.

»Es geht nicht um mich, Deuter«, sagte ich gewohnt lässig. »Es geht um ihn.« Ich zeigte auf Klausi, der unter Ubbos Aufsicht ganz ruhig vor der Tür stand und Vögel beobachtete.

»Welcher von beiden?«, fragte Deuter misstrauisch.

»Der weniger schlimm aussieht«, sagte ich.

Ubbo mit verfilzt rotem Haar und ebensolchem Bart, verblasstem Blaumann sowie olivgrünen Gummistiefeln machte gegenüber Klausi in leuchtend blauer Uniform den verwegeneren Eindruck.

»Ich kann jetzt unmöglich«, nörgelte Deuter. »Mein nächster Klient wartet schon.«

Ohne Zögern stürmte ich den tristen Warteraum. Der Therapeut hatte nicht gelogen. In die hinterste Ecke geklemmt saß ein Typ mit Schnurrbart und Glatze. Über den Rand einer Leih-Illustrierten hinweg warf er mir ängstliche Blicke zu. Wortlos hielt ich ihm einen Zwanzigeuroschein unter die Nase, den er misstrauisch beäugte.

»Es handelt sich um einen Notfall«, sagte ich streng.

Plötzlich kam Leben in den eingeschüchterten Mann.

»Zu wenig«, stieß er gierig hervor.

Ich zückte einen weiteren Zehneuroschein.

»Fuffzich«, forderte der falsche Fünfziger.

Ich hatte keine Zeit zu verlieren und steckte beide Scheine wieder ein.

»Keine Chance«, rief ich im Hinausgehen.

»Mord!«, rief Klausi draußen. »Die wollen mich allemachen!«

Ich kehrte noch einmal ins Wartezimmer zurück. »Wie gesagt: ein Notfall.«

»Dann gib mir wenigstens die dreißig, du Arsch«, hörte ich den Gierigen noch, ließ ihn aber sitzen, da Deuter die Brisanz der Situation erkannt und Klausi, Hund und Dose bereits ins Behandlungszimmer geschoben hatte. Klausi lag schon auf dem schwarzen Ledersofa und machte einen vergleichsweise entspannten Eindruck: die Hände leichenähnlich überm Bauch gefaltet, nur seine Blicke flatterten unruhig hin und her wie ein aufgescheuchter Vogelschwarm. Plötzlich sprang er hoch und führte einen Veitstanz auf, der sich gewaschen hatte. Halb sang er, halb schrie er:

»Sie kommt, sie kommt.
Und wird uns all vernichten,
wenn wir sie nicht beschwicht'gen.
Sie kommt, sie kommt.

Wir hielten sie gefangen,
nun ist's bei uns, das Bangen.
Sie kommt, sie kommt ...«

Wir anderen vier standen mit ratlosen Gesichtern und teilweise geöffneten Mündern respektive Schnauze kreisförmig um ihn herum. Wir staunten nicht schlecht.

»Auweia.« Dose kratzte sich am Hinterkopf. Der Hund gähnte.

Was hat der denn schon wieder?, fragte die Stimme.

Dose: »Ich glaub, dat geiht nu los, ouder wat?«

Deuter: »Ich vermute hier einen rituellen Gesang. Gehört Klausi vielleicht einer Glaubensgemeinschaft an?«

Ich, gereizt: »Was dachten Sie denn, Sie Psychoklempner?«

Dose: »Der kommt frisch vonne Sekte wech, Mann. Dat sieht doch woul jeder, ouder nich?«

Innere Stimme: *Hat der nicht alle Latten am Zaun?*

Allmählich entstand ein munteres Geplauder um den sich weiter in seinen Tanz hineinsteigernden Klausi. Heftig warf er mit Armen und Beinen um sich. Man musste aufpassen, nicht getroffen zu werden. Phasenweise verlor er vollständig die Kontrolle über seine Bewegungsabläufe. Und immer wieder der Sprechgesang:

»Sie kommt! Sie kommt!
Und wenn sie erst gekommen ist,
ist das für Friesland großer Mist!
Sie kommt! Sie kommt!
Das Land wird mächtig überschwemmt,
da ist sie völlig ungehemmt!«

So deutlich, wie ich es hier wiedergebe, konnte man ihn leider nicht verstehen. Man musste sich einiges zusammenreimen.

Gleich macht der einen Klappmann, unkte die Stimme. Wir anderen staunten weiter. Dann erfüllte sich die düstere Prophezeiung. Klausi blieb stehen wie vom Blitz getroffen. Erschrocken blickte er von einem zum anderen, verdrehte die Augen und sackte in sich zusammen, als hätte sein letztes Stündlein geschlagen. Ich überprüfte seine Atmung und konstatierte erleichtert, dass er überlebt hatte.

»Sou wat aber auch«, resümierte Dose.

»Wenn Sie mich fragen«, meinte Deuter nachdenklich, »der Mann ist ein Fall für die Psychiatrie.«

»Natürlich frage ich Sie«, sagte ich genervt. »Wen denn sonst zum Teufel?«

»Ich diagnostiziere ein fettes Borderline-Syndrom.«

»Wat tut er?«, hakte Dose beflissen nach.

Ich winkte ab.

»Auf jeden Fall leidet er an Verfolgungswahn«, erklärte Deuter.

Vielleicht sollte mal jemand einen Krankenwagen rufen? Ein bemerkenswerter Vorschlag meiner inneren Stimme.

»Ich rufe einen Krankenwagen!«, rief Deuter. Seine Entschlossenheit verblüffte mich, da sie mich an meine eigene erinnerte.

7

Nachdem ich Klausi sicher in der Wilhelmshavener Psychiatrie beim neuen Klinikum, dem ehemaligen Reinhard-Nieter-Krankenhaus, untergebracht wusste, zog es mich mit ungeahnter Kraft erneut nach Tettens. Ich spürte, dass ich nur dort Antworten auf die drängenden Fragen erhalten konnte, die mich in immer neuen Wellen bestürmten. Dies wurde mir auf einem zum Ordnen meiner Gedanken notwendigen Gang am Bontekai den Großen Hafen entlang bewusst. Der Hund war dabei.

Dass der verwirrte Klausi dem Umfeld der Gezeiten-Gruppierung mit deren Anführer Heinz Meins entsprang, stand für mich außerhalb jeglichen Zweifels. Alles andere jedoch lag in einem Graufeld, das an einen über das Watt heraufziehenden Morgennebel erinnerte. Was genau verwirrte Klausi? Was machte ihm Angst? Von wem oder was konkret fühlte er sich so sehr verfolgt, dass er Tötungsabsichten gegen seine Person regelrecht erwartete?

Deuters Diagnose (Verfolgungswahn) war mir zu billig. Bestenfalls taugte sie für Menschen, die alles durch die rosarote Psychobrille sahen. Offenbar konnte Deuter sich nicht vorstellen, dass jemand tatsächlich verfolgt wurde. Immer musste alles gleich ein Wahn sein. Nicht jedes Problem dieser Welt ließ sich psychologisch erklären. Für mich existierten vor allem knallharte Fakten, manchmal sogar kriminelle. Das eine vom anderen präzise zu unterscheiden gehört zu den vornehmsten Aufgaben eines Detektivs von Rang. Der schnodderige Rat meiner inneren Stimme lautete:

Ich würde mir die Trulla da draußen noch mal vorknöpfen. Waltraud, oder wie die heißt. Trotz der lockeren Ausdrucksweise ein überprüfenswerter Vorschlag. Der Hund hob das Bein an einem Schiffspoller.

»Walburga«, korrigierte ich gedankenverloren.

Die Stimme drängte: *Wenn du dich beeilst, triffst du sie vielleicht noch allein an.*

Auch mir erschien ein Gespräch unter vier Augen das Sinnvollste. Zwischen der Stimme und mir herrschte ungewohnte Harmonie. Meinen Entschluss, allein nach Tettens zu fahren, bekrittelte sie jedoch.

An deiner Stelle würde ich Rick mitnehmen. Vier Augen sehen mehr als zwei. Und er riecht tausendmal mehr als du.

Ihre Angewohnheit, den Hund Rick zu nennen statt Ricky, war mir nicht neu. Verniedlichungen waren ihr zuwider. *Dich nennt man ja auch nicht Reenti*, pflegte sie zu sagen.

Ich ließ Ricky (Micky Maus hieß auch nicht Mick) ins Auto springen. Ich wies ihn an, seinen Platz im Fußraum einzunehmen, wie es sich für einen Hund gehörte. Wie immer sprang er nach den ersten Metern jedoch mit beeindruckender Selbstverständlichkeit auf den Sitz. In diesem Punkt hatte ich resigniert.

Schnuppernd hielt das Tier die Nase in den schwachen Wind der Klimaanlage. Es blinzelte in die Sonne und betrachtete die vorüberziehende Umwelt wachen Blickes. Wie gewohnt schwächelte seine Aufmerksamkeit leicht, als wir das bunte Treiben der Stadt hinter uns ließen. Die platte friesische Landschaft mit ihrer beruhigenden Ausstrahlung legte sich auf sein Gemüt. Vorbei an Windrädern, weit hinten rechts die Hebekräne des Jade-Weser-Ports, das eine oder andere zwischen Weiden wie Eier ins Nest gelegte Gehöft. Pferde, Kühe, sogar ein paar Rehe.

Wir näherten uns Hooksiel und umfuhren die Ortschaft auf der Umgehungsstraße. Diesmal, entgegen dem Rat meiner inneren Stimme, ohne Ubbo Dose abzuholen. Der Kerl sollte sich nicht einbilden, nun überall dabei zu sein. Für die eine oder andere Aktion war er vielleicht zu gebrauchen, aber ganz sicher nicht für jede. Und wo das scheinspirituelle Anwesen lag, wusste ich inzwischen auch allein.

Als die Räder meines Touran langsam auf den Kies der Auffahrt rollten, war ich mir sofort sicher, der einzige Mensch auf dem Gehöft zu sein. Da meine Instinkte mich praktisch nie trügen, verließ ich mich auf dieses Gefühl. Selbstsicher, ohne jedoch meine Vorsicht zu vernachlässigen, stieg ich aus dem Auto.

Festen Schrittes näherte ich mich dem Haupthaus. Mein Gefühl bestätigte sich. Auch als ich einem vorsichtigen ein deutlich lauteres »Hallo!« folgen ließ, regte sich keine Menschenseele. Es bellte auch kein Hund. Keine Katze miaute.

Nanu, meinte meine innere Stimme. *Kein Schwein da?*

»Niemand zu Hause?«, rief ich. Eine Antwort blieb aus. Ich wies den Terrier an, in meiner Nähe zu bleiben. Als er dies nicht befolgte, sondern kreuz und quer über den Hof rannte wie ein Stofftier mit Hilfsmotor, leinte ich ihn zu seiner eigenen Sicherheit an einen etwas abseits im Schatten stehenden Baum. Darüber verblüfft, jaulte er nur kurz.

Ich umrundete das Haupthaus. Dahinter erstreckte sich ein großzügiger Garten, in dessen Mitte sich ein Swimmingpool befand. Um ihn herum drapiert mehrere Liegestühle. Nirgends ein Zeichen von Leben. Auch die sechs etwa faustgroßen Nachbildungen der bronzenen Seewiefken-Skulptur aus Minsen (1992 angefertigt von Karin Mennen aus Horum, Anm. des Autors) wirkten nicht gerade lebendig.

Nichts in diesem Garten erregte meinen Verdacht. Ganz offensichtlich handelte es sich um einen Hort der Harmlosigkeit. Nur dass im Pool eine Leiche schwamm, die mir beim Herantreten ins Auge stach, passte nicht in dieses Bild. Schrecken fuhr mir in die Glieder.

Vorsichtig näherte ich mich dem bäuchlings im Wasser treibenden toten Mann. Arme und Beine weit von sich gestreckt, machte er den Eindruck, als könne er kein Wässerchen trüben. Sein langes Haar war angegraut, der lange Bart ebenso. Der Körper des Verstorbenen steckte in einem weißen, nachthemdähnlichen Gewand.

Ich war nicht nur erschrocken, ich war empört über den Anblick, mit dem das scheinbare Idyll mich konfrontierte. Ich schaute auf die Uhr, es war zwölf Uhr zwölf. Ich kniete mich neben den Pool, um die Leiche heran- und danach herauszuziehen. Auf ihrer Schläfe erkannte ich undeutlich eine Tätowierung. Ich berührte gerade die Schulter, als urplötzlich die Welt in einem tiefschwarzen Loch versank. Im Kopf spürte ich einen dröhnenden Schmerz. Dann, wie zuvor das Leben des Toten, endete auch meins. Es war einfach vorbei …

… und begann wieder, als ich in durchnässter Kleidung auf dem Rücken liegend erwachte. Als Erstes blickte ich auf die eben schon erwähnte Uhr. Es war zwölf Uhr neunzehn. Sieben Minuten waren vergangen. Die Sonne blendete mich. Meine Sonnenbrille hatte ich im Auto liegen lassen. Neben mir saß jemand. Es war der Tote.

8

Noch immer trug er das gleiche Gewand wie im Pool. Es war so trocken wie der Sand am Schilliger Strand nach drei Wochen Regenlosigkeit, was mich irritierte, wenn auch nur schwach. Denkbar war, dass er sich umgezogen hatte. Aber wieso lebte er?

Offensichtlich meditierte der Tote: Lotossitz, Augen geschlossen, die Hände abgelegt auf den Knien wie Schalen. Mir wurde bewusst, dass ich drei Möglichkeiten hatte:

Ich konnte a) noch eine Weile so liegen bleiben, um Zeit zu gewinnen, b) emporschnellen und den Meditierenden in den Schwitzkasten nehmen oder c) ihn in aller Ruhe darauf hinweisen, dass die Situation mir seltsam erschien.

Für a) fehlte mir die Geduld, und bei b) hätte ich nicht gewusst, wie es weitergehen sollte. Also entschied ich mich spontan für c).

»Wie sind Sie denn aus dem Pool gekommen?«, fragte ich. Langsam kam ich hoch, mein Kopf schmerzte. Der Meditierende erschrak nur wenig über meine unerwarteten Worte.

»Wie bist du denn reingekommen?«, fragte er zurück. Körperhaltung und Mimik veränderte er nicht. Seine Aussprache bewies friesische Wurzeln. »Und wieder raus?«

»Ich, wieso?« Meine erneute Gegenfrage war unüberlegt. Bei dem Versuch, die Leiche aus dem Pool zu ziehen, musste ich selbst hineingefallen sein. Mein Brummschädel legte den Verdacht nahe, dass hierbei ein Schlag auf den Kopf nachgeholfen hatte. Eine Wunde konnte ich jedoch nicht ertasten.

»War das dein Hund, der vorn angeleint war?«

»*War*? Wieso *war*?« Panik schoss in mir hoch.

Er lächelte. »Keine Sorge. Wir essen keine Hunde, schon gar keine kleinen. Aber klaust du vielleicht Skulpturen, sach ma?« Er zeigte auf die sechs Nachbildungen des Seewiefkens. »Da fehlt nämlich eine.«

Ich weigerte mich, auf diese Frage zu antworten. Und auch

der Guru hackte nicht weiter darauf herum. Irgendwas am Verhalten des Langhaarigen führte trotzdem dazu, dass ich mich ihm unterlegen fühlte. Vielleicht lag das auch daran, dass er die Augen noch immer geschlossen hatte. Man weiß nie, was in jemandem vorgeht, der einen nicht ansieht. Um dem Gefühl der Unterlegenheit entgegenzutreten, stand ich auf.

»Kannst dich ruhig wieder hinsetzen. Bettina ist mit ihm spazieren. Er musste mal.«

»Wer ist Bettina?«, fragte ich, blieb aber stehen.

»Bettina ist die, die mit deinem Hund spazieren ist. Aber wenn ich richtig höre, kommen sie gerade zurück.«

Auch ich vernahm jetzt das quietschende Winseln des Jack Russel. An der Seite einer langhaarigen blonden Schönheit betrat er den Garten. Er zerrte an der Leine, als gäbe es kein Morgen. Als die Blondine im leuchtend gelben Kaftan ihn ließ, kam er auf mich zugerast. Voll unbändiger Wiedersehensfreude sprang er an mir hoch.

»Ist ja gut«, beruhigte ich ihn freundlich. »Ist ja gut.«

Na, hör mal, schaltete sich meine innere Stimme ein. *Rick war nicht sicher, ob du überhaupt noch lebst!*

Schon aber hatte der Hund sich beruhigt und wandte sich wieder seiner hübschen Begleitung zu. Es war immer das Gleiche: War jemand freundlich zu ihm, erwiderte er diese Freundlichkeit in übertriebener Weise.

Die ist voll nett, hechelte die Stimme.

Ich setzte mich auf einen der Gartenstühle, die auf der Terrasse um einen großen ovalen Holztisch herumstanden. Bettina imponierte mein selbstbewusster Auftritt. Sie setzte sich neben mich. Die bewundernden Blicke ihrer grünbraunen, mandelförmigen Augen sagten mir zu.

»Wer bist du denn eigentlich?«, fragte sie säuselnd. »Und wie heißt du?« Vertraulich legte sie eine Hand auf meinen Unterarm. Eine Berührung, die mich nicht kaltließ. Ich zog meinen Arm zurück. Meinen klaren Kopf würde ich noch eine Weile brauchen.

»Ich bin die Bettina.« Über ihrer linken Brust thronte das mir bereits bekannte Emblem mit Wellengang und Meerjungfrau. Hätte es noch eines Beweises bedurft, dass sie Sektenmitglied war, besäße ich ihn nun.

»Das weiß ich«, sagte ich lässig. »Und ich bin der Siebelt, Siebelt Siebels. Was meine Eltern sich bei dem Vornamen gedacht haben, weiß ich auch nicht.« Zwei Fliegen mit einer Klappe: Der Trick mit dem Pseudonym war ebenso wichtig wie die Verwendung des hier üblichen Sprachgebrauchs, dem Vornamen immer einen Artikel voranzustellen. Hier war man *die* Bettina und *der* Siebelt, das durchschaute ich sofort.

»Und wer ist der Clown da?«, fragte ich so leise, dass er es nicht hören konnte. Ich zeigte auf den Mann im weißen Gewand.

»Ich bin der Heinz«, antwortete der Clown selbst. »Heinz Meins. Übrigens ist es von fundamentaler Bedeutung, über sich selbst lachen zu können. In diesem Sinne sollten wir alle Clowns sein, zumindest vor uns selbst.«

Unvermittelt straffte Bettina ihre laszive Körperhaltung. Kerzengerade richtete sie sich auf, faltete die Hände und rief in routinierter Euphorie: »Deine Worte sind wahr, großer Meister. Sie sind die Brücke von mir zu dir und von dir zum Meer, wo unser aller Rettung liegt.« Auf ihrem Gesicht lag nun ein beseeltes Lächeln.

»Dann geh und nimm die Worte auf ins Buch der Gezeiten. Denn die Worte kamen nicht von mir, sondern von ihm persönlich.«

»Bin schon unterwegs!«, rief Bettina und eilte durch die offen stehende Terrassentür dienstbeflissen ins Haus.

Meine Blicke folgten ihr. Sie stellten fest, dass ihr gelbes Gewand körperbetonter war als von mir vermutet. Auch dass ihre Schuhe wesentlich höhere Absätze aufwiesen als einfache Latschen, passte nicht in mein Bild einer religiös Verzückten. Ich versank in meine Gedanken und ihren Anblick … und erschrak, als Heinz Meins plötzlich vor mir stand. In gewohnter Aufdringlichkeit sprang Ricky am Weißgewandeten empor. Dieser streichelte ihn. Es handelte sich mehr um die Segnung eines göttlichen Geschöpfes als um banales Hundestreicheln.

Ganz schöner Angeber, meinte die Stimme, als der Hund wieder von Meins abließ. Gelangweilt kratzte das Tier sich hinterm Ohr.

»Was war das denn vorhin für eine Wasserübung, großer Meister?«, fragte ich ironisch. »Meditatives Tauchen?«

Meins setzte sich auf Bettinas Stuhl.

»Wovon redest du?«, fragte er in aufgesetzter Gelassenheit.

»Der einzige Mensch, der während der letzten Stunden im Pool war, bist du. Und ich frage mich noch immer, wie du da hineingeraten bist.«

Ich misstraute seinen Worten. Schließlich hatte ich ihn samt Gewand tot im Pool angetroffen. Zwar sah ich, dass er nicht tot war, es also auch vorhin nicht gewesen sein konnte, aber dass er im Wasser geschwommen war, stand außerhalb jeden Zweifels. Es sei denn, ich war einer Halluzination erlegen. Ich griff hinüber und rieb den Stoff seines Ärmels zwischen Zeigefinger und Daumen.

»Ausgezeichnete Qualität.«

»Du interessierst dich also für Stoffe?«, fragte er, lächelte und ließ sein Lächeln sterben: »Oder eher für die Feuchtigkeit von Stoffen?« Tatsächlich war das Gewand so trocken, dass es unmöglich im Wasser gewesen sein konnte.

»Nanu«, sagte ich lässig. »Schon umgezogen?«

Meins lachte laut.

Der ganze Typ ist dermaßen trocken, meinte meine innere Stimme, *dass er nicht im Pool gewesen sein kann. Und der hat dich auch nicht rausgezogen. Davon wird man nämlich auch nass.*

»Du machst mir wirklich Spaß!«, rief Meins, noch immer lachend. »Ich schmeiß mich gleich weg! Sach ma, was willst du eigentlich von mir?« Er lachte und lachte.

Ist der bekifft?, fragte die Stimme.

Aufgeregt kam Bettina aus dem Haus gerannt. Sie erkundigte sich nach dem Befinden ihres »großen Meisters«. Offenbar war ihr ein Ausbruch wie dieser fremd. Instinktiv spürte ich, dass sich das weniger auf das Lachen als auf sein lautes Rufen bezog.

Durch meine Hartnäckigkeit war es mir gelungen, Meins aus der Reserve zu locken. Mein erstes Ziel war damit spielend leicht erreicht. Innerlich klopfte ich mir auf die Schulter.

»Alles okay, Bettina, mach dir keine Sorgen«, beruhigte Meins die besorgte Frau. Er selbst dagegen beruhigte sich nur langsam. »Der Vogel macht mir echt Spaß. Komm ein bisschen raus und lach mit uns. Du weißt um die heilsame Wirkung eines gepflegten Lachens.«

»Entschuldige, großer Meister«, sagte die schöne Blondine unterwürfig. »Meine Aufzeichnungen ins Buch der Gezeiten sind noch nicht beendet. Und ich habe heute Morgen schon ausführlich gelacht.«

»Und worüber?«, fragte ich. Es war wichtig, am Ball zu bleiben.

Ist doch echt schietegal, nörgelte meine innere Stimme.

»Worüber, worüber?«, ahmte Bettina mich nach. »Über nichts natürlich, Siebelt. Das ist das beste Lachen überhaupt, wenn du über nichts lachst, glaub mir.«

Mit diesen Worten verschwand sie erneut im Haus. Meins setzte ein wohlwollend nachdenkliches Gesicht auf. Mir erschien es wie eine undurchdringliche Maske.

»Hat viel gelernt, die Kleine, seit sie bei uns ist.« Ich war mir nicht ganz sicher, ob er mit mir redete oder mit sich selbst.

»Und seit wann ist sie bei Ihnen?«, fragte ich.

»Seit zwei Jahren.« Er antwortete mir, sprach nun aber eindeutig mit sich selbst. »Du hättest sie mal sehen sollen, als sie zu uns kam. Ein menschliches Wrack. Gestrandet an unserer Küste.«

»Schiffbrüchig?«

Ist dir Wasser ins Hirn gelaufen?, fragte die Stimme.

»Wenn du so willst«, sagte Meins. »Ihr Boot ist gekentert auf den Wogen des Lebens. Männer haben ihr übel mitgespielt. Wie es einer hübschen Frau wie ihr leicht passieren kann, wenn sie immer wieder an die Falschen gerät. Drogen. Alkohol.«

»Und jetzt ist sie an den Richtigen geraten?«

Verblüfft sah Meins mich an. »Du zweifelst daran?« Ich hörte einen drohenden Unterton.

»Keine Ahnung«, sagte ich. »Ich kenne Bettina nicht. Und Sie kenne ich auch nicht, Heinz Meins.« Ich dachte: Noch nicht. »Aber kennen Sie denn –?« Ehe ich Sassis Namen aussprechen konnte, fiel die Stimme mir schroff ins Wort: *Halt die Klappe!*

»Aber wieso?«, sagte ich.

»Hä?«, fragte Meins.

Ich hustete. »Sorry. Hab eine Fliege verschluckt.«

Wenn du jetzt von dieser Sassi anfängst, wissen sie, warum du hier bist.

Na und?, dachte ich und wollte gerade weiterreden.

Was wird dann aus der Leiche? Die Stimme blieb unbeirrt.

Welche Leiche?, dachte ich. Die sitzt doch hier neben mir. Wahrscheinlich hat sie Yoga im Wasser gemacht, sich umgezogen, die Haare geföhnt …

Und warum sagt er das dann nicht?

Vielleicht will er mich verarschen. Er lacht ja so gern.

Woher willst du eigentlich wissen, dass er die Leiche war?

Äußerlich hustete ich weiter, um keinen Verdacht zu erregen. Meins betrachtete mich mit amüsiertem Argwohn.

»Wer denn sonst?«, fragte ich versehentlich laut.

»Mit wem redest du eigentlich immer?«, wollte Meins wissen.

»Ich denke manchmal laut«, sagte ich. »Kein Grund zur Sorge.«

»Sehe ich besorgt aus?« Meins lachte schon wieder.

»Nein«, antwortete ich und dachte: Siehst du hier vielleicht sonst noch jemanden mit Kutte und Vollbart?

Der Tote ist ja nicht mehr da. Wahrscheinlich wurde er entsorgt.

»Blödsinn!«, rief ich.

Meins lachte sich schlapp.

Die haben hier vielleicht nicht alle Latten am Zaun, sagte ich lautlos, aber solche Vögel bringen doch keinen um. Die glauben an irgendwas Religiöses.

Und ich an die Leiche.

»Du siehst Gespenster«, sagte ich laut.

Meins' Lachen steigerte sich.

»Wer«, fragte ich, »hat mich eigentlich aus dem Pool gefischt?«

Dass wisse er doch nicht, stieß Meins zwischen mehreren Lachern hervor. Als er mich gefunden habe, hätte ich schon da draußen gelegen. Wahrscheinlich sei ich selbst rausgekommen.

»Das glaube ich kaum«, sagte ich.

Meins fiel fast vom Stuhl vor Lachen. Urplötzlich aber wurde er todernst. »Vielleicht war es ja das Seewiefken persönlich.« Sekunden später fiel er in sein Lachen zurück. Eins stand jedenfalls fest: Tot war er nicht. Als er sich die Haare zurückstreifte, sah ich seine Schläfe.

»Schönes Tattoo«, sagte ich und dachte: Genau wie der Mann im Pool. Was sagst du jetzt?

Vielleicht ist er nicht der Einzige mit so einem Schmuckstück.

»Gefällt es dir?«, fragte Meins voller Stolz. »Ist das Seewiefken.«

»Das sehe ich. Und offensichtlich auch das Emblem Ihres Clubs hier.«

Meins betrachtete mich argwöhnisch.

9

Im Gegensatz zu meiner inneren Stimme glaubte ich nicht mehr an die Leiche im Pool. Vielleicht hatte ich nur eine Vision gehabt. So was kommt selbst bei den allerbesten Ermittlern vor. Oder die Leiche war nur scheintot. Eine Scheinleiche sozusagen.

Mein anfänglicher Irrtum wurde mir endgültig klar, als ich im Wilhelmshavener Stadtpark eine Runde mit dem Hund drehte, um meinen aufgewühlten Gedanken ein bisschen Ordnung zu verleihen. Noch immer zog es mich ab und zu in den Stadtpark, in dem ich in der kurzen Zeit meines Zusammenlebens mit Luna so oft mit ihr und Alan (ihrem Hund) spazieren gegangen war. Manchmal hoffte ich sogar, sie hier zu treffen. Luna war die einzige Frau, mit der ich je zusammengelebt hatte. Ich hatte sie geliebt. Und noch immer gehörte ihr ein großer Teil meines Herzens, auch wenn sie diesen mittlerweile konsequent ablehnte.

Auf der Fahrt nach Wilhelmshaven hatten mich Gedanken an Luna überfallen. Sie hatte ein Faible für entspannt lächelnde Buddha-Figuren. Überall in Haus und Garten saßen sie herum. Die Atmosphäre im »Ebbe und Flut« hatte mich daran erinnert, obwohl es hier statt des Buddhas ausschließlich Figuren des Seewiefkens waren, aber das machte in meinen Augen keinen großen Unterschied.

Bezüglich der Pool-Leiche blieben zwei Möglichkeiten: Meins foppte mich und hatte eine Toter-Mann-Übung absolviert (er schien ein Freund des Schabernacks), oder der Schlag auf meinen Hinterkopf hatte tatsächlich eine Halluzination ausgelöst.

Vorerst blieb die Frage offen, wer mich niedergeschlagen hatte. Von Meins hatte ich darauf keine befriedigende Antwort erhalten. Aus ermittlungstechnischen Gründen hatte ich ihm die Frage nicht noch einmal gestellt. Und von sich aus war er passiv geblieben. Daraus schloss ich, dass er keine Ahnung hatte. Meine Menschenkenntnis war differenziert, ich vertraute ihr. Nichtsdestotrotz blieb meine innere Stimme bei ihrer Leichen-These.

Wo der Verstorbene abgeblieben sein sollte, konnte sie mir aber auch nicht erklären.

In Sachen der vermissten Saskia Schöpski waren Stimme und ich uns inzwischen einig: Es wäre in der Tat unklug gewesen, den Guru direkt auf sie anzusprechen. Augenblicklich wäre ich als Detektiv enttarnt gewesen. Das hätte die Karten neu gemischt. Und zwar gegen mich.

Im Stadtpark setzte ich mich auf eine schattige Bank und betrachtete die Kühe auf der Weide. Eine Möglichkeit, die vermutlich kein anderer Stadtpark der Welt bietet. Gemächlich ihr Gras fressende friesische Kühe haben für mich etwas ungemein Beruhigendes. Ihre charismatische Ausstrahlung ziehe ich der eines meditierenden Buddhas jederzeit vor. Von einem meditierenden Guru à la Heinz Meins ganz zu schweigen.

Dass ich ihm die Teilnahme an einem seiner Seminare trotzdem zugesagt hatte, hatte andere Gründe. Zunächst aber hatte er mich gefragt: »Wat willst du eigentlich hier bei uns?«

Ab und zu verfiel er in typisch friesischen Slang, was ihm danach sichtbar unangenehm war. Wat statt was spricht eine deutliche Sprache. Mir machte es ihn nicht unsympathischer. Grundsätzlich bemühte er sich jedoch, einen über den Dingen schwebenden Eindruck zu vermitteln, was mir nicht behagte.

Statt über Sassi Schöpski zu reden, hatte ich mich im Stile eines neugierigen Touristen interessiert gezeigt an den Hintergründen von »Ebbe und Flut« …

»Was ist das hier eigentlich? So eine Art Heimatmuseum?«

»Heimatmuseum?«, wiederholten meine innere Stimme und Heinz Meins ungläubig. *»Wie kommst du denn darauf?«*

Erneut brach Meins in schallendes Gelächter aus. Es gab kein Halten mehr. »Heimatmuseum!«, rief er immer wieder.

Diesmal beruhigte er sich schneller. Er konnte nicht den ganzen Tag lachen. Das Anwesen sah schwer nach Geld aus. Und Geld musste verdient werden, was Zeit in Anspruch nahm. Unnötige Trödeleien ließ es nicht zu.

»Aber zu deiner Frage«, sagte er furztrocken, »lieber Sievert …«

Ich witterte eine Falle und reagierte blitzschnell: »Siebelt.«

»Um dir also deine Frage zu beantworten, Siebelt: Wir sind ein Ort der Ruhe und Gelassenheit. Der Suchende findet Möglichkeiten, sein wahres Ich zu entdecken.«

»Das kann ich auch morgens allein im Watt. Oder auf einem schönen Spaziergang am Wilhelmshavener Südstrand«, konterte ich.

»Wenn das ausreicht«, sagte er gerissen. »Ich hindere dich nicht, deiner Wege zu wandeln. Die Wege des Herrn der Meere sind unergründlich. In seinen Ozeanen sind viele Wellen.«

Bettina kam aus dem Haus zurück. Ihr gelbes Gewand leuchtete wie durch eigene Strahlkraft in der Sonne. Ihr Lächeln glich dem Morgenstern. Im Schlepptau hatte sie einen Kerl mit runder Brille und dicken Gläsern. Er steckte im gleichen blauen Anzug wie Klausi. Dass dieser in der Psychiatrie sicher untergebracht war, bescherte mir ein gutes Gefühl. Der Vogel hier erinnerte an John Lennon, wohl wegen der Brille. Vollbart und langes Haar schienen dagegen ein Äußeres, das im »Ebbe und Flut« die Regel war. Er balancierte ein Tablett mit Teekanne und Trinkschalen. Erleichtert stellte er es ab.

Herr der Meere?, fragte meine innere Stimme. *Wer soll das denn sein?*

Spontan gab ich die Frage weiter.

»Nun, Ulfert«, forderte Meins den Lennon-Verschnitt auf, »erkläre du dem Sievert mal –«

»Siebelt«, beharrte ich.

»Erkläre du dem Siebelt mal, wer der Herr der Meere ist.«

»Neptun«, gab Ulfert spröde von sich. Er füllte die Schalen mit Tee. Bettina stellte sich hinter den Guru und verpasste ihm eine Nackenmassage vom Feinsten. Ich beneidete den Kerl.

»Mir nicht.« Ich meinte den Tee. Bettina lächelte mir verständnisvoll zu. Ein Gefühl innerer Verbundenheit erfüllte mich. »Es sei denn, du hast einen Schuss.«

»Nu werd mal nich frech.« Ulfert wurde knallrot.

»Einen Schuss Rum«, klärte ich das Missverständnis auf. »Für den Tee.« Ich hatte Ulfert nicht kränken wollen. Er machte einen bemitleidenswerten Eindruck auf mich. Und Menschen, die ich bemitleide, beleidige ich nur ungern. Auf meine halb im Scherz gemeinte Frage nach dem Rum ging niemand weiter ein, was mir recht war.

Neptun, der römische Gott der Meere. Das lernte man schon in der Schule. Was hatte die seltsame Clique um Heinz Meins mit diesem Halbfisch samt Dreizack und Krone zu tun? War es gut, die Frage offen zu stellen? Ich schob meine Bedenken beiseite.

»Für uns Ebbe-und-Flut-Gläubige ist Neptun die wichtigste Verkörperung des einen großen Gottes«, antwortete mir der Meister persönlich. »Wir beten zu Neptun, dem Herrn der Gezeiten und damit des Lebens.«

Hä?, fragte die Stimme ungläubig. *Der tickt doch nicht sauber.*

Ich formulierte ihre harschen Worte um: »Nette Idee. Und wenn der Glaube Berge versetzt, versetzt er vielleicht auch Deiche.«

»Will der uns verarschen?«, fragte Ulfert.

Pseudoeinfühlsam sagte Meins: »Der Siebelt ist auch nur ein Suchender. Wie wir alle. Und seinen Humor hat er nicht verloren.«

Ich befürchtete die nächste Lachattacke, die aber glücklicherweise ausblieb.

»Komm, Bettina, setz dich zu mir.« Einladend schlug er sich mit der Hand auf den Oberschenkel.

Prompt begab die Aufgeforderte sich auf den zugewiesenen Platz. Besitzergreifend schlang der Guru eine Hand um ihre Hüfte. Sie lächelte ergeben, während er ihren Po tätschelte. Ich traute meinen Augen nicht. Das war weder Gebet noch Meditation, das war Grapschen.

Worum geht's denn nun bei euch, verdammt?, wollte ich gereizt rufen, aber meine innere Stimme mahnte mich zur Zurückhaltung. Ich biss mir auf die Zunge, leider zu heftig.

»Aua!«

»Was'n jetzt los?«, fragte Ulfert.

»Ich hab mir auf die Zunge gebissen.«

»Das tut dammich weh«, meinte Ulfert empathisch.

»Danke«, sagte ich. »Aber wie kann ich Ihre Hilfe denn nun in Anspruch nehmen, Herr Meins?«

»Zuerst mal, indem du mich duzt«, antwortete Meins fröhlich. »Wir alle sind Brüder und Schwestern.«

»Du bist so bescheiden.« Bettina verpasste ihrem Meister einen Kuss. Auf den Mund. Schmeichelnd legte sie ihre graziösen Hände um seinen Nacken. Er gab ihr den nächsten Klaps, diesmal etwas fester.

»Bereite unser Lager vor, Bettina. Meine Seele dürstet nach deiner Seele.«

Von wegen Seele! Die Stimme verblüffte mich. Bettina verschwand im Haus. Im Gegensatz zu mir raste der Hund der schönen Jüngerin hinterher.

»Was ist mit dir, Sievert … äh … Siebelt? Du wirkst so verspannt.«

Ein Satz des großen Meisters, auf den ich nur gewartet hatte.

»Deswegen bin ich hier. Der Ruf eurer Gemeinschaft hat meine verspannte Seele in Wilhelmshaven erreicht. Ich strebe nach Erlösung und Befreiung. Das ist doch dein Job, oder?«

»Wenn du es so ausdrücken möchtest, mein Sohn.« So schnell wurde man vom Bruder zum Sohn. »Wer aber genau hat dir von uns erzählt?« Seine milden Augen nahmen einen stechenden Ausdruck an. Meine Gedanken überschlugen sich. Sollte ich Sassis Namen ins Spiel bringen? Oder war das zu gefährlich? Andererseits war ich hier, um sie zu finden. Einsam fällte ich meine Entscheidung.

»Ich hab da neulich ein Mädchen kennengelernt.« Ich druckste herum. »Die war ganz beseelt. Vor allem von Ihnen, Herr Meins …«

»Von dir.«

»Das leider nicht. Von Ihnen aber schon.«

Meins wieherte sein Lachen. »Du sollst mich duzen.«

»Ach so, ja. Okay.«

»Wie hieß sie denn?«

»Wer?« Ich wollte Zeit schinden.

»Das Mädchen.«

»Ich weiß es nicht mehr genau. Irgendwas mit S oder –«

»Sassi?«, fiel mir Ulfert ins Wort und schenkte Meins noch einen Kräutertee ein. Der Meister warf Ulfert einen strafenden Blick zu.

»Genau!«, sagte ich. »So hieß sie: Sassi. Hellblond, langes Haar. Fast wie die kleine Schwester von Bettina.«

»Das isse«, meinte Ulfert.

»Wo ist die eigentlich?«, warf ich ein. »Hab sie noch gar nicht gesehen …«

Ich hatte die Frage an Ulfert gestellt, aber Meins antwortete: »Die ist nicht mehr bei uns.« Sechs Worte wie Schüsse aus seinen leicht wulstigen Lippen.

»Das ist ja komisch«, sagte ich. »Bei ihrer Begeisterung.«

»Reisende soll man nicht aufhalten.« Meins, nun wieder Gelassenheit pur, kippte den Rest seines Tees auf die Wiese. Nachdenklich beobachtete er das versickernde Getränk. »Sie wird zu uns zurückkehren, das weiß ich genau. Aber für kurze Zeit führen ihre Schritte sie auf andere Pfade.«

Bettina trat auf die Terrasse, auch der Hund kam aus dem Haus. »So komme«, säuselte die Blondine, »denn es ist alles bereit.«

Ricky knurrte den Guru an.

Der ließ sich nicht zweimal bitten. Zu mir sagte er: »Du bist genau richtig bei uns, mein Sohn. Neptun selbst hat dir den Weg gewiesen. Saskia war nur sein Instrument. Morgen geben die Walburga und ich einen Infoabend in Horumersiel. Und nächste Woche starten wir mit der ganzen Gruppe nach Wangerooge, dem schönen ostfriesischen Eiland. Dort vertiefen wir uns noch einmal in besonderer Weise in die Lehre der Gezeiten und des Seewiefkens.«

Welche Leere?, fragte die Stimme. *Welches Seewiefken?*

Ich kündigte meine Teilnahme am Horumersieler Abend an. Bevor ich losfuhr, stellte ich außerdem vage meine Teilnahme am Wangerooger Vertiefungsseminar in Aussicht.

10

Ich erzählte Susi Schöpski nichts von der Leiche im Pool.

Weder wollte ich sie zusätzlich beunruhigen (eine Leiche kommt selten allein), noch glaubte ich selbst weiter an die Existenz des Toten. Warum also sollte ich ihn erwähnen?

Trotzdem war Susi nicht zufrieden mit meinem Bericht. Sie habe sich mehr davon versprochen, vor allem von mir. Ihre Erwartungen waren aufgrund meines polnischen Triumphs hochgesteckt.

»Unmögliches wird sofort erledigt«, sagte ich smart. »Wunder brauchen etwas länger.« Innerlich genehmigte ich mir die nächste Zigarette. Wir saßen im Büro meiner Haven-Detektei effektiv! am Bontekai.

Ich spielte mit dem Gedanken, ein paar Schollen in die Pfanne zu hauen, ein paar Krabben dazu zu reichen und Susi einzuladen. Letztlich ließ ich es aber bleiben, da unser Arbeitsverhältnis noch nicht beendet war. Ich habe meine Prinzipien. Obwohl Susi es mir nicht leicht machte. Als sie in ihrer entzückend-zornigen Enttäuschung ihr rotblondes Haar zurückwarf und ihre blauen Augen mich anblitzten, lief ich Gefahr, den festen Strand unter den Füßen zu verlieren und von den Wellen geschluckt zu werden.

Während mich diese und ähnliche Gedanken beschäftigten, bekam Susi eine Handynachricht, die sie offenbar beruhigte. Ich wusste nicht, ob ich mich darüber freuen sollte oder nicht. Aus der Wildkatze wurde augenblicklich ein zahmes Kätzchen. Als mir jedoch klar wurde, dass die Nachricht von Sassi kam, freute ich mich ohne Abstriche mit ihr.

»Hallo, Mama«, las sie vor. »Es geht mir gut, mach dir bitte keine Sorgen. Ich gehe meinen Weg, der ein guter Weg ist. In ein paar Tagen melde ich mich wieder. Hdl, deine Sassi ☺.«

»Na, sehen Sie, Frau Schöpski.« Innerlich legte ich die Füße auf den Tisch. »Alles in Butter. Wäre dem nicht so, glauben Sie mir, hätte ich Ihre Tochter schon längst befreit, aus wessen Fängen auch immer.«

Zur Beruhigung meines aparten Gegenübers hätte ich noch ganz andere Behauptungen aufgestellt. Susi sah mich skeptisch an, was ich ignorierte.

»Ich werde mich undercover ins ›Ebbe und Flut‹ begeben«, sagte ich. »Machen Sie sich auch weiterhin keine Sorgen. Ich habe Sassis Fährte aufgenommen. Und ich werde nicht eher ruhen, bis ich Ihre Tochter gefunden habe. Sie können sich da voll und ganz auf mich verlassen.«

Der Hund beendete sein Nickerchen unter dem Tisch und schüttelte sich. Weiße Haare wirbelten umher. Susi wies mich auf ihre Tierhaarallergie hin, weswegen ich einen Spaziergang am Südstrand vorschlug.

»Da können Sie mir auch von Ihrer Tochter erzählen«, sagte ich. »Ich brauche noch jede Menge Infos über sie.«

»Warum das denn?«, fragten Susi und meine innere Stimme synchron. »Sie sollen ja keine Biographie über sie schreiben«, fügte Susi hinzu.

»Jede Kleinigkeit«, ich hängte mir die Leine über, »kann von Bedeutung sein. Man weiß nie, wie die Dinge sich entwickeln.«

Susi war so verstrickt in die Sorge um ihre Tochter, dass sie sich in meiner Befragung als äußerst wortkarg erwies. Während wir die Südstrand-Promenade entlangflanierten, erfuhr ich nicht halb so viel über die vermisste Person wie erhofft. Immer wieder blieb Susi stehen und warf sehnsuchtsvolle Blicke auf das Wasser des Jadebusens, welcher sich vor uns erstreckte. Die Wellen des Meeres blinkten tausendfach in der Sonne. Susis Haar wehte sanft im Wind. Ich ließ mich nicht ablenken.

»Hatte Ihre Tochter schon immer eine Affinität zu … nennen wir es religiösen Fragen?«, bohrte ich nach.

»Das kann man so nicht sagen«, druckste Susi herum. Ihre Absätze klackten auf dem roten Promenadenpflaster.

»Wie kann man es denn sagen?« Auch wenn ich sie nervte, ich durfte nicht lockerlassen.

Ist doch echt schietegal, gab die Stimme ihren Senf hinzu. Ricky trottete neben uns her. Ich hoffte, dass die Bedeutung meiner Frage zu gegebener Zeit so deutlich sichtbar wurde wie der Arngaster Leuchtturm draußen im Jadebusen.

»Sie war immer ein sehr aufgewecktes Kind«, sinnierte Susi. »Offen für alles und …«

»Für jeden?«, hakte ich hintersinnig nach.

»Was wollen Sie denn damit sagen?«, fragte Susi verblüfft.

»Ich hatte den Eindruck, dass eine gewisse Freizügigkeit herrscht zwischen den Geschlechtern im ›Ebbe und Flut‹.«

»Tatsächlich?« Susis Gleichmut irritierte mich. Ich hatte eine besorgte, vielleicht sogar erschrockene Reaktion erwartet. Am Telefon hatte sie sich noch echauffiert, dass Sassi dem Guru verfallen sei. »In diesem Punkt mache ich mir keine Sorgen«, erklärte sie nun. »Sie träumt von einem Leben zu zweit.«

Wir lehnten uns an die rote Strandmauer.

»Offen für alles und …?« Ich ließ nicht locker. »Was haben Sie gemeint?«

»Das weiß ich doch jetzt nicht mehr«, rief Susi gereizt. Passanten drehten sich verwundert um. »Wahrscheinlich wollte ich sagen: … und so ein liebes Mädchen. Denn das war sie immer, meine Sassi. Ein furchtbar liebes Mädchen.«

Ein Allgemeinplatz, der mich keinen Schritt weiterbrachte. Welche Mutter würde dies nicht von ihrer Tochter behaupten? Meine Einladung auf einen Milchkaffee in einem Promenadenbistro lehnte Susi ab. Sie bekam schon wieder eine Nachricht und hatte es plötzlich eilig. Auf dem Rückweg löcherte ich sie weiter mit Fragen: Wie war Sassi denn so in der Schule? War Religion ein bevorzugtes Fach?

»In Sport war sie gut«, meinte Susi. »Aufsätze hat sie gern geschrieben. Sie hatte immer viel Phantasie. Manchmal zu viel.«

Wir überquerten die KW-Brücke. Dabei schlug Susi ein Tempo an, als sei der Teufel persönlich hinter ihr her, und blickte dauernd auf die Uhr.

Was ist mit der denn plötzlich los?

»Warum haben Sie es denn auf einmal so eilig?«, fragte ich.

Susi behauptete, noch einen wichtigen Termin zu haben. Die Nachricht eben habe sie daran erinnert.

»Hat der Termin mit dem Verschwinden Ihrer Tochter zu tun?«

»Nein.« Sie legte noch einen Zacken zu. »Mein eigenes Leben hat ja nicht aufgehört, nur weil die Göre plötzlich einem Guru hinterherläuft.«

Ich ließ mich nicht abschütteln.

»Hatte Ihre Tochter schon mal einen Freund?«

»Natürlich. Sie ist dreiundzwanzig. Und bildhübsch.«

»Es gibt viele«, sagte ich, »die in dem Alter noch nichts laufen haben.« Dass ich dabei an mich in ebenjenem Alter dachte, verschwieg ich, während ich ihr folgte wie vom Magnet angezogen.

Nun lass sie doch abzischen. Du machst dich ja lächerlich.

Auch der Hund zog an der Leine nach hinten. Meine Sicherheit, richtig zu handeln, blieb unberührt. Manchmal musste ein Detektiv zum Wadenbeißer werden.

Schließlich befiel mich ein Krampf im linken Bein, woraufhin ich mich unauffällig zurückfallen ließ. Das Klacken von Susis Absätzen entfernte sich. Sie drehte sich nicht mal mehr um, nur ihr Haar flog fahnengleich hinter ihr her. Gedankenverloren betrachtete ich das Wasser des Großen Hafens.

»Man sieht sich immer dreimal im Leben«, sagte ich leise.

Zweimal, meinte die Stimme. *Es heißt zweimal.*

Der Hund hob das Bein an einem Grasbüschel. Arrogant blinzelte er in die schwächer werdende Sonne.

Warum war die eigentlich auf einmal so anders? Sooo schlimm fand ich dich diesmal gar nicht.

»Na, siehst du«, sagte ich. »Da sind wir ja tatsächlich mal einer Meinung.« Der Wadenkrampf ließ langsam nach. Leicht humpelnd setzte ich den Heimweg fort. Susis Verhalten gab nicht nur der Stimme Rätsel auf.

11

Ich erwachte schweißgebadet. Wirre Träume scheuchten mich auf. Am wenigstens wunderte mich die Wasserleiche, die alle Traumsequenzen als Hintergrundbild begleitet hatte. Ich hatte noch nie zuvor einen Toten gesehen.

Selbst wenn die im Pool schwimmende Leiche in Wahrheit keine war, sondern ein meditierender Guru oder eine Halluzination meines kurzfristig angeschlagenen Gehirns, so erschütterte mich ihr Anblick doch nachhaltig. Wie auch immer: Ich träumte von dem Toten. Und ich träumte von einer Frau, die nicht aussah wie Susi Schöpski, die aber Susi Schöpski war. Äußerlich war sie eine Meerjungfrau, weshalb ich sofort an das Minsener Seewiefken dachte. In einem weiteren Traum begegnete ich einer anderen Meerjungfrau. Auch sie war nicht Susi, sondern Walburga, die Guru-Gattin. Heinz Meins kam in meinen Träumen ebenfalls vor. Er sah aus wie Neptun persönlich: Krone, Dreizack, fischartiger Unterleib. Genauso hatte ich ihn als Kind in der Schule malen müssen und schon damals nicht ausstehen können.

Nach dem Erwachen dachte ich darüber nach, den Psycho Klaus Maria Deuter in der Holtermannstraße aufzusuchen, entschied mich schließlich aber klar dagegen. Stattdessen machte ich mir einen starken Kaffee und Rührei mit Nordseekrabben vom Vortag zum Frühstück. Während des Essens befiel mich eine heftige Unruhe: Was, wenn die Leiche tatsächlich eine Leiche gewesen war?

Ein real existierender Toter war kein Scherz! Schon gar nicht, wenn er im Swimmingpool einer bei Tettens ansässigen obskuren Sekte schwamm.

Ich sah keine andere Chance, als so schnell wie möglich zu klären, ob der Tote tatsächlich tot war. In diesem Fall hatte ich es nicht mehr nur mit dem Verschwinden von Sassi Schöpski zu tun, sondern vermutlich auch mit einem Mord. Im Nachhinein wunderte mich, dass mir die Brisanz dieser Frage nicht gleich aufgefallen war. Offenbar war die Situation mir kurzfristig über den Kopf gewachsen, da mir noch nie im Leben ein Toter begegnet war.

Nach ein paar gymnastischen Übungen auf meinem Balkon, bei denen ich die Stadt, den Bontekai, den Großen Hafen, auch den sich neben mir ausgiebig kratzenden Terrier sowie den neuen Spätsommertag begrüßte wie an jedem Morgen, an dem es nicht regnete, zog ich mich in mein Büro zurück, um dort die Situation, soweit sie mir bekannt war, zusammenzufassen und auf den neuesten Stand zu bringen. Hierzu griff ich wie immer zum Flipchart. Oben auf den bis zu diesem Moment weißen Papierbogen schrieb ich mit schwarzem Edding:

»Fall Ebbe und Flut.«

Dies schwarz auf weiß vor mir zu sehen, hatte eine beruhigende Wirkung auf mich. Ich setzte mich hinter meinen Schreibtisch, auf dem ich die in elegant hellbraunen Schuhen steckenden Füße ablegte. Innerlich zündete ich mir eine an und betrachtete minutenlang meine geschriebenen Worte. Ihre Klarheit sog ich in mich ein wie den Rauch der imaginären Zigarette. Der Hund lag unterm Tisch und gähnte mit weit aufgerissenem Maul. Geduldig wartete er auf sein Morgen-Gassi. Es war noch früh: fünf Uhr neunundfünfzig. Um diese Zeit lag ich sonst noch in den Federn, und der Terrier schnarchte am Fußende friedlich vor sich hin.

Wie geht's denn jetzt weiter?, fragte die Stimme. *Was du notiert hast, sind nicht gerade durchschlagende Erkenntnisse.*

»Oh doch«, rief ich, »es handelt sich nämlich nicht nur um einen Fall …«, ich trat erneut ans Flipchart, »… sondern um einen …«, ich korrigierte das Geschriebene:

»Doppelfall Ebbe und Flut.«

Ach nee.

Von der Überschrift aus zog ich einen Strich nach links und einen nach rechts unten. An den linken Strich schrieb ich mit dünnem Filzstift »Fall Sassi« an den rechten »Mordfall«. Danach liefen die Worte nur so durch meine Finger aufs Papier.

Links:

»Verschwunden!

Hinter den Kulissen von ›Ebbe und Flut‹?
Dem Guru verfallen?
Mutter zuerst besorgt, zuletzt fast schon gleichgültig.
Laut Handynachricht geht es ihr gut, und sie kehrt bald zurück.
Lässt wenig von sich hören.«
Rechts:
»Gab es eine Leiche im Pool?
Wo ist die hin?
Männlich, Sektenangehöriger (Frisur, Bart, Kleidung)
Gleiches Tattoo wie Guru: Seewiefken.«

Wieso Kleidung?, fuhr mir meine innere Stimme scharf in die Parade. *Die anderen Typen haben doch diesen blauen Dress. Nur der Guru nicht.*

»Stimmt!«, rief ich. Mich erstaunte, dass ich das nicht selbst bemerkt hatte. Aufgeregt notierte ich:

»Gibt es außer Meins weitere Leiter (Untergurus)?
War der Tote ein Unterguru?«

Wenn du so weitermachst, frotzelte meine innere Stimme, *kann Marlowe einpacken.*

Der Hund wollte nun doch hinaus.

12

Ich war froh, dass der angekündigte Infoabend in Horumersiel bereits an diesem Tag stattfand. Die Sache musste ins Laufen kommen. Alles wies darauf hin, dass ich es mit zwei Fällen zu tun hatte – die kleine Schöpski war ebenso verschwunden wie die Leiche – und dass es sich bei der Leiche um ein Sektenmitglied handelte. Noch hatte ich keinen genauen Überblick über die Anzahl der Mitglieder dieses seltsamen Vereins. Ich tippte auf ungefähr zwanzig, konnte aber auch falschliegen. Das war wie beim Lotto.

Es war ein lauer Spätsommerabend. Das Licht einer tief stehenden dunkelgelben Sonne blendete mich, als ich an der Tankstelle vorbei in die Horumersieler Goldstraße einbog. Ricky hatte ich unterwegs bei Ubbo Dose in Hooksiel abgeliefert.

Meins hatte für den Infoabend den Kursaal im Haus des Gastes angemietet. Ein kluger Schachzug. Über dem Gebäude lag ein Flair gediegen bürgerlicher Seriosität. Horumersiel war Touristenhochburg. Interessierte Feriengäste mussten nicht eigens den abendlichen Weg ins zwanzig Kilometer entfernte Tettens antreten. Auch Besucher aus dem benachbarten Schillig und der dazwischenliegenden Feriensiedlung Friesenhörn hatten es nicht weit. Schillig verfügte neben den großen Hotels Upstalsboom und Strandhotel über jede Menge Ferienwohnungen sowie über einen der größten und bekanntesten Campingplätze Europas. Darüber hinaus befand sich das ganze Wangerland mit seinen vielen mittleren und kleinen Ortschaften in greifbarer Nähe.

Trotzdem wunderte ich mich über den Besucherandrang. Touristen hatten sich ebenso auf den Weg gemacht wie Einheimische. Dass hinter dem großen Zulauf vermutlich andere Motive steckten als spirituelles Interesse, wurde mir klar, als ich die Werbeplakate erblickte. Vor dem Hintergrund des Meeres am Schilliger Strand waren Bettina, Walburga und eine weitere Schönheit zu sehen, alle drei vorteilhaft in Pose gesetzt in ihren engen Gewändern und mit ihren wundervollen Mähnen. Bettina und die dritte Frau waren eindrucksvoll vor Walburga auf die Knie gefallen, ohne dass es allzu unterwürfig daherkam. Das Foto des Gurus prangte dagegen nur klein unten rechts. Man konnte es glatt übersehen. Im Vergleich zu seinen Gespielinnen war er rein optisch nicht unbedingt der Burner.

Nicht übersehen konnte man allerdings den Guru, als er nun live in einem thronähnlichen Korbstuhl auf Rädern von Bettina und der dritten Frau in den Raum gerollt wurde. Meins im vertraut weißen Gewand. Die beiden Ladys trugen ihre leuchtend gelben Kleider. Die andere Frau kam nicht ganz an Bettinas Schönheit heran, war aber mit ihrem langen schwarzen Haar ebenfalls ein echter Hingucker. Zaghafter Beifall brandete auf. Ich fragte mich, wem er galt.

Heinz Meins fragte sich das offenbar nicht. Er hielt sich selbst für den Betroffenen. Beschwichtigend hob er die Hände. Inzwischen applaudierten nur noch eine Handvoll Sektenmitglieder in blauen Anzügen, die verstreut als Einheizer im Publikum saßen. Eine von ihnen eher temperamentlos gespielte Rolle.

Nach dem letzten Klatscher entstand eine angespannte, erwartungsvolle Stille im Saal. Meins nutzte diese zum Aufstehen. Seine einstudierte Würde wirkte auf mich zu dick aufgetragen. Manche riefen »Ah!« und »Oh!«, manche nur eins davon. In der hintersten Ecke kicherte jemand. Meins trat mit beschaulich ineinandergelegten Händen näher ans Publikum. Kaum merklich zuckten die in der ersten Reihe Sitzenden zurück. Bettina und ihre schwarzhaarige Kollegin drapierten sich mit gewinnendem Lächeln hinter dem verlassenen Thron. Eine Hand an der Hüfte, das dazugehörige Bein leicht vorgestreckt, erinnerten sie an Showgirls. Meins' Blicke erfassten das gesamte Publikum. Sein manipulatives Handwerk hatte er gelernt.

»Ich freue mich sehr«, erhob er nach gefühlter Ewigkeit seine Stimme, »dass ihr alle zu mir gekommen seid.« Er lächelte nicht. Das imponierte mir, da es alle Erwartungen auf den Kopf stellte. Erwartungen gezielt nicht zu erfüllen, ist ein wirksames Mittel, Aufmerksamkeit zu erregen. Wieder schwieg er lange, ließ seine Blicke schweifen.

Kein Mensch konnte etwas mit der Situation anfangen, aber alle waren gespannt. Meins schwieg und schwieg. Dann urplötzlich erwachte er zum Leben. Zu einem Zeitpunkt, an dem niemand mehr damit gerechnet hatte. Er warf die Arme in die Luft, drehte sich ab, machte ein paar Schritte. Er rief: »Den ganzen Abend könnte ich so vor euch stehen und dem Energiefluss lauschen, der zwischen uns hin- und herschwappt. Habt ihr ihn auch gehört?«

Manche nickten, andere sagten »Nee«. Köpfe wurden geschüttelt, an vielen irritiert gekratzt. Die Stimmung entspannte sich etwas.

»Natürlich habt ihr es gehört!«, rief Meins. »Es mag ungewohnt sein, strömender Energie zu lauschen. Aber es ist hörbar, für jeden von euch.« Er lief von links nach rechts und wieder zurück in die Mitte, als suche er nach den richtigen Worten. »Das ist, als wenn ihr das tosende Meer durch ein schallisoliertes Fenster betrachtet. Ihr seht es, aber ihr hört es nicht. Das Einzige, das ihr tun müsst, ist …? Na?« Er zeigte auf eine ältere Dame in der ersten Reihe, die neben ihrem Mann saß. Einheimische in ihren Sonntagsklamotten wie für einen Kirchbesuch.

»Dat Fenster opmaken«, sagte die Frau resolut.

»Richtig!« Meins jubilierte. »Das Fenster aufmachen!« Er zog die Frau von ihrem Sitz hoch und drehte sie zum Publikum. »Diese Schwester hat es erfasst! Mit ihren einfachen Worten hat sie uns offenbart, was wir alle nur tun müssen: ›Dat Fenster opmaken!‹ Wie, liebe Schwester, ist dein Name? Wir alle wollen von dir lernen! Jeder Einzelne von uns will das! Du bist ein wunderbares Werkzeug der göttlichen Macht.«

Von hinten legte er die Hände auf ihre Schultern. Er war einen Kopf größer als sie. Beide starrten ins Publikum. Sie erschrocken, er beseelt. Sie war so baff, dass sie nichts sagen konnte.

»Verrate uns deinen Namen!«, wiederholte Meins.

»Erna«, flüsterte sie.

»Lauter! Wir alle wollen es hören. Es ist befreiend, den eigenen Namen laut zu rufen!«

»Erna«, sagte Erna in normaler Lautstärke.

»Lauter!«

»Erna!«, rief sie leise.

»Lauter!«

»Erna!«, rief sie laut.

Dann stand ihr Mann auf. Ein weißhaariger Hüne, vermutlich Landwirt. Entschlossen packte er Ernas Hand.

»Wir gehen, Erna. Der is doch nich ganz dicht is der nich.« Dem Guru warf er wütende Blicke zu. Erna schleifte er hinter sich her. Diese schien nicht sicher, ob es erlaubt war, jetzt zu gehen.

»Aber ... du warst dat doch, der unbedingt herwollte ...«

»Komm jetzt!«, zischte er autoritär.

Im Saal entstand Unruhe, die Situation drohte zu eskalieren. Meins gab Bettina ein Zeichen. Sie stellte sich den beiden Abwanderungswilligen in den Weg.

»Aber nicht doch.« Beschwichtigend legte sie eine Hand auf die Schulter des Mannes. »Das sind jetzt aber ganz ungute Energien. Möchtest du vielleicht etwas trinken?«

Das Publikum hielt den Atem an. Man hätte eine Krabbe auf den Boden fallen hören. Urplötzlich aber wandelte sich die Situation. Mit brachialen Mitteln zog ein anderer Mann das öffentliche Interesse auf sich, als er schreiend den Saal stürmte: »Mörder! Das sind alles Mörder!« Er rannte auf den Guru zu, als wolle er ihm an die Gurgel. »Mörder!«

Erna und ihr cholerischer Gatte waren von einer Sekunde auf die andere von jeglicher Aufmerksamkeit befreit.

»Mich bringst du nicht auch noch um!«, schrie der Mann. »Mich nicht!«

13

Klausi! Bevor er Heinz Meins erreichte, trat ein weiterer Kerl in Erscheinung, den ich vom Sehen kannte. Es war der bullige Glatzentyp mit verspiegelter Sonnenbrille, Range Rover und Deutscher Dogge vom Sektenhof. Die Dogge befand sich erneut in seinem Schlepptau. Um Klausi außer Gefecht zu setzen, benötigte er die Hilfe des Hundes jedoch nicht.

Er kam aus dem Verborgenen. Im Hintergrund stehend hatte ihn niemand zuvor gesehen. Die Sonnenbrille prangte auf seiner Stirn. »Mörder!«, schrie Klausi erneut. Wild fuchtelte er mit den Armen in der Luft herum. Der Hüne nahm ihn in den Schwitzkasten und schleifte ihn in dieser für Klausi unangenehmen Haltung zum Ausgang. Wie bei einer Theateraufführung blieben alle auf ihren Stühlen sitzen. Für mich war es kein guter Augenblick zum Eingreifen. Langsam wurde es unruhig.

»Keine Aufregung!«, rief der Guru beschwichtigend. Er hob die Arme wie zum Segen. »Die Seele dieses Mannes ist krank. – Wir kennen ihn. – Er ist aus der Psychiatrie ausgebrochen. – Aber er ist *nicht* gefährlich! – Fürchtet euch nicht! – Er leidet unter Verfolgungswahn. – Seine arme Seele hat das Fenster nie geöffnet, von dem Erna uns berichtet hat.«

Nach jedem Satz ließ er eine längere Pause, wodurch er die optimale Wirkung erzielte. Er war ein Guru mit Potenzial.

»Ach so«, »Da kiek mal einer an«, »Aha« oder »Wat dat nich all gift« lauteten einige der Zwischenrufe aus dem Publikum.

»Aber keine Sorge«, rief Meins. »Bruder Rolf bringt ihn zurück in die Psychiatrie nach Wilhelmshaven. Zum Selbstschutz.«

Im nächsten Augenblick kam Bruder Rolf mit leerem Schwitzkasten zurück in den Saal. Unbewegt flüsterte er Meins etwas ins Ohr. Im Publikum machte sich erneut Unruhe breit. Die Ersten standen auf.

»Bitte bleibt!«, rief Meins. »Wie ich soeben höre, haben draußen bereits ein Krankenwagen und die Polizei auf den Mann gewartet. Er ist also in Sicherheit. Macht euch keine Sorgen.«

Ich schaute mich im Publikum um. Niemand sah aus, als würde er sich Sorgen machen. Eine gewisse Fluchttendenz endete jedoch erst, als Bettina und ihre Kollegin die Initiative ergriffen. Auf großen Tabletts verteilten sie Sektgläser. Ich hatte Durst und beeilte mich, mir ein Glas zu sichern. Auch viele andere griffen zu, setzten sich wieder hin oder blieben stehen. Knabbereien wurden gereicht. Bruder Rolf nahm samt Dogge einen für alle sichtbaren Platz in einer Ecke hinter Meins ein und machte einen professionell bedrohlichen Eindruck. Niemand legte Wert darauf, ebenfalls im Schwitzkasten zu landen.

Allmählich beruhigte sich die Situation, und Meins startete seinen Vortrag über »Ebbe und Flut«. Alles wirkte nun etwas gehetzt. Klausis Auftritt hatte den Guru mehr aus dem Konzept gebracht, als er zugeben wollte. Während er vor sich hin schwafelte, blickte ich mich erneut um. Gebannte Zuhörer waren unter den Anwesenden nicht mehr auszumachen.

Natürlich gab es ein paar deutlich esoterisch angehauchte Typen mit ernsthaftem Interesse, sicher war der eine oder die andere leichte Guru-Beute. Was aber wollte Meins mit all den anderen? Warum hatte er sie angelockt? Ein Schilliger Dauercamper aus Nordrhein-Westfalen war kein Kandidat für eine Glaubensgemeinschaft mit meditativer Ausrichtung. Der typische Mitarbeiter der Gemeinde Wangerland, ein Elektriker aus Oldorf oder ein Landwirt aus Altfunnixsiel ebenfalls nicht. In dieser Angelegenheit tappte ich im Dunkeln, bis …

… ja, bis der Abend sich seinem Ende entgegenneigte. Schon während des Vortrags hatte Meins die Möglichkeit einer Fördermitgliedschaft bei »Ebbe und Flut« erwähnt. Entsprechende Formulare lägen am Ausgang. Ein Angebot, zu dem es kaum Nachfrage gab. Unter den Esoterikern (manche tatsächlich noch im bekannten Orange der Siebziger und Achtziger) würde sich vielleicht manch einer für das angepriesene Seminar auf Wangerooge anmelden, aber Fördermitglied werden? Was sollten sie da fördern außer sich selbst?

Am Ende seines Vortrags jedoch lud Meins zum »gemütlichen Teil« ein. Weiteren Sekt kündigte er an und »ein paar leckere Häppchen mit frischem Fisch aus unserer tief verehrten Nordsee«. Das kam überraschend. Die Esoteriker verabschiedeten sich dann auch schnell. Fischbrötchen waren nichts für Veganer.

Zum gemütlichen Teil blieben auch Erna und ihr aufbrausender Gatte. Erna fühlte sich nach dem zweiten Gläschen pudelwohl. Sie warf sogar ein Auge auf Heinz Meins. Ein paar einsame Camper und Hotelgäste, alleinstehende Landwirte und Lehrer, Touristen und Friesen, allesamt männlich, verharrten neugierig. Ein ebenfalls einsamer und dienstbeflissener Privatdetektiv befand sich auch unter ihnen, die Leidenschaft des geborenen Ermittlers deutlich spürend. Und er wusste genau: So schnell würde diese ihn nicht wieder loslassen. Der Guru redete.

Wann immer es um die genauen Glaubensinhalte von »Ebbe und Flut« ging, erhielt sein Vortrag einen verschwommenen Anstrich. Vermutlich wollte er niemanden mit zu viel ideologischem Überbau abschrecken. Ich reimte mir die Sache so zusammen: »Ebbe und Flut« sah in den Gezeiten die große göttliche Symbolik. Alle göttliche Kraft des Universums steckte in ihnen. Neptun war für sie die Verkörperung dieser göttlichen Kraft, er gab den Menschen Gutes und Böses. Bis hierhin war die Sache einfach, dann wurde es komplizierter: Für die Möglichkeit zum Bösen (Sturmflut, Vernichtung) und Guten (Frieden für Friesland und den Einzelnen) stand symbolhaft das Minsener Seewiefken.

Dieses hatte nach einer Sage des sechzehnten Jahrhunderts einst dem Wangerland aus Rache eine vernichtende Sturmflut geschickt. Nach der Lehre des Gurus war das Seewiefken Neptuns Tochter. Der Glaube an sie war entscheidend und bedeutete Rettung. Das Seewiefken bei Laune zu halten, war daher die vordringliche Aufgabe von Meins und seinen Anhängern. Dies geschah durch Verehrung und Anbetung. Walburga, die den ganzen Abend nicht aufgetaucht war, spielte im Sektendenken eine entscheidende Rolle. Es gab da offenbar einen direkten Bezug zum Seewiefken, Genaueres würde ich später klären.

Ich möchte erwähnen, dass meine innere Stimme sich den ganzen Abend nicht meldete. Einerseits irritierte mich ihr Schweigen. Andererseits war es typisch für sie: Wurde es brenzlig, hielt sie sich raus. Zwar wurde es hier nicht brenzlig, aber kompliziert.

Neben Sekt floss später auch Bier friesischer Herkunft. Bettina und deren Kollegin (Elvira) kümmerten sich aufopferungsvoll um die Gebliebenen. Am liebsten, so mein Eindruck, hätten sie uns die Fischhäppchen persönlich in den Mund geschoben und diesen mit einer Serviette abgeputzt. Schließlich wurde ihr kleines Team durch eine weitere Lady namens Cordula ergänzt, gekleidet ebenfalls in Gelb.

Sie war eine Spur zurückhaltender als ihre Kolleginnen, jedoch den Gästen ebenfalls liebevoll zugewandt. Schnell entstand eine muntere kleine Party. Es gab Musik, hier und da wurde mit den Füßen gewippt. Die Musik war weder spirituell noch meditativ, sondern populär. Irgendwann verschwand Meins und kam nicht zurück. Ich machte mich auf die Suche. Eine Suche, die nicht lange dauerte.

Kaum hatte ich den Saal verlassen, hörte ich eine zeternde weibliche Stimme, die mir bekannt vorkam.

»Du hast doch nun wirklich genügend Unterstützung!«, rief sie so laut, dass es einen toten Seemann aus dem Grab geholt hätte. »Da wirst du wohl einmal auf mich verzichten können! Nur ein einziges Mal!«

Eine Tür knallte zu, die Stimme wurde leiser. Ich folgte dem Lärm.

»Ich bin unpässlich!«, rief die Stimme hinter der geschlossenen Tür. »Das habe ich dir doch wohl nun oft genug erzählt!«

»Unpässlich, unpässlich!«, äffte eine männliche Stimme nach, die ich als die Stimme des Gurus identifizierte. »Wenn ich das schon höre. Meine Mutter war auch immer unpässlich, wenn sie mal was für mich tun sollte.«

Ich begriff, dass die weibliche Stimme Walburga gehörte. Sie rief jetzt etwas Unverständliches. Ich presste mein Ohr an die verschlossene Tür.

Meins änderte seine Taktik: »Bitte, Mausi, komm doch nur ein paar Minuten dazu. Die fahren garantiert auf dich ab. Bisher haben nur zwei oder drei von den Heinis unterschrieben. Wenn das so weitergeht, wird das ein teurer Abend für uns. Bitte!«

»Auf keinen Fall!« Walburga ließ sich nicht erweichen. »Ich kann nicht. Ich kann niemanden ertragen! Wenn du auch nur ahnen würdest, was ich erlebt habe. Du elender, gottverdammter Ignorant … Ach Scheiße, ich werde jetzt gehen!«

Die Tür flog auf und mir an den Kopf. Für adäquates Reagieren war die Zeit zu kurz. Rot gewandet rauschte Walburga an mir vorbei, ohne in ihrer Aufgebrachtheit Notiz von mir zu nehmen. Blitzschnell hatte ich eine Entscheidung zu treffen. Eine Übung, die ich mittlerweile bis zur Perfektion beherrschte. Sollte ich mich vor Meins verstecken, oder war es besser, mich zu erkennen zu geben? Keine leichte Frage, die ich jedoch erstaunlich behände wuppte.

14

Als ich einige Zeit später auf Ubbo Doses runtergekommenem Hof parkte, war ich nicht unzufrieden mit mir. Mittlerweile war ich eine ganze Ecke schlauer als zu jenem Zeitpunkt, an dem ich Ricky hier abgesetzt hatte. Der Detektiv muss ein Meister sein in der Politik der kleinen Schritte. Ein Meister, zu dem ich mich immer mehr entwickelte. Gerade in den letzten Stunden war ich eine ganze Menge dieser kleinen Schritte weitergekommen, was mich mit einem gewissen Stolz erfüllte.

Ubbo hatte sich bereits auf sein Sofa zurückgezogen. Dort traf ich ihn schlafend an. Sein ohrenbetäubendes Schnarchen drang mir schon auf der Diele entgegen. Der Hund machte einen frisch erwachten Eindruck. Der alte Knabe freute sich, mich zu sehen, was er mir durch hohe Jaultöne vermittelte. Wegen der todähnlichen Tiefe seines Schlafes weckte ich Ubbo unsanft, sonst wäre er nicht aufgewacht. Ich brauchte ihn zur Nachbetrachtung des heutigen Abends. Schlaftrunken bot er mir ein Pils an, was ich nicht ausschlug.

Wie stets in Ubbos Behausung wählte ich einen Holzstuhl ohne Polster, da Polster diversen Kleinsttierchen zu viel Gelegenheit zum Unterschlupf boten. Ubbo fläzte sich zurück auf sein rotes Plüschsofa, das er (»Sieht doch noch astrein aus, ouder nich? Und bequem is dat!«) vom Sperrmüll hatte. Der Hund rollte sich neben ihm zusammen und betrachtete mich aus zusammengekniffenen Augen wie einen Eindringling. Ich ließ mir die Kränkung nicht anmerken und berichtete:

»Auf meine Frage, was denn mit Walburga los ist, hat Meins mir keine klare Antwort gegeben.«

»Aber eine unklare?«, hakte Ubbo geistesgegenwärtig nach.

»Eigentlich auch nicht. Eher gar keine.« Ich trank einen Schluck aus der Flasche, ein Glas hatte Ubbo mir nicht angeboten. »Der hat einfach so getan, als hätte er meine Frage nicht gehört. Überhaupt machte er einen genervten Eindruck. Wollte nur wissen, ob ich schon unterschrieben hätte. Etwas anderes schien ihn gar nicht zu interessieren.«

Ubbo wartete schweigend auf meine Fortsetzung, die ich ihm nach einer Weile des Erinnerns zukommen ließ:

»Was soll ich denn unterschreiben?«, fragte ich, während wir auf den Vortragssaal zusteuerten. Von Walburga längst keine Spur mehr.

»Na, was die *alle* unterschreiben«, zischte er ungehalten. »Hoffentlich jedenfalls.« Er warf einen Blick durch den geöffneten Türspalt in den Saal, aus dem Gute-Laune-Musik und angeregtes Geplauder drangen. Dann schloss er den Spalt.

»Also, was willst du, Bruder?«, fragte er so zerstreut, als würde er mich gerade zum ersten Mal sehen. »Fördermitglied werden?«

Ich versicherte ihm, dass meine Interessen rein spiritueller Natur wären.

»Sehr gut!«, rief er. »Ganz phantastisch, mein Guter. Spirituelle Interessen sind immer gut.« Er machte einen extrem unkonzentrierten Eindruck auf mich. In seinem weißen Talar und mit hängenden Armen stand er da. Unschlüssig, was er tun sollte. Seine Blicke starrten ins Leere. Plötzlich rannte er zum Ausgang und verschwand. Ich hatte es nicht eilig und folgte ihm im Schlendertempo. Natürlich würde er nach Walburga Ausschau halten. Und natürlich würde er keinen Erfolg haben. Viel zu lange schon war sie entschwunden. Entschwunden, wie das Seewiefken nach ihrer Befreiung in den Wellen der Nordsee entschwunden war, um diese in tosende Sturmflutwogen zu transformieren und das Wangerland damit zu überschwemmen, als die Bevölkerung beim Gottesdienst in der Minsener Kirche hockte. »Dat geit ut ast' be'n to Minsen« (Das endet wie das Beten in Minsen, Anm. des Übersetzers) ist seither ein Wangerländer Sprichwort.

Sekunden später kam Meins tatsächlich zurück, mit gezücktem Smartphone. Verzweifelt versuchte er, jemanden zu erreichen. Mir war klar, um wen es sich dabei handelte.

»Und wat war sonst noch so los da in Horumersiel, sach ma?«, unterbrach mich Ubbo. »Hört sich ja echt nach 'ne dröge Sache an.«

»Keineswegs!«, rief ich. Es hielt mich nicht länger auf meinem Stuhl. Aufgeschreckt sah Ubbo mich an, der Hund sprang vom Sofa und dann an mir hoch. »Die Party im Saal lief noch. Die Stimmung schlug hohe Wellen. Erna tanzte ausgelassen mit dem Bodyguard …«

»Wer is Erna?«, fragte Ubbo. »Und von wat für'n Bodyguard schnackst du da? Persönlich kenn ich nur einen, aber der –«

»Das spielt alles keine Rolle«, unterbrach ich ihn. »Wichtig ist, dass die Sekten-Ladys es am Ende tatsächlich fertiggebracht haben, praktisch alle noch anwesenden Herren zu einer Fördermitgliedschaft zu bewegen. Und so eine Fördermitgliedschaft ist nicht gerade ein Schnäppchen.«

Also du auch? Ich begriff nur langsam, dass meine innere Stimme wieder im Boot war.

»Gibt's dich also auch noch?«, fragte ich.

»Warum soll mich dat denn nich mehr geben, sach ma?«, fragte Ubbo verdattert. »Bist du denn da nu auch eingetreten ouder nich?«

»Bin ich«, räumte ich ein. »Aber das ist nicht wichtig. Man kann auch wieder austreten. Viel wichtiger ist, dass ich mich für das Seminar auf Wangerooge angemeldet hab. Montag geht's los.«

15

Die zu überbrückenden Tage nutzte ich nicht nur zum Resümieren, sondern auch, um Klausi zu besuchen. Er war in die Karl-Jaspers-Klinik in Wehnen verlegt worden und machte einen besseren Eindruck auf mich als zuletzt. Ihm wurde ein Spaziergang mit mir und Hund durch den Park erlaubt.

Das Licht des Indian Summers brach sich in den Zweigen hoher Bäume. Goldgelber Schatten blätterte vor unsere Füße, unter denen der Kies leise knirschte. Dazwischen lief der Terrier. Ein paar andere Patienten in Begleitung waren auch unterwegs, die Stimmung war friedlich. Die Vögel zwitscherten wie wahnsinnig. Als ich dies Klaus gegenüber erwähnte (er bat mich darum, künftig das i wegzulassen, da er endlich erwachsen werden wolle, das hatte er offenbar in der Therapie gelernt) und er ein erschrockenes Gesicht machte, entschuldigte ich mich sofort für meinen Fauxpas: »Sorry, das sollte keine Anspielung sein. Die Vögel singen schön. Wahnsinnig sind sie nicht. Ich wollte niemanden beleidigen. Weder die Vögel noch … ach, egal.«

Klaus, kein nachtragender Charakter, verzieh mir wortlos. Ich konfrontierte ihn mit der Tatsache, dass ich Zeuge seines Auftritts in Horumersiel gewesen war.

»Ich kann mich nicht mehr daran erinnern«, sagte er nüchtern.

»An gar nichts?«

Er schüttelte den Kopf. Seine Blicke erinnerten mich an die Kühe auf unseren friesischen Weiden, wenn sie zu viel gefressen hatten. Ich hielt es für eine gute Idee, sein Gedächtnis ein wenig aufzupolieren, und erinnerte ihn daran, dass er mehrmals »Mörder!« geschrien hatte.

»Echt?«

»›Die sind alle Mörder!‹, haben Sie gerufen.« Unnachgiebig bohrte ich in das schwarze Loch verschütteter Erinnerungen und zitierte weiter: »›Mich bringst du nicht auch noch um! Mich nicht!‹«

Einige der anderen Spaziergänger drehten sich um. Klaus' Gesichtsfarbe wurde knallrot, grünlich blau, dann schneeweiß. Ich geleitete ihn zur nächsten Bank. Der Hund kläffte nervös.

»Alles in Ordnung, alter Schwede?«, fragte ich beruhigend und klopfte ihm jovial auf die Schulter.

Klaus schüttelte sich. »Alles okay«, sagte er.

Ich lehnte mich ein wenig zurück. »Na, dämmert's Ihnen langsam?«, versuchte ich, seinem angeknacksten Gedächtnis weiter auf die Sprünge zu helfen.

»Kein bisschen«, gab er ehrlich zu, was mir imponierte. Ehrlichkeit ist nicht selbstverständlich. Als ich ihn gerade loben wollte, fügte er hinzu: »Ich hab zwar keinen Schimmer, *dass* ich das gerufen habe, aber *warum* ich es gerufen habe, das weiß ich.«

»Sieh an«, gab ich möglichst lapidar von mir. Der Hund kläffte nicht mehr. »Sieh an, sieh an.«

»Ja, sieh an«, bestätigte Klaus gedankenverloren.

Als er danach schwieg, hakte ich nach: »Und warum haben Sie es gerufen? Nun reden Sie endlich, Mann.«

Etwas in seinem Gesicht veränderte sich. Er begann, sich aus diesem Park zu entfernen. Wie ein UFO, das abhebt ins unendliche All. Mich beschlich ein ungutes Gefühl. Ich animierte Klaus zum Weitergehen.

»Wenn ich das wüsste«, antwortete er sehr leise.

»Aber –«, begann ich, wurde jedoch schroff von der Stimme unterbrochen: *Lass ihn! Du siehst doch, dass er gleich abdreht.*

Wenn ich mir Klaus so betrachtete, war nicht auszuschließen, dass die Stimme mit ihrer Einschätzung richtiglag. Ricky betrachtete den psychisch Angeknacksten aufmerksam, seine Rute wedelte alarmiert. Unauffällig lenkte ich unsere Schritte Richtung Eingang.

»Aber die sind doch Mörder, oder?«, fragte Klaus verzagt.

»Das weiß ich nicht«, antwortete ich wahrheitsgemäß. »Sagen Sie es mir.«

Hör auf damit!, mahnte meine innere Stimme.

Ich aber musste noch etwas erfahren, sollte meine Fahrt nach

Oldenburg nicht umsonst gewesen sein. Zumindest Teile von Klaus schienen mir noch im Diesseits. Das wollte ich nutzen.

»Also: Wer hat wen ermordet?« Ich setzte den Bohrer nicht ab.

Doppelfrage! Mach's wenigstens nicht so kompliziert.

»Wer wurde ermordet?«, korrigierte ich mich spontan.

Wir waren nicht mehr weit von der Tür entfernt. Klaus beschleunigte seine Schritte, als sei diese für ihn wie für den Schiffbrüchigen der rettende Strand. Er war kaum noch zu stoppen, aber ich ließ mich nicht abschütteln.

»Wer?«, rief ich hartnäckig.

Klaus verharrte mitten in der Bewegung. Er starrte mich an.

»Wer?«, echote er hohl.

Siehste! Gleich ist es so weit.

»Ja, wer? Spucken Sie es aus! Sind Sie erst durch diese Tür gegangen, ist es zu spät.« Ich packte ihn bei den Schultern.

»Der Tod ist ein Bruder der Liebe.« Klaus' Blicke nahmen an Leere zu. »Gewalt die Schwester der Zärtlichkeit.«

»Sag mir, wer tot ist!«, rief ich. »Sag es mir! Jetzt!«

»Was ist denn hier los?«, rief ein nervös gewordener, noch junger, aber breitschultriger Pfleger. Aus einiger Entfernung kam er auf uns zugeeilt. »Lassen Sie den Mann in Ruhe!«

Ich wusste nicht, wen von uns beiden er meinte. Es war mir aber auch egal. Der Hund bellte ihm entgegen, was ihn jedoch nicht abschreckte. Die Situation drohte zu eskalieren.

»Spuck es aus!«, rief ich mit Nachdruck. »Wer ist tot?«

»Alle sind tot«, flüsterte Klaus mir vertraulich zu. »Das ganze Dorf wurde überflutet. Alle sind ertrunken.«

Ich spürte eine Hand auf meiner Schulter. Keuchend hatte der junge Pfleger uns erreicht. Statt ihn weiter anzubellen, sprang der Terrier freudig erregt an ihm hoch.

»Alles okay?« Der junge Mann japste nach Luft.

»Alles okay«, beruhigte ich ihn. »Wir haben nur ein altes Spiel miteinander gespielt, mein Freund hier und ich.«

Mir war klar, dass ich von Klaus an diesem Tag nichts mehr erfahren würde. Ich konnte ihn in Ruhe dem Pfleger überlassen.

»Was für ein Spiel denn?«, wollte dieser neugierig wissen.

»Wer fängt das Seewiefken?«, sagte ich. »Da kann es schon mal ein bisschen lauter zugehen. Müssen Sie auch unbedingt mal mit ihm spielen. Tolles Spiel.«

»Ach so«, meinte der Pfleger. »Na denn.«

Er winkte mir mit einer Hand zu, während die andere beruhigend auf der Schulter seines Patienten lag. Klaus blickte sich nicht mehr um.

Es mochte ein paar Gründe dafür geben, nicht ganz zufrieden zu sein mit meinem Besuch in der vor den Toren Oldenburgs liegenden Klinik. In mir jedoch überwogen die positiven Anteile. Auch wenn noch längst nicht alle Fragen beantwortet waren, so hatte sich doch mein Gefühl verdichtet, dass die Leiche, die ich im Pool von »Ebbe und Flut« gesehen hatte, tatsächlich eine Leiche gewesen war. Nun drängten sich zwei andere Fragen in den Fokus meiner Ermittlungen:

Wer war der Tote? Und wo war er abgeblieben?

16

Ein bisschen Zeit hatte ich noch. Über die Autobahn hätte ich keine halbe Stunde benötigt, trotzdem entschied ich mich für den Weg übers Land: Bad Zwischenahn und Westerstede, vorbei am Rhododendronpark in Linswege. Weiter über Neuenburg mit dem hübschen Schloss und Zetel direkt in den Südteil meines Heimathafens Wilhelmshaven, den ich selbst nach so kurzer Abwesenheit bereits vermisste.

Zu Beginn befanden wir uns noch im schönen Ammerland. So dicht und grün bewachsen, dabei fast lieblich, wie es Friesland nicht vergönnt ist. Friesland ist über Jahrhunderte dem Meer abgerungen, in steten Kämpfen des tapferen Friesenmenschen gegen Sturm und Wetter. Karg, minimalistisch und gerade dadurch von einzigartiger Schönheit, die sich nicht vergleichen lässt mit der des in ganz anderer Weise schönen Ammerlands.

Gerade hatten wir das Klinikgelände verlassen, als meine innere Stimme das Gespräch eröffnete, das erst vor meiner Haustür am Bontekai enden sollte. Der Hund saß unangeschnallt auf dem Beifahrersitz. Ich hielt das Fahren ohne Gurt für gefährlich, auch für Terrier. Aber das Tier hatte sich durchgesetzt.

Warum bist du die Sache nicht lockerer angegangen?, fragte die Stimme.

»Es geht um Mord!«, rief ich. »Mord und Lockerheit passen nicht zusammen.«

Locker ist immer gut!, betonte die Stimme unlocker.

»Man muss abwägen können«, beharrte ausgerechnet ich, der lockerste Detektiv Wilhelmshavens. »Es gibt Situationen, in denen man nicht zu locker sein darf.«

Die gerade eben gehörte nicht dazu. Meine innere Stimme war der sturste Hund, den ich kannte. *Du hast den Typen doch total in die Ecke gedrängt. Sonst hätte er vielleicht noch was erzählt.*

»Hat er doch auch so.«

Du hast ihm Angst gemacht. Wer Angst hat, zieht sich zurück. Er hat nix gesagt, das uns weiterbringt.

»Ich glaub immer mehr an eine Leiche im Pool.«

Na toll. Das sag ich ja wohl schon die ganze Zeit. Und du jetzt wegen dem Gelaber von dem Psycho? Lachhaft! ›Der Tod ist ein Bruder der Liebe … Die Gewalt eine Schwester der Zärtlichkeit‹.

»Ist natürlich Geschwätz«, gab ich zu. Unerwähnt ließ ich, dass ich beide Zitate bereits in meinem Notizbuch festgehalten hatte. Möglicherweise würde mich ihre gelegentliche Entschlüsselung weiterbringen, wenn die Zeit gereift war. Dass auch meiner inneren Stimme diese Worte ins Gedächtnis gebrannt waren, erfüllte mich mit einer gewissen Genugtuung.

Und was hast du da von diesem Seepiefke geschwafelt?

»Seewiefken«, korrigierte ich milde. »Das ist eine Meerjungfrau. Wärst du mit nach Horumersiel gekommen, dann wüsstest du es. Aber da hast du dich ja rar gemacht.«

Blödi. Wenn du mich nicht mitnimmst.

Ich dachte nur kurz über diese Worte nach. Sie irritierten mich.

»Meerjungfrauen sind Fabelwesen«, erklärte ich geduldig. »Halb Frau, halb Fisch. Sie kommen in diversen Sagen vor. Eine davon ist die Sage vom Minsener Seewiefken.«

Aha.

»Vor vielen Jahrhunderten hatten die Minsener dieses Seewiefken gefangen. Die Bevölkerung Minsens und der umliegenden Dörfer wie Funnens oder Stumpens strömte zusammen, wahrscheinlich auch Tettens. Eine solche Beute lässt sich nicht verheimlichen. Aber die Leute bestaunten das Seewiefken nicht nur, sie trieben auch ihren Schabernack mit ihm.«

Spannend!

»Und natürlich waren auch ein paar Deppen dabei mit üblen Absichten, die es quälten.«

Weiter!

»Als dann am Sonntag alle zum Gottesdienst in der Kirche versammelt waren, konnte das Seewiefken sich befreien.«

Ende gut, alles gut!

»Denkste, Puppe. Das Seewiefken rächte sich. Es schickte eine vernichtende Sturmflut über das ganze Wangerland. Menschen und Tiere starben, ganze Dörfer wurden vernichtet.«

Der Hund verkroch sich im Fußraum.

Üble Story.

»Zur Mahnung, gut mit der Natur und allem Leben umzugehen, haben die Wangerländer noch heute das Seewiefken in ihrem Wappen. Die rechte Hand warnend erhoben.«

Der Hund sprang wieder auf den Sitz. Eine Weile war es ruhig. Mittlerweile befanden wir uns auf der Allee zwischen Westerstede und Neuenburg. Rehe standen am Straßenrand. Langsam fuhr ich vorbei. Sie blickten mich an, als wollten auch sie der Geschichte lauschen.

Aber was hat das alles mit der Sekte zu tun?

»Das Seewiefken spielt eine entscheidende Rolle in der Lehre des Gurus.« Ich verlieh meiner Stimme einen tiefgründigen Tonfall, was mir leichtfiel. »Immer wieder taucht diese Figur auf. Auch im Emblem der Gruppe. Meins hat sie auf die Schläfe tätowiert. Genau wie die Leiche im Pool. Auch Susi Schöpski hat Andeutungen Richtung Seewiefken gemacht. Für die Sekte hat das Seewiefken irgendwas mit Walburga zu tun.«

Versteh ich nicht.

Der Hund kratzte sich hinterm Ohr. Minutenlang. Er steigerte sich regelrecht in diese Tätigkeit hinein.

»Das weiß ich auch noch nicht«, sagte ich nachdenklich. »Aber ich werde es herausfinden.«

Dann man zu!

»Deshalb werde ich an dem Wangerooger Seminar teilnehmen. Und dort werde ich auch herausfinden, wer der Tote im Pool war.«

Alle Achtung!

»Und wer ihn ermordet hat«, setzte ich noch einen drauf.

Was ist eigentlich mit Sassi Schöpski?, bohrte die Stimme nach.

»Die werde ich auch noch finden. Meine Witterung läuft auf Hochtouren.«

Sieh mal einer an.

Der Hund verbreitete gähnend Mundgeruch.

»Worauf du einen … ach, lassen wir das.«

Ich hatte Wilhelmshaven erreicht. Von der Weserstraße aus bog ich auf den Parkplatz vor dem Haus, in dem ich wohne. Der Hund ließ einen fahren. Ich nahm es ihm nicht krumm.

17

»In letzter Zeit mal wieder was vom Töchterchen gehört?«, fragte ich Susi Schöpski am Telefon. Mein lässiger Tonfall würde sie beruhigen. Auch wenn sie mir bei unserer letzten persönlichen Begegnung nicht halb so beunruhigt erschienen war wie von mir erwartet. Ich saß auf meinem Balkon, der Hund auf dem Stuhl neben mir. Dass sich im Großen Hafen spiegelnde Sonnenlicht ließ das Wasser golden schimmern.

»Sie schickt ab und zu Nachrichten«, sagte Susi, »die mich beruhigen sollen.«

Hörte ich da nun doch wieder einen beunruhigten Unterton?

»Was sie nicht tun?«, hakte ich, hellhörig geworden, nach. Selbst der Terrier horchte auf, die Haltung seiner Ohren veränderte sich.

»Ach, natürlich nicht!« Susi klang regelrecht verzweifelt. Außerdem hörte sie sich fremd an.

»Sind sie erkältet?«

»Nein, wieso?«

»Ach nichts. Zurück zu Sassi.«

Susi nahm den Vorschlag an: »Sie lässt mich ja nicht wissen, wo sie ist. Das passt so gar nicht zu ihr. Am liebsten würde ich die Polizei einschalten, aber das will sie auf gar keinen Fall. Sie sagt, wenn ich das tue, wird sie sich nie wieder bei mir melden. Nie wieder!«

Ich war mir nun fast sicher, dass Susi Schöpski weinte. Die Frau schien unter extremen Stimmungsschwankungen zu leiden. Bei unserem Treffen am Bontekai war sie weiter von Tränen entfernt gewesen als Friesland von Kalifornien. Ich brauchte Klarheit und wählte den direkten Weg:

»Weinen Sie?«

Nun gab es kein Halten mehr. Meine knappe Frage löste einen regelrechten Sturzbach aus. Auch wenn ich es nicht sah, so hörte ich es doch. Minutenlang konnte sie kaum reden, mehrmals putzte sie sich die Nase. Es klang furchtbar.

»Aber, aber«, tröstete ich sie empathisch. »Was ist denn los?«

Oh Mann!, stöhnte meine innere Stimme.

Meine Frage weckte Susis Lebensgeister. Offenbar hatte ich die richtigen Worte gefunden. In unser Gespräch kehrte die erhoffte Wende ein.

»Was los ist?«, rief sie empört. »Wie können Sie das nur fragen? Meine Tochter lässt mich nicht wissen, wo sie sich aufhält. Sie schreibt mir verschwommene Nachrichten mit nebulösen Inhalten. Beides passt überhaupt nicht zu ihr. Zuletzt wusste ich wenigstens noch, dass sie bei dieser Sekte war, nun kann ich mir nicht mal mehr da sicher sein. Und Sie fragen mich allen Ernstes, *was los ist*?« Ihre Tränen gehörten der Vergangenheit an. Wut war an ihre Stelle getreten.

»Sorry«, sagte ich, »falls ich Ihre Gefühle verletzt haben sollte. War nicht so gemeint.«

Oh Mann, oh Mann!, legte die Stimme gleich doppelt nach.

Erneut begann Susi zu weinen. Ihre Gefühlsschwankungen waren wahrhaft ausgeprägt. Der Hund richtete sich auf und kratzte sich schon wieder hinterm Ohr. Hatte er Flöhe?

»Bei unserem Treffen machten Sie einen so stabilen Eindruck auf mich, Susi. Was ist denn inzwischen passiert?«

Meine innere Stimme schwieg. Vermutlich wartete auch sie gebannt auf eine Antwort.

»Welches Treffen?«, stammelte Susi tränenreich. »Wovon reden Sie denn nur? So langsam verstehe ich kein Wort mehr.«

Allmählich, meinte die Stimme, *geht mir ein Licht auf!*

»Mir auch«, sagte ich versehentlich laut.

»Wie bitte?«, schluchzte Susi.

»Ach nichts.«

Ich dachte in mich hinein: Die Gute ist verwirrter als angenommen. Wahrscheinlich hat sie psychische Probleme.

Sag ihr mal, flüsterte mir die Stimme zu, als könnte sie sonst jemand hören, *sie soll dir ein Foto von sich rüberschicken.*

Ich versehentlich wieder laut: »Warum das denn?«

»Wie bitte?« Susi war erneut verblüfft. »Haben Sie vielleicht psychische Probleme, Herr Reents? Sie kommen mir so verwirrt vor.«

Situation und Gespräch drohten unübersichtliche Konturen anzunehmen. Weshalb ich augenblicklich zum Angriff überging: »Schicken Sie mir ein Foto!«, forderte ich autoritär.

»Von Sassi?«

»Von Ihnen.«

»Warum das denn?«

»Fragen Sie jetzt nicht, Susi. Tun Sie es einfach.«

Oh Mann!

»Zuerst will ich wissen, was Sie damit wollen, verdammt!« Sie war schon wieder auf hundertachtzig.

»Das weiß ich auch nicht«, gab ich zu.

»Wollen Sie mich vielleicht auf den Arm nehmen?«

»Auf keinen Fall. Es ist einfach nur so ein Gefühl, dass das Foto mich weiterbringen könnte. Ein Instinkt, verstehen Sie. Als Detektiv ist man auf seine Instinkte in besonderem Maße angewiesen. Auch wenn man sie nicht immer logisch begründen kann, sind sie doch das Elixier jeder erfolgreichen Ermittlung.«

Du laberst dich hier grad um Kopf und Kragen, argwöhnte die Stimme. *Sag endlich was Überzeugendes. Egal, ob's stimmt.*

Zum Beispiel?, fragte ich, diesmal ohne es auszusprechen.

Sag, du brauchst das Foto, um ihre Tochter zu finden. Erklärung folgt später bla, bla, bla.

»Ich brauche das Bild, um Sassi zu finden«, behauptete ich im Brustton tiefster Überzeugung. »Ich kann Ihnen das jetzt nicht erklären. Bitte tun Sie es einfach.«

Der Hund sprang vom Stuhl, rannte zum Balkongitter. Er blickte hinunter, als gäbe es dort Antworten auf wichtige Fragen. Ich beachtete ihn nicht weiter.

»Na gut«, schluchzte Susi. »Auch wenn ich es nicht verstehe ...«

»Man kann nicht immer alles verstehen«, beruhigte ich sie gekonnt. »So ist nun mal das Leben.«

Bei Susi bellte ein Hund. Sicher der Jack Russel ihrer Tochter.

Mein Smartphone gab sein Signal für ankommende Nachrichten.

»Und?«, fragte ich zur Überbrückung von Zeit. »Wie steht's mit seinen Kopfschmerzen?«

»Welche Kopfschmerzen?«

»Egal.«

Ich öffnete die Nachricht mit Susis Selfie, und Ricky sprang zurück auf seinen Stuhl, von wo aus er mich erwartungsvoll betrachtete. Wahrscheinlich musste er mal. Oder er hatte den Hund am anderen Ende der Leitung bellen hören.

Siehste, meinte meine innere Stimme triumphierend. *Ich hab's doch gewusst. Deshalb hat sie auch den Hund ihrer Tochter nicht dabeigehabt. Von wegen Kopfschmerzen!*

»Sie haben sich vertan, Susi«, sagte ich ins Telefon. »Ich wollte ein Foto von *Ihnen*.«

Bist du eigentlich so blöd, fragte die Stimme, *oder tust du nur so?*

»Was soll das denn jetzt wieder?«, fragte Susi.

»Ganz einfach«, sagte ich. »Ich wollte kein Foto von irgendeiner Unbekannten, sondern eins von Ihnen.«

»Wissen Sie was?«

»So manches.«

»Das wird mir jetzt einfach zu blöd. Ich glaube, ich habe mich in Ihnen getäuscht.« Sprach sie und legte auf.

Ratlos betrachtete ich mein Smartphone. Und immer wieder das Foto, das Susi mir geschickt hatte. Dann ging mir ein Licht auf. Zugegebenermaßen war die Stimme mir in diesem Fall ein Stück voraus gewesen. Mich tröstete, dass es *meine* innere Stimme war und nicht die irgendeines Dahergelaufenen. Das wäre tragisch gewesen.

Susi Schöpski war nicht Susi Schöpski. Ein Jack Russell Terrier, den man wegen Kopfschmerzen nicht mitnehmen konnte, war kein Jack Russell Terrier. Verblüffend einfache Erkenntnisse. Lebensnahe Einsichten, die mich ein gutes Stück weiterbrachten, zugleich aber neue Fragen aufwarfen.

Die wichtigste davon war, warum die Frau vom Bontekai sich

als Susi Schöpski ausgegeben hatte. Und wer war sie tatsächlich? Ich ging davon aus, dass beide Fragen sich im Laufe meiner Ermittlungen quasi von allein beantworten würden.

So löst du nie einen Fall!, behauptete meine innere Stimme.

Statt ihr eine Erwiderung zu gönnen, packte ich meinen Koffer für das Wangerooger Seminar. Der Hund beobachtete mich dabei mit einer Intensität, als wolle er durch pures Zuschauen das Kofferpacken lernen.

So viel müsstest du doch in deinen komischen Onlineseminaren gelernt haben: Spuren sollte man als Detektiv nachgehen. Und zwar, sobald sie auftauchen.

»Ja klar«, konterte ich. »Aber was hat das denn mit dem allen hier zu tun?«

Wenn das mit der Frau vom Bontekai keine Spur ist, dann weiß ich auch nicht.

»Na, da ist die Scholle ja mal wieder schlauer als der Koch«, flachste ich und packte vier hellblaue T-Shirts ein, die ich mir in der Nordsee-Passage eigens für das Seminar zugelegt hatte. Als Esoterik-Jünger konnte ich schlecht mit gebügelten Oberhemden in Wangerooge aufschlagen. Statt italienischer Schuhe würde ich Gesundheitslatschen tragen, auch wenn mir dies nicht in den Kram passte. Den Blazer gegen einen Parka tauschen. (Alte Jeans hatte ich leider nicht.) Bei Undercover-Einsätzen ist Authentizität das Wichtigste. Bringt man diese nicht mit, kann man den Rest vergessen.

Du hast ihr ja beim ersten Treffen quasi eingeredet, ließ sich die Stimme nicht beirren, *dass sie Susi Schöpski ist. Sie brauchte nur noch »Ja, natürlich« zu sagen, und schon war die Sache geritzt.* Die Stimme dachte nach. *Merkwürdig ist nur, dass sie dich kannte.*

»Soll das vielleicht ein Witz sein?«, fragte ich nicht ohne Stolz. »Halb Wilhelmshaven kennt mich. Leider. Für einen Top-Ermittler ist das kaum erstrebenswert. Aber die Presse …«

Und sie kannte »Ebbe und Flut«.

Wo die Stimme recht hatte, hatte sie recht.

»Sie war auf mich angesetzt!«, rief ich. Und ließ vor Schreck ein Paar Socken fallen. Dieses landete wie ein weicher Ball auf Rickys Kopf. Seltsamerweise interessierte der sich nicht dafür. Weiterhin starrte er mich eindringlich an, ohne sich ablenken zu lassen. Hatte er Hunger? Aber nein, soeben hatte er seinen mit köstlichsten Pansen prall gefüllten Napf bis auf den letzten Krümel geleert. Ich lehnte es ab, weiter über sein merkwürdiges Gebaren nachzudenken, da ich Wichtigeres zu tun hatte.

Das ist vielleicht übertrieben ausgedrückt, meinte die Stimme.

»Was?« Über dem Hundethema hatte ich den Faden verloren.

Dass sie auf dich angesetzt war. Aber ganz sicher war sie auch nicht zufällig am Bontekai.

»Das Leben besteht aus Zufällen«, gab ich zu Bedenken. »Ob dir das gefällt oder nicht.«

Eine Sekten-Insiderin, die deinen Namen kennt, läuft nicht zufällig vor deiner Haustür rum.

»Warum sonst?« Mir fehlte eine Erklärung.

Lass mich nachdenken …

»Nichts dagegen. Dann kann ich in Ruhe meinen Koffer packen.«

Der Hund lief auf den Balkon. Er machte dabei einen nervösen Eindruck. Vielleicht wollte er aber auch nur das schöne Wetter genießen. Dafür jedoch kehrte er zu schnell zurück.

Erinnerst du dich an den Vogel, der damals die Treppe raufgeflattert ist?, fragte die Stimme. Lange nachgedacht hatte sie nicht. Mein Koffer war noch nicht mal zur Hälfte gepackt.

»Der Langhaarige, der es so eilig hatte, nach oben zu kommen? Natürlich erinnere ich mich an den.«

Erinnerst du dich noch, was der anhatte?

Erneut musste ich nicht lange überlegen.

»Irgendwas Helles, Flatteriges«, sagte ich obenhin. Ich wollte das mit dem Koffer jetzt hinter mich bringen und den prachtvoll goldenen Indian-Summer-Tag andernorts genießen als in meinem Schlafzimmer, in das kaum Licht drang.

Und?, fragte meine innere Stimme penetrant, wie ich sie kannte. *An wen oder was erinnert dich das? Lange Haare, helle Flatterkleidung …?*

Natürlich! Fast schämte ich mich, nicht selbst drauf gekommen zu sein.

Du bist ihm aber nicht hinterher, weil du dachtest, die Frau am Kai wäre Marietta, stimmt's?

»Allerdings.« Ich ließ den Koffer Koffer sein und ging auf den Balkon. Der Hund folgte mir. »Nur dass sie es nicht war.«

Natürlich nicht. Vermutlich hat diese Frau auf den Typ gewartet, der nach oben ist. Und als wir ihr dann in die Arme gelaufen sind, hat sie die Gunst der Stunde genutzt und Infos von dir eingeholt.

Ich versuchte, mich zu erinnern.

Und das Ganze noch mal schön aufgefrischt und erweitert, zack, beim zweiten Treffen.

»Aber was wollte der Typ oben?« Mein Wissensdurst war entfacht.

Genau das rausfinden, was du ihr in deiner grenzenlosen Naivität nebenbei mal ganz locker offenbart hast.

»Hä?«, fragte ich ungehobelt.

Rauskriegen, wer sich an dich gewandt hat, Mister Superdetektiv.

»Satz mit x!«, triumphierte ich. »Woher sollten die denn wissen, dass sich überhaupt jemand an mich gewandt hat?«

Mein Triumph hielt nicht lange.

Welcher Schlaumeier hat denn bei denen angerufen? Und Namen und Berufsbezeichnung gleich mitgeliefert?

Ich spürte, dass ich blass wurde.

So dusselig kann wirklich nur einer sein. Aber mach dir nix draus. Shit happens. Wir alle machen Fehler. Meine innere Stimme war nicht nachtragend. Das konnte sie nur von mir haben. *Die einen weniger, die anderen mehr*, fügte sie hinzu und machte damit vieles wieder kaputt.

18

Zu den hervorstechendsten Eigenschaften eines Top-Ermittlers zählt Flexibilität. Ein Talent, welches ich mir in meiner noch jungen Detektivkarriere mühsam zugelegt hatte. Als Beamter des Einwohnermeldeamtes der Stadt Wilhelmshaven, der ich in meinem früheren Leben gewesen war, hatte es keine Fähigkeit gegeben, derer es weniger bedurft hätte. Wird eine Fähigkeit nie angewandt, so verkümmert sie. Die Wurzeln aber hatte ich mir erhalten und mit viel Zuwendung zu neuem Leben erweckt.

Da ich meinen bisherigen Plan komplett kippen konnte, musste dringend ein anderer her. Quasi von einer Sekunde auf die nächste. Die selbstverständliche Lockerheit, mit der ich diese schwierige und überaus komplizierte Situation meisterte, beeindruckte mich sehr.

Dabei war mir die Tragweite der zuletzt von mir ermittelten Fakten zunächst gar nicht bewusst geworden. Ich packte sogar meinen Koffer fertig und noch eine kleine Reisetasche dazu. Bestens gelaunt fuhr ich zu Ubbo Dose, um ihn auf einem Spaziergang am von mir geliebten Schilliger Strand in die Rolle einzuweisen, die er in der kommenden Woche einzunehmen hatte.

Während ich undercover beim Wangerooger Sektenseminar auf Hochtouren ermitteln würde, war es sein Job, meine rechte Hand zu sein. Als harmloser Tourist getarnt würde auch er auf die Insel fahren (mit Hund), sich ab und zu an geheimen Orten mit mir treffen, Aufträge entgegennehmen, notwendige Informationen für mich einholen und so weiter. Ich konnte nur hoffen, dass sein beschränkter Horizont hierfür ausreichte. Meine Zuversicht in diesem Punkt war begrenzt, was ich jedoch ignorierte. Ich lehnte es ab, mich schon vor Antritt meiner Mission entmutigen zu lassen.

Der Hund schlief zusammengerollt im Fußraum. Meine innere Stimme hatte sich mit der Ausrede, sie habe *Kopfschmerzen*, bereits zuvor zurückgezogen, was ich unpassend fand. Schon auf dem Weg von Hooksiel nach Schillig, vorbei an Hohenkirchen und Horumersiel, bewies Ubbo, dass meine Entscheidung für ihn als mein Gefolgsmann keine schlechte gewesen war. Er verströmte sogar eine gewisse Form von Intelligenz, als er sagte: »Wie soll dat denn gehen, Alder?«

»Wie soll wat denn gehen, Alder?«, imitierte ich seinen Sprachstil in fröhlicher Stimmung.

»Wie willst du dänn anderkawer ermitteln«, fragte Ubbo in der für ihn typischen drögen Art, »wenn die wissen, wer du bist?«

Bams! Die Frage saß wie eine Ohrfeige!

»Wir müssen umswitchen«, stieg ich gedankenschnell auf die veränderte Situation ein.

Ubbo dagegen kapierte nicht sofort. Als er dann verstanden hatte, weigerte er sich, mein Angebot anzunehmen.

»Ich bezahl dir das Seminar«, sagte ich großzügig. »Und ein kleines Taschengeld dazu.«

»Na, hör ma«, empörte er sich. »Dat wär ja wohl auch noch schöner, wenn ich dat selbst bezahlen sollte. Ich kann dir nur eins sagen: Ich mach dat trotzdem nich. Dat is überhaupt nich mein Ding. Und wat nich ein sein Ding is, dat sollte der Betroffene besser gar nich erst machen.«

Ich ließ ihn reden. Ich wusste eh, auf was es am Ende hinauslief. Dafür kannte ich nicht nur Ubbo gut genug, sondern vor allem meine Willenskraft.

»Dat hat schon früher meine Mudder, Gott hab die seelich, zu mir gesacht: ›Jung, wenn du von wat keine Ahnung hast‹, hat die gesacht, ›dann lass da mal besser die Finger von wech.‹«

»Du weißt, dass ich kein armer Mann bin, Ubbo.«

»Wat hat dat denn jetzt wieder damit to doun?«

»Das Taschengeld wird großzügig ausfallen.«

»Mein Vadder hatte übrigens dat Gleiche gemeint wie meine Mudder.«

»*Sehr* großzügig.«

»Von meine Oma und Opa mal ganz zu schweigen.«

»*Extrem* großzügig.«

»Und dat heißt?«

»In einer Woche so viel, wie du mit deinem Hundecoaching sonst in einem Monat verdienst.«

»Meine Oma meinte übrigens auch: ›Jung, nu verkauf dich ma nich so billich, sonst kriechste gleich wat an Latz.‹ Und wat meine Oma sachte, dat hat die auch gemacht. Ächt, Alder, dat tat weh. Ich spür dat jetzt noch.«

»So viel wie im Vierteljahr.«

»Okay«, schlug Ubbo spontan ein. »Weil du dat bist. Ich mach dat. Kannst dich drauf verlassen. Also, auf mich kannste dich verlassen. In ächt!«

»Das weiß ich, Ubbo«, gab ich jovial zurück. »Das weiß ich. Sonst hätte ich dir den Vorschlag gar nicht gemacht.«

Als wir am Schilliger Hundestrand entlangspazierten, hatte ich die Sache bereits mehrmals durchdacht und war immer zum selben Ergebnis gelangt. Ubbo und ich mussten die Rollen tauschen. Er als Undercover-Agent auf Wangerooge, ich auf gleichem Eiland als harmloser Tourist mit Hund. Beide auf steten verbalen Austausch lauernd. Ich die Fäden in der Hand, Ubbo als treu ergebener Gehilfe zu allem Notwendigen bereit.

Wie so oft war es der gigantische Panoramablick vom Schilliger Deich aufs Meer gewesen, der mich zu den ungeahnten, aber nötigen geistigen Höhenflügen inspiriert hatte: der Hundertachtzig-Grad-Blickwinkel übers Wasser. Spiekeroog, Wangerooge, Westturm, alles schon erwähnt. Direkt vor uns die kleineren Inseln Mellum und Minsener Oog (Oldeoog), der Leuchtturm Mellumplate, der neu gebaute Offshore-Windpark, die stark befahrenen Schiffslinien von Bremerhaven und Wilhelmshaven ins offene Meer an den sieben Ostfriesischen Inseln vorbei, halb rechts der Blick über den Jadebusen bis zum anderen Ufer. Ganz rechts dann Hooksiel und Wilhelmshaven mit dem Jade-Weser-Port. Und über allem der offene, weite Himmel, an diesem Spätsommertag sein Blau in tiefgoldenes Licht gehüllt wie eine Verheißung. Es gibt nichts Besseres!

Unter dem Eindruck dieser wunderbaren Kulisse war mir

klar geworden, dass der notwendig gewordene Tausch von Ubbo und mir das Beste war, was uns passieren konnte. So war es von Vorteil, dass ich nicht auf dem Sektenseminar festhing, sondern beweglich blieb. Waren Abstecher ans Festland nötig, konnte ich sie durchführen. Ging es darum, auf dem Seminar erhaltene Informationen zu einem sinnvollen Ganzen mit Infos aus dem Umfeld zusammenzutragen, war ich zur Stelle. Der zunächst vorgesehene Part auf dem Seminar hätte mich viel zu sehr gebunden.

Dass Ubbo gebunden war, machte dagegen nichts aus. Hauptsache, er hielt Augen und Ohren offen, dann war alles gut. Ich würde koordinieren und leiten: Der Fall war praktisch gelöst. Auch dass es ein Doppelfall war, machte überhaupt nichts. Je größer die Herausforderung, umso größer mein Ehrgeiz. Peanuts waren noch nie mein Ding. Noch nicht mal, als ich auf dem Einwohnermeldeamt gesessen und nur davon geträumt hatte, das verwegene Leben eines Philipp Marlowe zu führen.

»Aber sach ma«, meinte Ubbo nachdenklich, »wieso ist dat für die eigentlich dermaßen wichtich, rauszufinden, wer dich auf die angesetzt hat? Ham die vielleicht 'n schlechtes Gewissen oder so wat?« Wir befanden uns in Höhe des weißen Hochzeitbaldachins am Schilliger Strand.

Fragend sah ich Ubbo an. Der Hund raste zwischen den Dünen herum wie ein aufgescheuchter Säbelschnäbler.

»Ich mein nur, wenn die sich nix vorzuwerfen ham, is dat doch egal, ob du Detektiv bist oder nich, ouder nich?«

Ich musste zugeben, dass er mit seinen Gedanken gar nicht mal so falschlag.

»Andererseits«, spann Ubbo den einmal aufgenommenen Faden sinnig weiter, »wenn denen dat so wichtig is und die nu wissen, dat Susi Schöpski diejenige ist, welche den Auftrach gegeben hat, dann brauchen die nur noch eins und eins zusammenzählen.«

»Eins und eins ist zwei«, sagte ich trocken und steckte mir innerlich eine an.

»Allerdings«, bestätigte Ubbo. »Wat in diesen Fall heißt: Susi plus Schöpski is gleich Sassi. Die wissen also nu, dat, geit 'ne Gefahr für die von irgendwen aus, dat Sassi Schöpski is.«

»Woraus wir was schließen?«, fragte ich interessiert nach.

»Ganz einfach«, meinte Ubbo. »Daraus schließen wir, dat Sassi in Gefahr is. Vielleicht sogar in Lebensgefahr.«

»Nun übertreib mal nicht«, versuchte ich, den Mann mit seinen aufgewühlten Gedanken zu beruhigen.

»Übertreiben? Wieso denn übertreiben? Wenn ich dich richtich verstanden hab, hat dat ja wohl schon ein Douten gegeben da draußen in Tettens in Pool, ouder vielleicht nich? Irgendwer scheint da ja vor nix zurückzuschrecken, ouder wat?«

Mir stockte der Atem. Wenn Ubbo recht hatte (eine Möglichkeit, die mir nicht völlig abwegig erschien), dann konnte es durchaus sein, dass sich das Leben von Saskia Schöpski in Gefahr befand. Natürlich wünschte ich mir das nicht, aber ausschließen konnte ich es nun auch nicht mehr. Ein kalter Schauer des Entsetzens lief mir über den Rücken.

Wie stets auf unseren Schilliger Strandspaziergängen schlossen Ubbo und ich unsere Runde am Strandladen, dem seit Jahrzehnten weltberühmten Rundkiosk. Wolle, ein alter Bekannter Ubbo Doses und männlicher Teil des Inhaberpaares, spendierte uns ein Pils aus der Flasche wie gehabt. Hilde, seine Frau, war ebenfalls zugegen.

»Wie geit die dat, mien Deern?«, fragte Ubbo. Die beiden umarmten sich herzlich. »Sach ma, hast noch so'n Deggel für mich?«

»Was für'n Deckel?« Hilde war irritiert, aber interessiert.

»Na, sou 'ne Mütze, die deine Schwester immer so fein häkeln tut? Die mit dem Schild dran, wo ›Schillig‹ draufsteiht. Meine is irgendwie wech. Und der Herbst kommt ja nu bald zurück an unsere Küste. Da brauch ich wieder wat Anständiges aufe Birne, dass mir dat Hirn nich einfriert.«

Wortlos griff Hilde in einen Korb mit Mützen.

»Hier, Ubbo«, sagte sie. »Wir wollen ja schließlich noch eine Weile was von dir haben.«

»Ich reis ja nu auch bald nach Backerooge. Und wer weiß

schon, wie kalt dat da sein wird. Sach deine lütten Schwester mol ganz lieben Dank von mir.«

»Backerooge?«

»Na ja, Wangerooge halt, ne?« Er grinste.

Ich brauchte noch mehr Infos, bevor Ubbo, der Hund und ich unser Wangerooger Abenteuer antraten. Vor allem, was den von mir im Pool entdeckten und anschließend spurlos verschwundenen Leichnam betraf, tappte ich noch zu sehr im Dunkeln. Auch die neusten Erkenntnisse im Fall Sassi ließen mir keine Ruhe. Ehe der letzte Tag vor Wangerooge sich seinem Ende entgegenneigte, dachte ich darüber nach, Klaus Maria Deuter aufzusuchen. Als jedoch meine innere Stimme Wind davon bekam, machte sie sich unverhohlen lustig über mich.

Was willst du von dem denn, sag mal? Nach jedem dieser Psychogespräche bist du noch verrückter als sowieso schon.

»Na, na«, unterbrach ich die Stimme schroff. »Nun mach mal halblang.«

Der Vogel kann dir jetzt jedenfalls nicht weiterhelfen. Warum triffst du dich nicht mit Susi Schöpski? Mit der echten, *meine ich.*

»Deinen Zynismus kannst du dir sparen.«

Mit ihr treffen solltest du dich trotzdem. Vielleicht weiß sie ja mehr über diese Sekte. Und sie ist die Einzige, die kein Interesse dran haben dürfte, dir was vorzumachen.

Es zuzugeben fiel mir schwer, aber was die Stimme sagte, leuchtete mir ein. Also rief ich Susi kurzerhand an. Trotz unseres letzten Gesprächs, das auf beiden Seiten einen bitteren Nachgeschmack hinterlassen hatte, war sie sofort zu einem Treffen bereit.

»Ich hab einfach keine andere Wahl«, stöhnte sie in den Hörer.

Wir trafen uns im Barkeler Busch, einem kleinen Waldstück in der Nähe Jevers. Susi Schöpski hatte diesen Ort vorgeschlagen, da sie dort gern mit Sassis Jack Russel Terrier ihre Runden drehte. Im Gegensatz zum schneeweißen Ricky war dieses Tier braun-weiß gescheckt, das Fell kürzer. Die Ohren standen spitz nach oben und hingen nicht wie bei Ricky ein Stück nach unten.

Rein äußerlich gefiel mir das Tier noch weniger als der Hund Mariettas, den ich wie immer im Schlepptau hatte. Das zweifarbige Tier hieß Barbara. Ich gönnte es Ricky, dass er sie näher kennenlernen konnte. Aus der aufgeregten Begrüßung schloss ich, dass zwischen den beiden sofort Sympathie im Spiel war.

Mit Susi und mir stand die Sache anders. Rein äußerlich entsprach sie nicht meinem Typ. Sie hatte kurzes, drahtiges, lila gefärbtes Haar und trug durchgelatschte Latschen. Ihr Körpervolumen betrug vermutlich das Doppelte jener Frau, die sich mir fälschlich als Susi vorgestellt hatte. Dass die echte Susi jedoch nicht ohne Eitelkeit war, belegte ihr übermäßig stark geschminktes Gesicht.

Das alles hätte mich aber nicht gestört, sie hätte trotzdem eine sympathische Lady sein können. Jedoch trat sie mir unverhohlen skeptisch gegenüber, was mich stutzig machte. Feindselig blickte sie mich aus grauen, von dicken schwarzen Strichen umgebenen Augen an. Ich fragte mich, was ich ihr getan hatte. Die Begrüßung fiel knapp aus: »Moin.«

»Moin«, gab ich zurück.

Der kurze, knackige Gruß war friesischer Usus. Auf diese sparsame Weise wünscht man sich bei uns den lieben langen Tag lang einen guten Tag. Moin bedeutet »Guten!«. Daran gibt es nichts auszusetzen. Wie überall auf der Welt jedoch macht auch bei uns Friesen der Ton die Musik. Der Ton von Susis Moin schuf nicht Nähe, sondern Distanz. Nachdem wir ein paar Schritte nebeneinanderher gegangen waren, entschloss ich mich zu Offenheit.

»Hab ich Ihnen etwas getan?« Das klang seltsam. Am liebsten hätte ich die Worte sofort wieder rückgängig gemacht, aber es war zu spät.

»Sie mir?« Susi lachte spöttisch. »Da muss ich aber grinsen. Dafür müssten Sie ja überhaupt *irgendetwas* gemacht haben.« Und da hätte sie nun aber wirklich nicht den leisesten Schimmer, was das sein sollte. Zwar habe sie mich um Hilfe gebeten, das schon, aber …

Ricky und Barbara sprangen wild umeinander herum. Sie

winselten sich an. Susi nahm dies als Metapher: Geradezu angewinselt habe sie mich.

»Wie kann ich die Sache wiedergutmachen, Frau Schöpski?«, fragte ich frei von der Leber weg.

Sie blieb stehen, taxierte mich mit überraschten Blicken.

»Wollen Sie das denn wirklich, Herr Reents?«

»Deshalb bin ich hier. Ich werde den Fall übernehmen. Und das kann nur eins bedeuten.«

»Was da wäre?« Hörte ich da doch wieder eine gewisse Skepsis in ihrer burschikosen Stimme?

»Ich werde Ihre Tochter finden. Ihre Zweifel können Sie getrost begraben. Von mir aus gleich hier im Barkeler Busch.«

»Was?«, schrie sie auf. »Sassi ist hier?«

Ich stutzte.

»Nein«, stellte ich richtig. »Aber Ihre Zweifel können Sie hier begraben. Im Barkeler Busch.«

19

Ich spürte, wie der Wind sich drehte. Susi Schöpski war der Ausgangspunkt meiner Ermittlungen gewesen. Und dass sie, die den Glauben in mich zwischenzeitlich verloren hatte, nun doch wieder an mich glaubte, stärkte meine Entschlossenheit. Außerdem bescherte unser Gang im Barkeler Busch mir diverse neue Erkenntnisse.

Wir umrundeten einen verwunschen im tiefgelben Sonnenlicht daliegenden Teich, als ich erfuhr, dass auch Susi bereits Mitglied bei der Gezeitensekte gewesen war. Das verblüffte mich. Sie war jener Teil der dreiköpfigen Familie Schöpski (Papa Alwin schien jedoch überhaupt keine Rolle zu spielen), die überhaupt erst einen Kontakt dorthin hergestellt hatte.

»Wenn ich ehrlich sein soll …«, räumte Susi beflissen ein.

»Wenn nicht jetzt, wann dann, Susi?«

Sie stutzte nur kurz und fuhr dann fort: »Ich war total verknallt in den Kerl.«

»Heinz Meins?«

»In den ollen Guru?«, fragte sie irritiert. »Nein danke, nicht mein Typ.«

Die Irritation wechselte zu mir.

»Aber von wem reden Sie dann?«

»Von Focko Bruch, seiner rechten Hand.«

»Meins hat eine rechte Hand?«

»Genau. Jedenfalls ist er zweiter Mann im Staate ›Ebbe und Flut‹. Für viele sogar erster Mann, nicht nur für mich. Eindeutig geklärt ist nur die Rolle der First Lady: Walburga.« Susi überlegte kurz. »Jedenfalls für alles, was hinter Meins kommt. Bei ihm selbst bin ich mir da nicht so sicher.«

Ich musste schlucken. So viele neue Informationen auf einen Schlag hatte ich nicht erwartet. Um die Sache nach und nach zu verdauen, musste ich zurück an den Anfang.

»Wie sind Sie denn überhaupt an die Sekte geraten?«

»Auf einem dieser Infoabende.«

»Horumersiel?«

»Carolinensiel. Aus lauter Langeweile.«

»Aber dann hat's gefunkt?«

»Das kann man wohl sagen.«

»Begeisterung für die Sekte oder Feuer und Flamme für Focko?«

»Eindeutig Letzteres!« Susis Mimik und Körpersprache ließen keinen Zweifel daran zu, dass sie die Wahrheit sprach.

»Sie haben sich gleich an diesem ersten Abend in ihn verknallt?«

»Hals über Kopf. Ich war sofort hin und weg. Hab alles stehen und liegen lassen. Alwin hat es einfach so hingenommen.«

Sie warf ein Stöckchen ins Wasser. Barbara sollte es wieder rausholen, zierte sich jedoch so sehr, dass schließlich Ricky die Initiative ergriff und ins gubbelige Wasser sprang wie ein Wahnsinniger. Bewundernd blickte Barbara ihm hinterher. Ich begriff, dass es im Auto gleich nach nassem Hund stinken würde. Obwohl mich das ärgerte, hielt ich mich mit Missfallenskundgebungen zurück. Zum einen war die Sache nicht mehr zu ändern, zum andern wollte ich Susis Mitteilungsdrang auf keinen Fall unterbrechen. Ich war in erster Linie Detektiv.

»Und Sie sind nach Tettens in den Sektenpalast gezogen?«

»Na ja, nicht gleich«, schränkte sie ein. »Aber es verging kein Tag mehr, an dem ich nicht rausgefahren wäre.«

»Und an der Sektenlehre selbst waren Sie nicht interessiert?«

»I wo!«, rief sie empört. »So einen Schmarrn hatte ich in meinem ganzen Leben nicht gehört. Walburga Meins als Reinkarnation des Minsener Seewiefkens! Wer sie nicht anbetet, lädt große Schuld an Friesland und seinen Bewohnern auf sich.«

»Wieso das denn?«, hakte ich neugierig nach.

»Ach, Sie kennen deren Philosophie gar nicht?«

»Nicht so genau jedenfalls. Ich habe wenig Kapazitäten und Geduld für solchen, wie nennen Sie es: Schmarrn. Um es anders zu sagen: Schon in der Schule habe ich in Religion lieber Papierflieger gebastelt und dabei eine wahre Meisterschaft entwickelt.«

»Tatsächlich?« Plötzlich schien Susi fast besorgt. »Also, Religion interessiert mich schon. Also ernsthafte Religionen. Aber ›Ebbe und Flut‹ kann nun wirklich niemand mit Verstand ernst nehmen. Ihre sogenannte Lehre beruht im Wesentlichen auf drei Säulen. Säule eins: Es gibt nur einen Gott, und das ist Neptun, Herr der Meere. Säule zwei: Das Minsener Seewiefken ist dessen von ihm gesandte Tochter, welche von den Wangerländern gefangen und gequält wurde, sich aber befreien konnte und das Land mit einer furchtbaren Sturmflut überschwemmt hat. Säule drei: Der Zorn des Seewiefkens! Reinkarnation ist Walburga. Durch Anbetung der Gläubigen muss sie besänftigt werden. Nur so kann Friesland vor der finalen Überflutung gerettet werden, vielleicht sogar das ganze Land.«

»Sehr gut auswendig gelernt«, lobte ich sie.

Sie errötete und wehrte bescheiden ab: »Nur so ungefähr.«

Der Weg war teilweise so eng, dass wir im Gänsemarsch hintereinander hergehen mussten. Diese Phasen nutzte ich, das neu Erfahrene zu verarbeiten und Fragen daraus zu entwickeln. Dabei allerdings musste ich aufpassen, nicht über einen der Hunde zu stolpern, die sich zwischen unseren Füßen gegenseitig jagten. Immer wieder jedoch wurde der Weg auch breiter, was dem reibungslosen Ablauf unseres Gesprächs entgegenkam. Die Terrier trauten sich dann wieder in weitere Entfernung.

»Gehört dieser Focko Dingsbums –«

»Bruch.«

»Gehört dieser Focko Bruch denn noch immer zum Führungstrio?«

»Das weiß ich jetzt nicht ganz genau«, sagte Susi nachdenklich. »Ich selbst habe jeden Kontakt abgebrochen. Aber ich wüsste nicht, warum sich daran etwas geändert haben sollte.«

»Ich habe diesen Bruch noch nicht kennengelernt. Auf dem Infoabend in Horumersiel war er auch nicht.«

»Das ist allerdings ungewöhnlich«, meinte Susi tiefsinnig und fügte lapidar hinzu: »Vielleicht hatte er Schnupfen oder ist im Urlaub.«

Einige Sekunden beschäftigte mich die Frage, ob rechte Guru-

Hände tatsächlich Urlaub machen. Dürfen oder wollen. Die Vorstellung war seltsam. Schlossen sie auch Tarifverträge ab? Gründeten sie Gewerkschaften? Das mit dem Schnupfen konnte ich mir schon eher vorstellen. Eine andere Frage jedoch erschien mir drängender:

»Warum haben Sie die Gezeitenclique wieder verlassen? Hat Brauch Ihre Liebe nicht erwidert?«

»Bruch.«

»Wie bitte?«

»Focko Bruch.«

»Ach so.«

»Anfangs schon.«

»Was denn?« Ich hatte den Faden verloren.

»Anfangs erwiderte er meine Liebe. Jedenfalls tat er so, als ob, aber dann ...«

»... ging die Liebe zu Bruch.« Ich musste über mein raffiniertes Wortspiel grinsen.

»Sehr witzig«, meinte Susi beleidigt. »Aber ja. Es wurde nichts draus. Focko wollte mich nur in die Sekte locken.«

»Und als das geschehen war«, mutmaßte ich, »hat er sich wieder anderen Damen zugewandt. Zum Beispiel Bettina.«

»Die kennen Sie?«

»Oder Elvira?«

»Die kennen Sie auch?« Erneut wurde sie rot, diesmal vor Wut. »Sind Sie etwa auch so einer?«

»Was für einer?«

Wir hatten die Umrundung des verwunschen in der Spätsommersonne daliegenden Teichs abgeschlossen, weshalb ich zurück zum Parkplatz strebte. Susi und die Hunde folgten mir. Ricky machte einen ungewohnt erschöpften Eindruck auf mich. Barbara wich ihm keinen Augenblick von der Pelle.

»Na, so einer halt«, zischte Susi. »Der es mit mehreren nebeneinanderher treibt. Ich weiß, wie diese beiden Damen ticken«, fuhr Susi fort. »Und da brauche ich mir nicht lange zu übersetzen, was *kennen* in diesem Fall heißt!« Sie wandte sich ab. »Und ich dachte wirklich, Sie wären anders.«

»Aber, aber, meine Gute«, beschwichtigte ich. »Wo denken Sie hin?«

Ricky kam noch einmal zurück. Er blickte zu mir auf wie ein Schutzsuchender. Ich konnte mir die Sache nicht erklären, versuchte es aber auch gar nicht. Susis seltsame Reaktion beschäftigte mich zu sehr.

»Erzählen Sie mir nichts von den Männern!«, rief sie. »Sie nicht! Einen erst scharfmachen und dann …« Sie reckte den Mittelfinger ihrer rechten Hand in die Luft. »Aber nicht mit mir, mein Lieber. Nicht mit Susi Schöpski!«

Wir waren bei den Autos angekommen. Ich öffnete die Tür, der Hund sprang hinein, Barbara ohne Zögern hinterher. Wütend rief Susi nach ihr, aber das Tier folgte nicht. Als ich Barbara aus dem Auto holen wollte, schnappte sie nach meiner Hand. Glücklicherweise biss sie in die Luft. Ricky kam wieder aus dem Auto gesprungen. Ich begriff, dass er sich belästigt fühlte. In seinem Ausdruck lag etwas Gehetztes, ja Verzweifeltes. So kannte ich ihn gar nicht.

Weiterhin wütend stapfte Susi heran, leinte Barbara an und schleifte sie zu ihrem Wagen. Barbara wehrte sich so lange – stemmte sich gegen die Laufrichtung und jiepte erbarmungswürdig –, bis Susi keine andere Lösung einfiel, als das liebestolle Tier hochzunehmen und ins Auto zu tragen.

»Eine Frage hätte ich noch«, kündigte ich an, als wir beide einstiegsbereit vor den geöffneten Türen unserer Pkw standen. Noch einmal spendete Susi mir ihre ungeteilte Aufmerksamkeit. »Ist Ihre Tochter auch wegen Bruch der Sekte beigetreten?«

»Wie kommen Sie denn darauf?« Mit einem Bein war Susi im Auto, die Hündin war längst ganz drinnen.

»Hätte ja sein können.« Auch ich stellte einen Fuß ins Wageninnere meines Touran.

»Hätte es nicht!« Offensichtlich hatte Susi starke hysterische Neigungen. »Und wenn Sie mir zugehört hätten, wüssten Sie das auch. Sie Vollblutdetektiv!«

Letzteres war nicht ernst gemeint. Daher fasste ich es als eine Beleidigung auf, die ich ignorierte.

»Was habe ich denn überhört Ihrer Meinung nach, Susi?«, fragte ich gelassen.

»Für Sie immer noch Frau Schöpski, Herr Reents!«

»Also gut: Frau Schöpski.«

»Schon bei meinem allerersten Anruf«, sagte sie schnippisch, »habe ich Ihnen mitgeteilt, dass Sassi dem Guru selbst verfallen ist: Heinz Meins!« Jetzt hievte sie ihren gesamten Körper ins Gefährt. Sie startete schneller, als ich reagieren konnte. Direkt neben mir hielt sie noch einmal an.

»Damals habe ich noch an Sie geglaubt!«, spuckte sie mir ihre Anschuldigung aus geöffnetem Fenster vor die Füße. »Das haben Sie sich gründlich verscherzt.«

»An mich glaubt man nicht!«, rief ich ihr hinterher. »Ich bin kein Guru! Bei mir weiß man, was man hat!«

20

»Was hab ich ihr bloß getan?«, fragte ich mich laut, nachdem ich vom Barkeler Busch gestartet war.

Sei froh, dass du die los bist!

Ich hatte meine innere Stimme schon längere Zeit nicht gehört, weshalb ich jetzt erschrak. Über ihre Worte wunderte ich mich.

Hast du nicht gesehen? Der arme Rick mit dieser lästigen Köterin? Die ließ einfach nicht locker. Und was ihr Frauchen betrifft …

»Sie ist nicht ihr Frauchen«, gab ich zu bedenken.

Aber die Mutter ihres Frauchens. Der Apfel fällt nicht weit vom Birnbaum. Jedenfalls hatte die es auf dich abgesehen. Und wenn sie nur halb so hartnäckig ist wie diese Barbara …

Vielleicht hatte die Stimme recht. Dann hatte ich noch einmal Glück gehabt, dass Susi meine Worte falsch interpretiert hatte. Aber es gab Wichtigeres zu bedenken.

»Ich würde gern mal diesen Focko Bruch kennenlernen«, sagte ich. Wieder laut, mich hörte ja keiner.

Wozu?, wollte die Stimme wissen. Sie klang so genervt, wie der Hund aussah. Dieser hatte sich erschöpft im Fußraum zusammengerollt. *Bestimmt ist der nur ein Hirngespinst dieses überdrehten Frauenzimmers.*

»Das glaube ich kaum«, sagte ich. »Dafür klingt alles zu konkret. Hirngespinste sehen anders aus.«

Das weißt du natürlich am besten, sagte die Stimme spöttisch.

Wir durchquerten Accum, den kleinen Ort vor den Toren Wilhelmshavens, der mit der Accumer Mühle eine echte Attraktion zu bieten hatte.

Du solltest ganz schnell rausfinden, orakelte die Stimme, *was mit diesem Vogel los ist, Focko Dingsbums …*

»Bruch«, sagte ich. »Focko Bruch. Aber wieso die Eile? Morgen geht's nach Wangerooge. Und da wird Ubbo sehr schnell herausfinden, was mit dem Kerl ist. Gut Ding will Weile haben.«

Und wenn es ihn gar nicht mehr gibt?

Ricky wurde langsam wieder munter. Er sprang aus dem Fußraum auf den Sitz und kratzte sich unterm Kinn.

»Wieso um Himmels willen sollte es ihn denn nicht mehr geben?«, fragte ich. »Ein Mensch löst sich doch nicht einfach so in Luft auf. Auch nicht die rechte Hand eines Gurus.« Ich grinste kurz und erschrak dann. »Oder meinst du etwa …?«

Genau das meine ich.

Ein kalter Schauder des Entsetzens lief mir über den Rücken. Meine innere Stimme hatte eine Saite in mir zum Klingen gebracht, die ich lieber stumm mochte. Ich wollte keine Leichen in meinen Fällen. Jedenfalls keine echten. Als widerlegbare Theorie ließ ich sie mir noch gefallen, aber … Eindeutig lief ich Gefahr, meine detektivische Unschuld zu verlieren. Ich hasste diesen Augenblick und würde ihn auf ewig verfluchen.

Ich nahm die Abkürzung den Kanal entlang, vorbei am Mariensieler Flughafen Richtung Wilhelmshavener Südstadt. Selbst die vertraute Schönheit dieser Strecke, die ich liebte wie kaum etwas, fühlte sich anders an als sonst. Die Befürchtung befiel mich, dass nie wieder irgendetwas in meinem Leben so sein würde wie bisher. Ich stand kurz vor meinem dreiundvierzigsten Geburtstag und fühlte mich plötzlich an der Schwelle eines neuen Lebensabschnitts. Nun gut, sagte ich mir, wenn es denn so ist, dann klopfe an diese Tür und trete ein. Angst hat noch keinem weitergeholfen. Und so hob ich denn die Hand und klopfte an. Und siehe da, mir wurde aufgetan.

Mein Anruf mit verstellter Stimme und falschem Namen bestätigte meinen Verdacht, dass mit Focko Bruch etwas nicht stimmte.

»Ja, hallo. Hier spricht ›Ebbe und Flut‹. Ulfert am Apparat. Was kann ich für Sie tun?«

Da ich Ulfert, der mich nur äußerlich an John Lennon erinnert hatte, nicht für den Allerhellsten hielt, erlaubte ich mir einen kleinen Scherz:

»Hier spricht ›Haven-Detektei effektiv!‹, Phillip Marlowe am

Apparat. Abgesandter von Raymond Chandler. Ich hätte gern Focko Bruch gesprochen.«

Ulfert meinte, das hätte er auch gern. Leider habe er ihn jedoch schon tagelang nicht mehr zu Gesicht bekommen.

»Is wohl unterwegens«, meinte er friesisch-trocken. »Keine Ahnung, wo.«

»Bedauerlich«, sagte ich. »Kommt es denn öfter vor, dass Herr Bruch ›unterwegens‹ ist?«

»Eigentlich eher nich«, räumte der Jünger ein. »Aber irgendwann is ja alles dat erste Mal, ne?«

Plötzlich hatte ich das Gefühl, mit Ubbo Dose zu telefonieren. Wortwahl und Slang der beiden glichen sich eklatant.

»Sagen Sie mal«, schob ich daher in freier Assoziation ein, »fahren Sie morgen eigentlich mit nach Wangerooge?«

»Ja klar, wiesou?«

»Ach, nur so«, sagte ich. »Ich hab so das Gefühl, dass Sie dort eine neue Freundschaft schließen werden.«

»Bist du vielleicht Wahrsager?«, hakte Ulfert interessiert nach. Wie alle Seewiefken-Jünger war er esoterisch nicht nur angehaucht, sondern voll drauf.

»Themenwechsel«, schlug ich vor. »Können Sie mir die Handynummer von Focko Bruch geben?«

»Ja klar, wieso nich?«, meinte er locker. An irgendwen anderen stellte er die Frage: »Haste mal Fockos Nummer?«

»Wer ist denn dran?«, hörte ich eine weibliche Stimme aus dem Hintergrund. Problemlos identifizierte mein geschultes Ohr sie als die Stimme von Walburga Meins.

»Ach, so'n Typ. Kenn ich nich. Aber der heißt genau wie dieser Detektiv ausm Film: Phillip Marlowe.«

Zu spät wurde mir bewusst, dass ich Ulfert unterschätzt hatte. Offenbar war er kein Mann, dem man so leicht etwas vormachen konnte. Er hatte nicht nur meinen vorgetäuschten Namen registriert, sondern wusste ihn sogar einzuordnen.

»Wie bitte?«, fragte Walburga ungläubig aus dem Off. »Wer?« Sie klang milde genervt.

»Na, Marlowe, der Detektiv von Raymond Chandler«, antwortete Ulfert staubtrocken. »Kennst den nich oder wat? Hollywoods schwarze Serie: ›Die Dame im See‹, ›The Big Sleep‹ mit Humphrey Bogart und so weider … Musste doch kennen …«

»Und der ist am Telefon?«

Vorübergehend schien Walburga sich zu beruhigen. Glücklicherweise, dachte ich mit ironischem Grinsen. Denn wenn der Zorn des Seewiefkens uns ereilt, ist alles zu spät.

»Na klar nich der«, meinte Ulfert. »Aber einer, der genauso heißt. Komischer Zufall, ouder?«

Es folgten Geräusche, die an einen Kampf erinnerten. Ein dumpfes Klatschen war im Spiel.

»Aua!«, rief Ulfert hektisch. Und dann noch mal: »Auaaa!«

Wie auch immer die Auseinandersetzung im Detail ausgesehen hatte, sie endete damit, dass Walburga selbst an den Apparat kam.

»Was wollen Sie?«

Blitzschnell stellte ich meine Stimme so ein, dass auch sie diese unmöglich wiedererkennen konnte.

»Ich hätte gern Herrn Bruch gesprochen.«

»Was wollen Sie von ihm?«

Der Hund sprang an mir hoch. Wahrscheinlich musste er mal wieder. Und zwar ziemlich nötig, wenn ich ihn mir so ansah.

»Ich glaube kaum, dass Sie das was angeht.« Beim letzten Selbstbehauptungstraining hatte ich einiges dazugelernt. Die Sache war ihr Geld wert gewesen.

Wie kann man nur so blöd sein!, maulte meine innere Stimme.

»Dann ist es ja gut«, sagte Walburga, plötzlich wieder die Gelassenheit selbst. Das Seewiefken war beruhigt, immerhin. »Wenn es mich nichts angeht, kann ich das Gespräch ja beenden, ohne unhöflich zu sein. Ich bin nämlich nicht gern unhöflich.« Sprach sie und beendete das Gespräch per Hörerauflegen.

Na, wenn das nicht klar war, meinte die Stimme in mir. *Diplomatie ist wohl ein Fremdwort für dich.*

»Nicht nur für mich«, gab ich locker zurück. »Diplomatie *ist* ein Fremdwort. Für jeden. Daran können auch deine neunmalklugen Einwände nichts ändern.«

Um solche Spitzfindigkeiten geht's hier grad nicht, schoss die Stimme scharf zurück. *Es geht darum, dass du es mal wieder verbockt hast, Mann.*

Der Hund ließ plötzlich von mir ab.

»Ich hab überhaupt nichts verbockt«, erklärte ich selbstbewusst. »Seine Handynummer hätte sie mir sowieso nicht gegeben.«

Vielleicht stimmt das, aber –

»Nichts aber. Durch ihr Verhalten hat sie mir wertvolle Hinweise geliefert.«

Die da wären?

»Wer sich so verhält, hat etwas zu verbergen.«

Na klar haben die da jede Menge Dreck am Stecken in Tettens, aber –

»Das sind mir heute ein paar Aber zu viel von dir. Mit Aber kommen wir *aber* nicht weiter. Fest steht nur eins: Walburga wollte mir nicht sagen, wo Focko Bruch sich aufhält.«

Oder sie weiß es nicht. Auf Biegen und Brechen wollte meine innere Stimme das letzte Wort haben.

»Von mir aus auch das«, räumte ich ein. »Fakt ist und bleibt, dass es um das Verschwinden von Bruch ein Geheimnis gibt.«

Genau wie um das von Sassi Schöpski, machte die Stimme plötzlich einen auf Harmonie. *Aber jetzt solltest du dir endlich die dusselige Leine schnappen und mit Rick rausgehen. Sieht doch jeder, dass es sonst gleich ein Malheur gibt.*

21

»Du musst unbedingt rausfinden«, sagte ich, »was mit diesem Focko Bruch ist.«

Wir befanden uns auf dem Weg zum Anleger in Harlesiel. Ich trug bereits meine Tarnung für »Backerooge« (wie Ubbo mit friesisch zäher Beharrlichkeit Wangerooge immer wieder nannte). Tief ins Gesicht gezogene Mütze (von Hildes Schwester selbst gehäkelt und mit Schillig-Emblem versehen), riesige Sonnenbrille, unrasiert, Kragen meines dunkelblauen Fisherman-Pullis hochgeklappt. Selbst wer mich kannte, würde mich so nicht erkennen.

Noch saßen wir im Auto, und die Tarnung war nur eine Vorübung. Aber schon bald würden wir die Geborgenheit des Kleinwagens verlassen und durften uns fortan nicht mehr kennen. Ubbo Dose würde zum Seminarteilnehmer der Glaubensgemeinschaft »Ebbe und Flut« werden, während ich mit meinem schneeweißen Jack Russell Terrier Ricky vollständig in die Rolle des ahnungslosen Touristen einstieg.

»Mindestens zweimal täglich treffen wir uns«, sagte ich. »Zum Informationsaustausch.«

»Alles klar, Meister«, meinte Ubbo. »Aber wieso Austausch? Hast du denn auch wat zu bieten an Infos? Ich glaub nämlich manchmal, ich bin hier der einzige Depp, der sich in Gefahr begibt. Und du weißt ja: Wer dat tut, der kommt drin um. Womöchlich jedenfalls.«

»Doppelquatsch«, sagte ich ärgerlich. »Erstens kommst du nicht um, und zweitens werde ich mich nicht auf die faule Haut legen.«

»Sondern?« Neugierig blickte Ubbo mich an, während ich den Touran auf dem Parkplatz der gegenüberliegenden Seite des Harlingersieler Hafenbeckens abstellte. »Ehrlich gesacht, siehst du aus wie 'n Touri, der nich alle Tassen in Schrank hat.« Er kicherte albern.

»Das ist doch nur meine Tarnung, Mann. Oder hast du vielleicht gedacht, ich fahre nach Wangerooge, um da Urlaub zu machen?«

»Weiß man's?«

»So, und jetzt steig aus. Wir haben keine Zeit zu verlieren.«

»Warum soll ich denn hier raus? Der Anleger is doch da drüben, Alder. Aufe anderen Seite.«

»Natürlich ist er das, Ubbo. Aber wir können da drüben doch nicht zusammen aussteigen. Wenn mich einer erkennt, können wir die ganze Aktion abblasen. Dann wissen sie auch, wer du bist. Oder können es sich zumindest denken.«

»Ehrlich gesacht, glaub ich kaum, dat dich einer erkennt. So bekloppt, wie du aussiehst. Also, noch bekloppter als sonst, mein ich.«

Willst du im Ernst jetzt mit rüberfahren, sach ma?, imitierte meine innere Stimme Ubbos Friesenslang. Die ganze Fahrt über hatte sie keinen Piep von sich gegeben.

»Wieso denn nicht?«, fragte ich gereizt.

Ubbo wunderte sich nicht über meine Frage, obwohl diese ihm unverständlich erscheinen musste. Gelassen wartete er ab, wie die Situation sich weiterentwickeln würde. Ich beneidete ihn.

An Bord ist es doch das Gleiche, meinte die Stimme. *Wenn dich einer erkennt, kannst du die Sache vergessen. Und sie werden dich erkennen, allein schon wegen Rick. Im Gegensatz zu deinem Allerweltsgesicht ist der nämlich unverwechselbar. Er ist etwas ganz Besonderes*, geriet sie ins Schwärmen. *Und dann werden wir nie herausfinden, wo dieser Focko Bruch abgeblieben ist. Auch nicht, was mit Sassi Schöpski passiert ist. Mal ganz zu schweigen –*

Schon gut, schon gut, unterbrach ich sie, diesmal nur gedanklich. Ich wollte Ubbo nicht noch mehr verwirren. Vielleicht hast du recht.

Ganz sicher hab ich das. Ich schlage daher dringend vor, du und Rick, ihr nehmt erst die nächste Fähre.

Ubbo stieg aus und holte sein spärliches Gepäck (ein kleiner Rucksack) vom Rücksitz.

»Denn man tschüss bis neulich.« Schon dackelte er drauflos.

»Tschüssikowski.« Ich blickte ihm hinterher. Er hatte sich schick gemacht. Statt Blaumann trug er eine saubere Jeans, statt Gummistiefel Sandalen. Daran konnte ich unschwer erkennen, wie ernst der Mann seinen Auftrag nahm. Selbst sein wildes Haupthaar machte einen relativ gezähmten Eindruck. Ich konnte mich einer gewissen Rührung nicht erwehren.

Was ist nun?, riss meine innere Stimme mich aus meinen Gedanken. *Gibst du mir recht oder nicht?* Wenigstens redete sie längst wieder hochdeutsch, was ich sehr begrüßte. Wovon sie aber sprach, wusste ich nicht mehr genau.

Die Fähre? – Rick und du? – Nehmt ihr die nächste?, betete die Stimme einen ganzen Fragenkatalog herunter.

»Ja, natürlich machen wir das«, sagte ich. »Man darf uns drei auf keinen Fall zusammen sehen.«

Wie du da nur drauf gekommen bist! Und das ganz allein!

Ich ignorierte ihren Spott.

Und warum lässt du Ubbo dann da rüberlatschen? Dann kannst du ihn auch genauso gut eben rüberfahren.

»Zu riskant«, erklärte ich. Ich öffnete das Fenster und steckte mir innerlich eine an. Nachdenklich blickte ich Ubbo hinterher. Er erklomm soeben den Deich, vorbei an der kleinen Schleuse, welche das Flüsschen Harle mit dem offenen Meer verband. Plötzlich fragte ich mich, ob ich mit Ubbo tatsächlich auf den richtigen Mann setzte. Musste der einfache Geist nicht überfordert sein mit dem ihm von mir erteilten Auftrag? Immerhin ging es um Mord und Entführung. Die schwersten Verbrechen, die die Menschheit zu bieten hatte. Auch wenn beide Tatbestände noch nicht hundertprozentig bewiesen waren, so wurde ihre Wahrscheinlichkeit doch immer größer.

Aber ich hatte keine Wahl mehr. Der Zeitpunkt, an dem ich Ubbo noch durch einen pfiffigeren Zeitgenossen hätte ersetzen können, war ebenso überschritten wie gerade jetzt der Deich von Ubbo. Ich musste mir sagen: Ubbo Dose ist der beste Mann für diese Sache. Und vielleicht lag ich damit gar nicht mal so falsch. Möglicherweise war es gerade seine Dösigkeit, die ihn besonders glaubwürdig machte. Wer rechnet bei einer Erscheinung wie seiner schon mit einem gewieften Undercover-Agenten?

Ich beobachtete, wie er auf dem Deich jenseits der Schleuse stehen blieb, umständlich sein Handy aus der Tasche fischte und ans Ohr führte. Bekam er jetzt einen Anruf? Im selben Moment klingelte mein eigenes Smartphone.

»Ja, hallo, Ubbo hier. Ich wollt dir nur eben noch mal sagen, dat du dir keine Sorgen machen brauchst. Ich krich dat raus mit den ollen Focko Bruch. Und wenn dat dat Letzte sein sollte, wat ich tu. Und dat Vorletzte is dat mit der lütten Schöpski. Dat krich ich auch raus. Ich versprech dir dat hoch un heilich.«

Wie immer, wenn er aufgeregt war, wurde es schlimmer mit seinem friesischen Slang. Eine warme Welle der Sympathie mit dem Hundecoach durchrieselte mich. Ich hielt den Arm aus dem Fenster und winkte ihm zu. Ohne mit der Wimper zu zucken, winkte er zurück. Dieses Bild vor Augen hörte ich noch einmal seine Stimme durchs Telefon: »Weißt du, wat ich dat Beste an dir finde?« Er machte eine feierliche Pause.

»Nun?«

»Dat du mir vertraust. Dat du mir dat anvertraust, mein ich. Dat is so …« Langsam sah ich ihn weitergehen. Ihm fehlten die Worte, auch ihn hatte die Rührung übermannt. »Weißt du«, fuhr er schließlich fort, »mein Vadder, der hat mir nie irgendwat zugetraut. ›Ubbo‹, hat der immer gesacht, ›Ubbo, du kannst dat einfach nich. Und du wirst dat auch nie können, mien Jung. Wenn du eins hast in dein Leben, Ubbo, dann dat: Du hast dat einfach nich drauf. Du kannst da gar nix für, aber dat is nu mal so. Und dat is, wie dat is.‹«

Ubbo, der gestandene Friese, weinte. Hörbar. Sichtbar nicht, denn er war inzwischen aus meinem Blickfeld verschwunden. Auch ich wischte mir ein paar Tränen aus dem Gesicht, bevor ich auflegte. Plötzlich überfiel mich eine ungeahnte Müdigkeit. Ich hatte die Nacht kaum geschlafen. Wie stets vor Reisen war ich nervös gewesen und unruhig. Da reichte selbst so ein kleiner Trip wie der nach Wangerooge. Ich verließ meinen Heimathafen

Wilhelmshaven nicht gern für länger als ein paar Stunden, wie Eingeweihte wissen.

Worauf wartest du eigentlich noch? Wie durch tiefe Nebelwände, die durch morgendliches Watt auf die ahnungslose Küste zuwaberten, drang meine innere Stimme zu mir durch. *Nun sag nicht, du bist weggeratzt.*

Ich sagte überhaupt nichts, sondern blickte auf die Uhr. Es war nicht mehr lange, bis das Schiff nach Wangerooge starten würde. Auf der Anlegerseite des Hafens sah ich bereits eine größere Menschenmenge, die sich dort zum Zweck des Hinausfahrens auf die östlichste der sieben Ostfriesischen Inseln versammelt hatte. Entschlossen startete ich den Motor. Während des Anfahrens rieb ich mir den letzten Hauch meines Nickerchens aus dem Gesicht.

Drüben wollte ich nicht weiterschlafen, sondern sehen, welche der mir bekannten Sektenmitglieder auf die Insel fuhren. Vielleicht war auch einer dabei, auf den die Beschreibung Focko Bruchs zutraf. In diesem Fall könnte ich ausschließen, dass er der Tote im Pool war. Folglich hätte ich meine Ermittlungen in eine andere Richtung lenken müssen. Ich hoffte, dass es noch nicht zu spät war. Dass nicht alle »Ebbe und Flut«-Jünger sich bereits auf dem schneeweißen Fährschiff Harlingerland befanden und sich damit meinen Blicken entzogen.

Einen Parkplatz in Anlegernähe zu ergattern, war nicht einfach. Aber wo ein Wille ist, ist nichts unmöglich. Bei meiner Suche nach den Zielpersonen profitierte ich davon, dass vor allem die mir bekannten Damen der Sekte rundherum auffällige Erscheinungen darstellten. Ich musste das Auto nicht mal verlassen, um sie unter der Heerschar unauffällig in Windjacken und Anoraks gebückter Touristen spielend leicht ausfindig zu machen.

Elvira, Cordula sowie einige weitere nahezu identisch gewandete Damen standen in einer Gruppe beieinander. Ulfert und ein paar mir unbekannte Männer gehörten ebenfalls zum illustren Kreis. Über ihren hellblauen Stoffuniformen trugen sie an diesem Tag allesamt hellblaue Wetterjacken. Der frische Morgen ermunterte die Sonne nur zögernd, Besitz von ihm zu ergreifen. Die kühle Luft war noch feucht.

Die Sekten-Ladys leuchteten in gewohntem Gelb. Man musste schon blind sein, sprang einem das Häufchen Gleichgesinnter nicht auf Anhieb ins Auge. Ein weniger geübter Blick als der meine hätte hier allerdings auch den Ausflug eines friesischen Boßel-Vereins mit besonderem Anstrich oder etwas ähnlich Harmloses vermuten können. Ricky stand mit den Hinterpfoten auf dem Beifahrersitz. Die Vorderpfoten auf das Armaturenbrett gestützt schaute auch er neugierig auf das bunte Treiben am Anleger. Er machte einen nervösen Eindruck auf mich. Immer wieder wackelte er mit dem Schwanz, dazu jiepte er ab und zu. Insgesamt schien es, als würde er lieber hinüberrennen und vielleicht am einen oder anderen hochspringen, als untätig hier im Auto zu verharren. Ich ignorierte sein Gebaren.

Nun entdeckte ich auch den nicht uniformierten Ubbo. In geringer Entfernung zu den Genannten bildete er mit fünf weiteren Personen eine Art Nebengrüppchen, welches bis in mein Auto hinein deutlich Unsicherheit ausstrahlte. Neben meinem Hooksieler Assistenten handelte es sich um drei Männer und zwei Frauen, die mir unbekannt waren. Ausgestattet mit ihren Rucksäcken erinnerten sie an eine in die Jahre gekommene Pfadfindertruppe. Ubbos Tarnung war perfekt: Niemand hätte in ihm die rechte Hand eines Top-Ermittlers vermutet.

Ich vermisste Heinz und Walburga Meins. Das Seewiefken und ihr Verkünder waren nicht dabei. Zwar gab es zwei Kerle in den typischen hellen Gewändern, wie Meins oder wahrscheinlich auch Bruch sie trugen, aber beide waren ganz offensichtlich nicht die Genannten. Lange Haare und Bärte hatten zwar auch sie, der eine jedoch war semmelblond, während beim Zweiten die Haarpracht nur noch aus einem dünnen Kranz bestand, der bestens zu seiner auch sonst spindeldürren Gestalt passte. Die beiden rannten aufgeregt hin und her, offenbar führten sie die Gruppenaufsicht. Sie verteilten etwas an die Mitglieder, womöglich Fahrkarten.

Als sie plötzlich etwas sagte, fiel mir auf, dass sich meine innere Stimme bereits seit geraumer Zeit nicht zu Wort gemeldet hatte. *Frag doch mal bei Ubbo an, wo die Leader of the Gang sind.*

»Wer?«

Der Guru und seine Hauptmieze. Manchmal bist du echt schwer von Kapee.

Ich zückte mein Smartphone.

»Wo sind Meins und das Seewiefken?«, schrieb ich flotten Fingers.

Ich sah, wie Ubbo umgehend sein Handy aus der Tasche kramte. Er hielt nach mir Ausschau, entdeckte mich und winkte herüber. Glücklicherweise registrierte es außer dem Hund niemand. Ich hielt mich professionell zurück und ermöglichte Ubbo so ungestörte Ermittlungsarbeit. Ich sah, wie er nach den Gesuchten Ausschau hielt. Als auch er sie nirgends entdecken konnte, schlenderte er unauffällig zu dem Grüppchen um Elvira und sprach diese an. Mit großer Geste zeigte sie in den Himmel. Sollte das heißen, dass sie … aber nein … dass sie tot waren, war auszuschließen. Vielleicht aber war Ubbo so unvorsichtig gewesen, direkt nach Focko Bruch zu fragen.

Nervös geworden, steckte ich mir innerlich die zweite mit der ersten an. Ich musste mit ansehen, wie Ubbo sich nun eiligen Schrittes von dem Häuflein Neptun-Gläubiger entfernte. Was hatte er vor? Warum war er so unvorsichtig? Schließlich verschwand er in dem lang gezogenen Gebäude direkt am Anleger. Sekunden später klingelte mein Smartphone.

»Ich bin dat, Ubbo.«

»Was machst du denn da drinnen. Du sollst doch –«

»Sorry, Mister. Aber ich musst noch mal eben aufn Pott. Dat wird ja wohl noch erlaubt sein, ouder nich?«

Ich hörte, wie er die Kabinentür von innen abschloss.

»Also, du wolltest ja wissen –«

»Nicht so umständlich. Komm zum Punkt.«

Ich wollte mir nicht vorstellen, was er mit der einen Hand machte, während er in der anderen sein Telefon hielt. Eine Verdrängung, die mir gelang.

»Also, der Guru und seine Schnägge –«

»Sag nicht, sie sind … im Himmel?« Schrecken fuhr mir in die Glieder. Waren sie tatsächlich die nächsten Opfer des mysteriösen Sektenmörders?

»Also, nich in, aber an Himmel, dat is Tatsache. Wat du ja sicher meintest, nä?«

»Natürlich, aber –«

»Woher du dat bloß schon wieder weißt. Manchmal bist du echt 'n pfiffiges Kerlchen, dat muss man dir lassen, Alder … Ich wusste noch gar nich, dat man von hier aus auch nach Backerooge fliegen kann. Na ja, und dat ham die beiden Hübschen sich genehmicht. Da sach noch mal einer, inne Sekte sind die alle gleich.«

»Manche sind immer gleicher als die anderen, Ubbo. Das weiß man ja.«

Ich hörte die Spülung und war beruhigt, als Ubbo offenbar das Handy ablegte, um sich die Hände zu waschen. Dann sah ich ihn aus dem Häuschen kommen, das Telefon wieder am Ohr. Erneut winkte er unvorsichtig zu mir herüber.

»Hör auf mit der Winkerei. Wir sollten jetzt auch das Gespräch beenden. Und denk an Focko Bruch. Wir müssen unbedingt wissen –«

»Ach sou.« Er ging ein paar Schritte zurück in das Haus. »Nach den hab ich schon längst gefracht. Der is angeblich im Krankenhaus.«

»Und warum angeblich?«

»Dat konnte oder wollte mir keiner sagen. Ich weiß nur, er soll in Ollnburch (Oldenburg, Anm. des Übersetzers) ouder WHV (Wilhelmshaven) liegen, genau hab ich dat nich verstanden. Aber ich steh ja auch erst an Anfang, nä?«

»Trotzdem gute Arbeit«, musste ich zugeben. »Wenn auch ein bisschen leichtsinnig, gleich so mit der Tür ins Haus zu fallen.«

Nun lass mal die Kirche im Dorf, stellte meine innere Stimme sich schützend vor den Hundecoach. *Wie lange sollte er denn warten?*

»Also, Ubbo, bis später.«

»Ach sou, einen hab ich noch.«

»Was denn noch?«, fragte ich gereizt. Ich hoffte nicht, dass er noch mehr Leichtsinnsfehler begangen hatte.

»Sassi Schöpski«, meinte Ubbo, »die is hier auch ganz gut bekannt. Die Leudde fragen sich auch schon, wo die plötzlich abgeblieben is.«

»Aha.«

»Ja, genau: aha. Und wenn man die Leudde ausse Führungsriege auf sie anquatscht, machen die plötzlich ganz vornehme Gesichter und labern irgendwat von Bewusstseinserweiterung und so'n Schiet. Die würde dann aber wohl ganz bald zurückkommen, so in die Richtung reden die.«

»Interessant.«

»Ja, genau: Interessant. Dat find ich auch, Alder. Überaus interessant sogar. Vor allen Dingen, weil ich auch gehört hab, dat öfter mal Leudde ausse Sekte plötzlich wech sind und nur manche von denen zurückkommen. Andere sind woul schon ewich wech. Aber dat weiß ich bisher nur ansatzweise.«

»Nicht übel, Ubbo. Für die kurze Zeit. Respekt.«

»Ja, genau: Nich übel. Dat seh ich genauso. Also, hool di fuchtig, Alder (Munter bleiben, mein Guter, Anmerkung des Übersetzers). Ich bleib an Ball.«

Er beendete das Gespräch. Entgegen meiner Anweisung winkte er mir noch ein drittes Mal zu. Der Semmelblonde und sein Begleiter mit dem schütteren Haar kamen zum Parkplatz und fuhren davon. Offenbar hatten sie die Abfahrt der Fähre nur kontrolliert. Da sie mich nicht kannten, brauchte ich mich nicht zu verstecken. Außerdem hatte ich genug gehört und gesehen. Ich wusste, was ich zu tun hatte, und startete mit neuen Inspirationen den Motor.

22

Im neuen Wilhelmshavener Klinikum (Zusammenschluss des St.-Willehad-Hospitals mit dem Reinhard-Nieter-Krankenhaus, Anm. des Autors) war Focko Bruch unbekannt. Zur Tarnung mit einem passablen Blumenstrauß ausgerüstet, bekam ich gleich am Informationsschalter diese mich ebenso ernüchternde wie, bedachte man die Umstände, erschreckende Auskunft.

Blieben noch die drei Oldenburger Krankenhäuser. Wäre Reent Reents ein Typ, der sich die Dinge möglichst einfach und bequem macht, hätte ich versucht, dort telefonische Auskünfte einzuholen. Da dies aber nicht der Fall ist und ich es bevorzuge, meine Arbeit so gründlich zu machen wie irgend möglich, nahm ich die Fahrt über die Autobahn in Wilhelmshavens fünfzig Kilometer entfernte Nachbarstadt auf mich. Ist man selbst vor Ort, sieht und hört man möglicherweise Dinge, die einem am Telefon entgehen.

Als Erstes steuerte ich das Oldenburger Klinikum im Stadtteil Kreyenbrück an. Auf dem Weg dort hinaus geriet ich gleich in mehrere Staus, weshalb die Angelegenheit viel Zeit kostete. Ein Aufwand, der die Aktion nicht erfolgreicher machte, jedenfalls nicht im ermittlungstechnischen Teil. Detektivischer Erfolg lässt sich nur schwer vorausberechnen und sich weder durch zeitlichen noch sonstigen Einsatz erzwingen. Im zwischenmenschlichen Bereich dagegen war ich mit dem Kreyenbrücker Besuch gar nicht unzufrieden.

Durch Einsatz meines Charmes konnte ich die überaus nette und adrette junge Dame am Empfang zwar nicht dazu bringen, mir die Anwesenheit Focko Bruchs im Krankenhaus zu verkünden, da er nicht hier war, aber ihr von meiner positiven Ausstrahlung entfachtes hübsches Lächeln wirkte ermunternd auf mich: Ich würde meine Suche nicht aufgeben und es auch bei den noch in Frage kommenden Krankenhäusern probieren.

Befand Bruch sich nicht bereits im Totenreich, konnte er nur in einem dieser beiden Hospitäler stecken. Lebte er dagegen nicht mehr, würde ich ihn auch dort nicht antreffen, so viel stand fest.

»Also«, sagte ich munter zu der süßen Blonden mit der putzigen Himmelfahrtsnase, »auf zum Pius-Hospital.« Sie legte ein Lächeln nach, das mich umhaute.

»Sagen Sie, mögen Sie eigentlich Schollen?«, fragte ich spontan. Ich zog in Erwägung, sie zum Schollenessen mit kühlem Weißwein in meine heimische Küche einzuladen. Die Kleine dachte darüber nach, ob sie weiterlächeln sollte oder nicht. An dieser Stelle bereute ich, den Hund im Auto gelassen zu haben. Sie wäre garantiert auf ihn abgefahren.

»Hin und wieder«, sagte sie unbestimmt. »Wieso fragen Sie?«

Da ihr plötzliches Misstrauen mir nicht gefiel, sprach ich die Einladung nicht aus. Meine gute Laune ließ ich mir davon jedoch nicht verderben.

»Ach, nur so«, sagte ich. »Ich beteilige mich an Meinungsumfragen.« Ihre vorgeschobene Skepsis wandelte sich in aufrichtiges Erstaunen. Ich winkte ihr noch einmal zu, dann verschwand ich ohne ein letztes Lächeln. Ich hatte sowieso Wichtigeres zu tun, als aufgetakelte Blondinen beim Schollenessen mit Weißwein zu verführen. Bemerkenswert, dass meine innere Stimme sich an dieser Stelle zurückhielt. Typisch für sie wäre die eine oder andere schieflippig grinsende Bemerkung gewesen. Ihre Zurückhaltung wusste ich zu schätzen.

Da auch mein weiterer Oldenburg-Aufenthalt ohne Ergebnis blieb, kürze ich den Bericht ab: Focko Bruch lag weder im Evangelischen Krankenhaus noch im Pius-Hospital. Auch während der letzten Tage war er nicht dort gewesen, wie man mir bereitwillig mitteilte. Mein Verdacht, dass es sich bei der Leiche im Pool um jene rechte Hand des Gurus gehandelt hatte, steigerte sich in einen an Gewissheit grenzenden Zustand. Zum Glück wusste ich noch immer, was ich zu tun hatte.

»Wie geht's eigentlich Focko Bruch?« Als ich Klaus die Frage stellte, rechnete ich felsenfest mit einem erneuten Ausbruch seiner schlecht organisierten Persönlichkeit, der überraschenderweise nicht stattfand. Wieder saßen wir auf der Bank im weitläufigen Park der Karl-Jaspers-Psychiatrie in Wehnen bei Oldenburg. Wo ich schon mal in der Nähe war, hatte ich die Gelegenheit zum Besuch genutzt. Vielleicht kam ich ja heute weiter.

Diesmal hatte ich Klaus gleich draußen angetroffen, er war allein durch den Garten geschlendert. Immer wieder zogen ein paar kleinere Wolken am Himmel entlang. Sie taten dem schönen Spätsommerwetter keinen Abbruch. Die Temperatur war weiter sommerlich angenehm, und das Licht vergoldete die Welt noch immer wie ein unverdienter Segen.

»Das weiß ich nicht«, antwortete er ruhig. »Ich habe ihn schon längere Zeit nicht mehr gesehen. Warum fragen Sie?«

Seine Reaktion war so gelassen und unverdächtig, dass ich sofort Verdacht schöpfte. Wo war Klaus das Nervenbündel geblieben? Klaus, der in Bildern verschlüsselte und wirre Aussagen von sich gab wie »Der Tod ist ein Bruder der Liebe. Gewalt die Schwester der Zärtlichkeit«? Klaus, der immer mehr abdrehte, je tiefer man ins Gespräch einstieg? Der durchgeknallte Klausi, der Veitstänze aufführte und mit kuriosen Gesängen begleitete, wenn er nicht mehr weiterwusste?

Natürlich hatte er ein paar Tage der Ruhe und Rekonvaleszenz hinter sich. Während dieser Zeit hatte er Gelegenheit gehabt, zu sich selbst zurückzufinden. Vermutlich hatte man ihn mit Medikamenten so gut versorgt, dass sein Allgemeinzustand sicher nicht mehr zu vergleichen war mit dem während und kurz nach unserem Kennenlernen. Der Auftritt jetzt jedoch glich einem kompletten Persönlichkeitswandel.

Was ist mit dem denn los?, interessierte sich auch meine innere Stimme. Der Hund sprang zwischen uns auf die Bank. Nachdem er die beleidigte Leberwurst gespielt hatte, da er bei den Krankenhäusern im Auto verweilen musste, war er nun wieder dabei und obenauf. Er hatte sich etwas Auslauf verdient.

»Und wieso kennen Sie ihn überhaupt? Haben Sie vielleicht etwas mit ›Ebbe und Flut‹ zu tun?« Offenbar erkannte er mich nicht wieder, was mir bis jetzt noch gar nicht aufgefallen war. Seine Begrüßung war so vertrauensselig gewesen, als begrüße er einen alten Bekannten.

Das ist deine Chance!, mahnte meine innere Stimme. *Du solltest sie nutzen.*

Ich hörte ihr nur halb zu, da es in meinem Kopf ratterte. Wenn Klaus mich nicht einzuordnen wusste, bedeutete das für mich die Gelegenheit …

»Ich bin der Nachfolger von Bruch«, sagte ich blitzschnell.

Cool! Meine innere Stimme war bar jeder Ironie. *Genau das hab ich gemeint.*

Ricky wechselte seine sitzende Haltung in eine liegende. Mittlerweile machte er wieder einen relaxten Eindruck auf mich. Ich mochte es, dass er nicht nachtragend war.

»Wie, der Nachfolger?« Offensichtlich war es mir gelungen, Klaus zu irritieren. Vorsichtig fragte er nach: »Braucht er denn einen?«

»Scheint so.« Innerlich steckte ich mir eine an. »Sonst hätte Walburga mich wohl kaum gefragt, oder?«

»Walburga hat Sie gefragt?« Irgendetwas an meiner Aussage überforderte ihn sichtbar. Ein seltsames Zucken trat auf seine Stirn.

Oh nein, nicht schon wieder!, warnte meine innere Stimme. *Du musst ihn unbedingt beruhigen, sonst ist es gleich wieder so weit. Guck ihn dir doch nur mal an. Ruder ein bisschen zurück.*

»Na ja«, sagte ich beruhigend, »nicht unbedingt gefragt. Aber sie hat da so was angedeutet.«

»Angedeutet?« Klaus' Unruhe wuchs eher noch. »Was soll das denn schon wieder heißen?« Seine Hände zitterten sichtbar. Er wollte mich anschauen, schaffte es aber nicht. Es war ganz offensichtlich, dass er die Fassung, zu der er sich gezwungen hatte, wieder zu verlieren im Begriff stand. Und zwar in rasantem Tempo.

»Vermutlich wäre da ein Posten in der Glaubensgemeinschaft neu zu besetzen, so was in der Richtung hat sie gesagt. Und da wollte sie mich fragen …« Ich zögerte.

»Was?«, rief Klaus und sprang auf. »Was wollte sie Sie fragen, verdammt? Gehören Sie auch dazu?«

Ich stand auf, legte meine Hände beruhigend auf seine Schultern. Der Hund jaulte.

»Kommen Sie wieder runter, Mann. Alles ist okay. Ich gehöre nirgends zu.«

»Wirklich nicht?« Unsichere Augen blickten mich an wie die Augen eines Kindes. Am liebsten hätte ich ihn in den Arm genommen und wieder Klausi genannt. Irgendetwas überforderte diesen Menschen. Und ich hatte das deutliche Gefühl, sobald ich wusste, was das war, hatte ich den Fall gelöst. Zumindest halb. Oder ein bisschen weniger.

»Nein, wirklich nicht«, sagte ich. »Setzen Sie sich wieder. Wir sollten über alles reden.«

Problem- und widerstandslos ließ er sich auf die Bank zurückdrücken.

»Über was denn reden?«, fragte er hilflos. »Was meinen Sie? Wer sind Sie überhaupt?«

Ich wagte einen Versuch: »Ich bin Focko Bruch«, behauptete ich.

»Ach so.« Befreit lächelte er mich an. »Und ich dachte schon, du wärst tot.«

»Wie kommst du denn darauf, Klausi?«, fragte ich jovial. »Quicklebendig bin ich, das siehst du doch.«

Auweia. Meine innere Stimme war mal wieder oberskeptisch. *Wenn das gut geht, fresse ich einen Besen.*

»Stimmt!« Klaus schien weiterhin beruhigt. »Das seh ich tatsächlich.« Entspannt lehnte er sich ein kleines Stück zurück, faltete sogar die Hände überm Bauch und lächelte. Im nächsten Moment jedoch zog ein dunkler Schatten über sein Gesicht. »Was ich dich schon immer mal fragen wollte, Focko …«

»Ja?« Ich war mir sicher, Entscheidendes zu erfahren, wenn er nur weiterredete. Und das tat er, wenn auch drucksend.

»Dass mit Walburga, geht das von dir aus oder von ihr?«

Jetzt wird's spannend, stellte meine innere Stimme fest.

Ich fuhr erneut höchsten Einsatz. Bereit, alles zu gewinnen, aber auch alles zu verlieren. Meine Zockernatur kehrte ihr Innerstes nach außen.

»Du meinst, in unserer kleinen Lovestory?«

»Na klar«, sagte Klaus. »Was sonst?« Plötzlich war er voller Ungeduld. Die Frage schien ihn schon länger zu quälen. »Nun spuck's schon aus. Du oder sie?«

»Tja, was meinst du denn?« Ich wollte Zeit schinden. »Rate mal.«

Skeptisch sah er mich an. Ehe er Zweifel daran bekam, dass ich tatsächlich Focko war, redete ich schnell weiter. »Also sagen wir mal, wir haben uns in der Mitte getroffen. Sie krabbelte ein Stückchen auf mich zu, dann ich auf sie, sie auf mich und immer so weiter. Weißt du, wie so zwei Krabben im Watt.«

»Bis ihr aufeinanderlagt!«, rief er und lachte unangemessen laut über seinen eigenen Scherz.

»Wenn du es so ausdrücken möchtest«, bestätigte ich mit süffisantem Lächeln.

Sieh mal einer guck, frotzelte meine innere Stimme. *Die beiden treiben es also miteinander.*

»Oder haben es miteinander getrieben«, sagte ich versehentlich laut. Ich warf Klaus prüfende Blicke zu, aber er hatte meinen Fauxpas nicht bemerkt. Er kicherte noch immer vor sich hin.

Da hast du wohl ausnahmsweise mal recht. Eifersucht als Mordmotiv?

Klaus beruhigte sich. Ich war weiter in Spiellaune, mit lockerer Miene erhöhte ich den Einsatz.

»Dumm nur, dass Heinz uns neulich erwischt hat«, warf ich Klaus einen Köder hin, den er nur schlucken konnte oder liegen lassen. »In flagranti.«

»*Wo?*«, fragten Klaus und meine innere Stimme gleichzeitig. Klaus kapierte dann aber: »Ach so, in flagranti.« Dann begriff er wirklich. »Echt? Das ist ja der Hammer!« Er war plötzlich ganz aufgeregt. »Erzähl doch mal.«

Innerlich war auch ich ganz aus dem Häuschen, ließ mir aber nichts anmerken. Noch nie war es mir gelungen, über einen so langen Zeitraum ein ernsthaftes Gespräch mit Klaus zu führen.

Die Befürchtung, dass ihn jede Sekunde wieder einer seiner berühmten Ausraster ereilte, blieb jedoch mein Dauergast.

»Auf dem Fußboden«, improvisierte ich. »Es war eine ziemlich spontane Aktion, die Gefühle hatten uns überwältigt. Na ja, und plötzlich stand er neben uns. Kannst dir ja denken, wie er reagiert hat …«

»Eigentlich nicht«, meinte Klaus nachdenklich. »Er tut doch immer so locker. Und bei ihm bleibt ja auch kein Auge trocken.« Erneut kicherte er verloren. »Das mit Sassi brauch ich dir ja nicht erzählen …«

»Mit Sassi?«

»Na, wenn er die nicht vernascht hat, dann weiß ich auch nicht. Genau wie all seine anderen Musen.«

Ich spielte cool den Wissenden: »Ach so, das meinst du … ja, na klar. Was soll man mit Musen auch anderes machen als sie vernaschen?«

»Aber wie hat er denn nun reagiert?« Konzentriert schob Klaus unser Musen-Geplänkel beiseite.

»Er ist ziemlich ausgeflippt«, nahm ich den Faden wieder auf. »Er …«

Dann war es so weit, das Befürchtete trat ein. Erschrocken blickte Klaus mich an. Die Blicke wandelten sich in starre Pfeile. »Aber wie ist das möglich, dass du hier sitzt?«, rief er laut. »Du bist doch tot! Die haben dich doch … oder nicht?«

Dann, von einem Moment zum anderen, entwich alles Leben aus ihm. Er erstarrte vollständig und redete nicht weiter.

Und nun?, fragte meine innere Stimme geplättet.

Auch der Terrier blickte Klaus unschlüssig an. Wir drei warteten, aber es kam nichts mehr.

»Was haben die mich …?«, hakte ich nach und erweckte Klaus überraschend zu neuem Leben. Jedenfalls schaute er mich wieder an.

»Nee«, sagte er, »das kann nicht sein. Die haben doch gesagt –«

Unvermittelt platzte mir der Kragen. »Was?«, schrie ich. »Was, verdammt noch mal, haben die denn nun gesagt oder getan oder was auch immer?«

Nun reiß dich aber mal zusammen!, pfiff meine innere Stimme mich zurück. Tatsächlich bereute ich meinen Ausbruch sofort, aber passiert war nun mal passiert.

Klaus sprang auf und rannte los. Als ich gewahr wurde, dass er Richtung Straße rannte, wetzte ich ihm hinterher. Der Hund bellte, ich ließ ihn von der Leine. Dann sah ich noch jemand anderen hinter Klaus herrennen. Es war der junge, breitschultrige Pfleger vom letzten Mal. Er war Klaus bereits dicht auf den Fersen.

»Stehen bleiben!«, rief er. »Bleiben Sie stehen, Mann.«

Wieder bellte der Hund. Weil er vier Beine hatte, erreichte er Klaus als Erster. Er sprang an ihm hoch. Klaus aber ließ sich davon nicht beeindrucken. Als er jedoch den Pfleger sah, der ihn ebenfalls fast eingeholt hatte, schlug er wie ein Hase einen völlig unerwarteten Haken nach links, ein rechter Haken schloss sich an. Da der Pfleger gerade zum finalen Sprung angesetzt hatte, flog er nun wie ein Wurfgeschoss ins Leere. Das Bild entbehrte nicht einer gewissen Komik. Trotzdem lachte ich nicht, sondern machte mir Sorgen. Glücklicherweise landete der Mann auf der weichen Wiese. Geschickt versperrte ich Klaus den Weg. Mit geübtem Griff gelang es mir, ihn festzuhalten. Wieder bellte der Hund.

Der Pfleger rappelte sich auf und kam zu uns. Statt sich aber für mein beherztes Eingreifen zu bedanken, bedachte er mich mit wütenden Blicken.

»Sie schon wieder!«, zischte er. »Wieder Seewiefken gespielt?«

»Keineswegs«, sagte ich. »Der Mann hatte einfach ein spontanes Bewegungsbedürfnis.« Ich übergab Klaus dem ebenfalls geübten Griff des Pflegers. »Vielleicht sollten Sie auch mal versuchen, dafür Verständnis aufzubringen. Wenn Sie ihm hinterherrennen, machen Sie ihm doch nur Angst.«

Verblüfft über meine empathischen Worte blickte der junge Kerl mich an.

»Sie müssen noch viel über Menschen lernen.« Wohlwollend legte ich eine Hand auf seine Schulter. »Aber Sie schaffen das schon. Noch sind Sie jung. Ich überlasse Ihnen den Mann jetzt. Bis zum nächsten Mal.«

Tatsächlich machte ich Anstalten zu gehen. Ordnungsgemäß leinte ich den Hund an. Kaum hatte ich mich abgekehrt, hörte ich noch einmal Klaus' verzweifelte Stimme: »Du bist doch tot, Mann! Tot bist du. Wie kann das sein? Wie, verdammt noch mal, kann das sein?«

Dann der Pfleger, verwirrt: »Was reden Sie denn da? Hier ist niemand tot. Alle leben. Alles ist gut ...«

Die Stimmen entfernten sich, bis schließlich ihr Klang ganz erlosch. Als ich mein Auto erreichte, hörte ich in der Ferne Klaus' letzten Aufschrei: »Tot ist der, Mann. Ich sag's dir doch. Ermordet!«

Wie eine Mahnung aus dem Jenseits legten sich die Worte über den Park und hüllten ihn ein. Langsam rollte mein Wagen vom Gelände. Mein Herz war voll widersprüchlicher Gefühle, mein Kopf drohte zu platzen. Und meine Gedanken schlugen Purzelbäume.

23

Der Augenblick war unwiderruflich gekommen. Kein Weg führte mehr an Gesine von Röhrbach vorbei. Auch einem Top-Detektiv sind Grenzen gesetzt. War ich mir sicher, dass ein Mord geschehen war, kam selbst ich nicht umhin, die Polizei einzuschalten. Dies hatte mir auf dem Rückweg von Oldenburg nach Wilhelmshaven (diesmal der Kürze halber über die Autobahn) meine innere Stimme geflüstert.

Wir können nicht etwas von einem Mord wissen und die Sache selbst in die Hand nehmen.

Zunächst hatte ich ihr heftig widersprochen: »Wenn ich mit meinen hochbrisanten Informationen zu Oberkommissarin von Röhrbach gehe, wird sie mir diese auseinanderpflücken wie einen Salatkopf. Jedes Blatt wird sie mir einzeln vor die Füße werfen, bis nichts mehr übrig ist, das man noch essen könnte.

Was soll das denn schon wieder heißen?

Ich hatte es ihr erklärt, damit aber nichts bewirkt. Die Stimme beharrte auf ihrem Standpunkt, verbohrt, wie sie nun mal war. Ich fragte mich, wer von uns beiden eigentlich das Sagen hatte. Ohne dass ich die Frage ausgesprochen hätte, antwortete sie, nun sei ich mit dem Raten dran. Rigoros hatte ich die Diskussion abgebrochen.

»Nun mal langsam«, bremste Gesine von Röhrbach mich erwartungsgemäß aus, kaum dass ich mit dem Reden begonnen hatte. »Wer ist angeblich ermordet worden? Und vor allem: Wo befindet sich die Leiche?«

»Wenn ich das wüsste«, sagte ich locker, »säße ich nicht hier.« Auf ihren Einwand »Wo denn sonst?« erhielt sie keine Antwort.

»Sie wissen also nicht«, feuerte sie die nächste Frage auf mich ab wie einen Dartpfeil, »wer da angeblich ermordet wurde?«

Außer in dem Moment, in dem ich ihr schniekes Büro nach kurzem Anklopfen unaufgefordert betreten hatte, hatte sie mir noch keinen Blick geschenkt. Inzwischen war sie vorrangig damit beschäftigt, ihre Augen nicht vom PC-Monitor abzuziehen. Sie wollte mich glauben machen, Wichtigeres zu tun zu haben. Ein Spiel, das durchzuhalten ihr sicher nicht leichtfiel. Ricky hatte sie freudig begrüßt und ihm Leckerlis verabreicht. Manchmal wartete ich auf den Tag, an dem sie sich mir gegenüber ähnlich verhielt. Dann wieder gab es Momente, in denen mir ihr Verhalten schnuppe war. Augenblicke, die überwogen.

»Focko Bruch.« Ich kratzte mich am Kinn, obwohl es dort nicht juckte. Der Hund tat es mir nach. Ich fragte mich, was ihn plagte.

»Was ist mit dem?« Gesine ließ ihre Finger über die Tastatur gleiten wie eine Eisprinzessin die Schlittschuhe übers Eis. Sie hatte dunkelbraunen Nagellack aufgetragen. Einen Moment lang fragte ich mich, wie es wohl war, wenn sie einen mit diesen Fingern berührte. Ein Gedanke, der sich blitzschnell im großen Nichts auflöste. »Kennen Sie ihn?«

»Zur ersten Frage: Er ist tot. Mausetot. Und zur zweiten Frage: Nein, ich kenne ihn nicht. Jedenfalls nicht persönlich.«

Gesine unterbrach das flotte Tastenspiel ihrer Hände.

»Woher wissen Sie dann, dass er tot ist?«

Ich schnappte mir die Wilhelmshavener Zeitung vom Tisch. Zielsicher schlug ich die Seite mit den Todesanzeigen auf.

»Ist da die Anzeige von Bruch drin?«, fragte Gesine erstaunt.

»Natürlich nicht«, meinte ich lässig. »Wir haben ja noch nicht mal die Leiche gefunden, Schätzchen.«

»Wenn Sie noch einmal Schätzchen zu mir sagen, knall ich Ihnen eine.«

Das will ich sehen!, jubilierte meine innere Stimme. Der Hund stellte seine Kinnkratzerei ein. Ich ignorierte lächelnd die Drohung der Oberkommissarin.

»Aber jede Menge andere Todesanzeigen sind da drin«, sagte ich.

»Auch alle ermordet?« Gesine hatte ihre Fassung wiedererlangt.

»Nein, aber ich kenne sie alle nicht. Tot sind sie trotzdem. Und genauso …«, ich legte die Zeitung zurück, »… steht es um den armen Focko: Ich kenne ihn nicht. Trotzdem wurde er gewaltsam aus dem Leben befördert. Im Fachjargon: Er wurde ermordet.«

»Fachjargon, soso.« Ihr spöttisches Lächeln gefiel mir.

»Also, ich fasse mal zusammen …«, meinte sie.

»Sehr gut!«, rief ich.

Sie ließ sich nur kurz irritieren. »Also: Ein gewisser Focko Bruch wurde angeblich ermordet. Ein völlig verwirrter Psychiatriepatient namens Klaus Richter, den ich ja auch schon kenne, behauptet das. Bruchs Leiche jedoch existiert nicht. Sie haben aber eine unbekannte Leiche im Swimmingpool dieser Glaubensgemeinschaft in Tettens gesehen. Ganz sicher sind Sie sich da aber nicht.«

»Doch, bin ich.«

»Das hat sich auch schon mal anders angehört. Aber egal. Ich halte dagegen die mir bekannten Fakten.«

»Da bin ich aber mal gespannt.«

Ich auch!

»Focko Bruch ist in Australien.«

»Wie kommen Sie denn darauf, werte Oberkommissarin?«

»Wir haben ihn gesucht.«

»Weshalb?«

»Eigentlich geht Sie das nichts an. Aber weil Sie schweigen können …«

»Wie ein Grab.«

»… wegen betrügerischer Machenschaften. Angezeigt von ein paar jungen Frauen, denen er offenbar das Blaue vom Himmel erzählt hat. So weit nicht so schlimm. Nur dass der feine Herr sich die Geschichten hat teuer bezahlen lassen.«

»Für ›Ebbe und Flut‹, nehme ich an.«

»Ich nehme eher an, für sich selbst. Aber das spielt im Augenblick überhaupt keine Rolle.«

»Sondern?«

»Dass der gute Mann keineswegs tot ist. Schon gar nicht ermordet wurde. Dass er sich in Australien aufhält, steht dagegen fest. Und wir wissen nicht, wann er zurückkommt. Sein Ticket jedenfalls ist eine ganze Weile gültig.«

»Womit der Fall für Sie erledigt ist?« Ich fasste meine Fassungslosigkeit in Worte.

Abrupt stand sie auf. »Für eine Auslieferung reichen die Vorwürfe nicht«, fügte sie hinzu und geleitete mich zur Tür.

Die hat wohl heute ihren Oberflächlichen, mokierte sich meine innere Stimme. *So ist sie doch sonst nicht.*

Der Hund lehnte das Abschiedsleckerli ab. Hoch erhobenen Hauptes trabte er neben mir her.

»Ich werd dann mal die Leiche finden«, kündigte ich an. »Irgendjemand muss es schließlich machen. Und wenn die Polizei sich weigert …«

»Viel Spaß dabei.« Oberkommissarin Gesine von und zu klang erleichtert und beschwingt, beinahe fröhlich. Gern hätte ich ihre Gedanken gelesen, als sie mir hinterherblickte. »Und komm mich mal wieder besuchen.«

Oh, dachte ich. Ganz neue Töne. Ich drehte mich um, winkte ihr lässig zu. In ihrer gut sitzenden schneeweißen Jeans und der adretten kurzärmeligen Bluse gab sie kein übles Bild ab. Als sie sagte: »Ich hab dann auch andere Leckerlis für dich«, blickte sie mir tief in die Augen. Dann sah sie den Hund an. »Dein Herrchen kannst du ja zu Hause lassen.« Lächelnd verschwand sie in ihrem Büro. Ihre Rückfront gefiel mir. Ricky wedelte mit dem Schwanz.

Nett ist sie ja, sagte meine innere Stimme. *Jedenfalls zu Hunden.*

Die Wangerooger Inselbahn ratterte gleichmäßig vor sich hin. Der Zug war auch im Spätsommer noch rappelvoll und leider die einzige Möglichkeit, vom Anleger zum Bahnhof und damit in den Ortskern der Insel zu gelangen. Die Gleise führten mitten durch sumpfiges Gelände. Zu unserer Rechten lag die zwischen Insel und Festland gelegene Nordsee. Dass auf Wangerooge auch nach der Sommerferiensaison noch ordentlich was los sein würde, war mir bereits am Vorabend klar geworden. In einer für mich untypischen Naivität war ich davon ausgegangen, problemlos für ein paar Tage ein Hotelzimmer buchen zu können. Was sich sehr schnell als Irrtum herausgestellt hatte. Nur durch ebenso puren wie glücklichen Zufall war ich schließlich doch noch zu einem Zimmer gekommen.

»Da haben Sie aber mächtig Dusel«, hatte eine Dame vom Hotel New Hampshire gemeint. »Soeben wurde ein vorgebuchtes Zimmer abgesagt. Allerdings ein Doppelzimmer. Sie können natürlich sehr gern noch jemanden mitbringen.«

»Das wohl eher nicht«, hatte ich gemeint. »Es sei denn, Sie reden von meinem Hund.«

»Den Sie selbstverständlich auch mitbringen dürfen.« Nach dieser letzten, entscheidenden Info hatte ich blitzschnell zugeschlagen und das Zimmer gemietet.

Es war der erste graue Tag seit Wochen. Im Zug sitzend hing ich Gedanken nach, so trüb wie Wasser und Himmel. Die unauffindbare Leiche Focko Bruchs lastete schwer auf meinem Gemüt. An die Australien-These der Oberkommissarin glaubte ich keine Sekunde. Erst Krankenhaus, dann plötzlich Australien, das war mir entschieden eine Spur too much. Auch das Verschwinden der jungen Saskia Schöpski sah ich vor diesem Hintergrund mit anderen Augen. Von »Ebbe und Flut« ging ganz offensichtlich eine völlig unkalkulierbare Gefahr aus, die durchaus tödlich sein konnte.

24

Frühmorgens hatte ich noch bei Psycho Klaus Maria Deuter in der Holtermannstraße vorbeigeschaut. Ich wusste, dass er seinen ersten Termin nie vor neun Uhr hatte, sich aber stets ab acht Uhr in seiner Praxis aufhielt. Ohne seine Aufforderung abzuwarten, hatte ich mich auf die Lederliege begeben und mit dem Reden begonnen. Ich hatte keine Zeit zu verlieren, die Fähre nach Wangerooge wartete nicht. Ubbo hatte mich in der Nacht angerufen und war sehr aufgewühlt gewesen. So aufgewühlt, dass ich mich gezwungen sah, das um zehn Uhr fünfzehn startende Schiff zu benutzen, um ihn so schnell wie möglich zu beruhigen.

»Ich muss mit Ihnen reden, Doc«, sagte ich daher nun umso dringlicher.

»Das hab ich mir fast gedacht«, meinte Deuter. »Und dass ich kein Doktor bin, wissen Sie.«

»Es gibt mir ein besseres Gefühl«, sagte ich, »wenn ich Sie Doc nenne. Mein Zutrauen in Sie wächst dann enorm.«

»Schießen Sie los, Reents. Ich hab nicht lange Zeit.«

»Ich mache mir Sorgen«, schoss ich los.

»Das ist nichts Neues.«

»Große Sorgen.«

»Dito.«

»Sorgen, die mich zu erdrücken drohen.«

»Okay. Aber gibt's denn auch was Neues? Wie geht's zum Beispiel Ihrem Hund? Oder Ihrer inneren Stimme?«

»Den Hund sehen Sie ja hier vor sich.« Ich zeigte unter den Schreibtisch. »Und meine innere Stimme gehört inzwischen genauso zu mir wie der Terrier. Um die beiden mache ich mir also keine Sorgen. Sorgen macht mir, dass ich in einen Mordfall verwickelt bin. Und dass mir niemand garantieren kann, nicht mal ich selbst, dass es bei diesem einen Mord bleibt beziehungsweise geblieben ist.«

Deuter reagierte erstaunlich gelassen. Seelenruhig ließ er sich von mir berichten und machte Notizen in sein braunes Echtledernotizbuch. Ich nutzte dies in aller Breite, schließlich zahlte ich dem Stümper genug Geld für sein offenes Ohr. Als ich ihn auf den Stand der Dinge gebracht hatte, sagte er etwas, das ich so nicht von ihm erwartet hatte.

»Ich biete mich an.«

»Hä?« Ich drehte mich um. Verdutzt blickte ich in sein aufgedunsenes Gesicht.

»Ich fahre mit Ihnen nach Wangerooge. Natürlich nur, wenn Sie dies wollen.«

»Was für eine Frage.«

Er strahlte. »Okay, wann fahren wir? Morgen, übermorgen?«

»Natürlich will ich das *nicht*!«, rückte ich die Verhältnisse ins rechte Licht.

»Ach so, schade. Ich habe den Eindruck, dass Sie psychologischen Beistand ganz gut gebrauchen könnten auf dieser Exkursion. Denken Sie nur an Polen. Außerdem habe ich mich während meines Studiums ausgiebig mit dem Verhalten und den Strukturen in Sekten und sektenähnlichen Gemeinschaften auseinandergesetzt. In diesem Punkt würde ich mich, gegen ein geringfügiges Honorar, als Ihr Berater anbieten. Polizeipsychologe wäre ich übrigens auch gern geworden.«

Obwohl ich ihm eine mehr als deutliche Abfuhr erteilt hatte, war er kaum zu bremsen. »Ich habe ohnehin ab morgen ein paar Tage Urlaub eingeplant und weiß noch nicht so recht …«

Er machte ein trauriges Gesicht. Er war erst kürzlich von seiner Frau verlassen worden. Aber sollte ich vielleicht aus lauter Mitleid als gut zahlender Lückenbüßer herhalten?

»Moment, Moment«, fuhr ich ihm schroff in die Parade. »Ich brauche auf dieser Exkursion, wie Sie meinen Spezialauftrag nennen, weder psychologischen Beistand noch sektentechnische Beratung.«

Bist du sicher?, fragte meine innere Stimme skeptisch.

»Wenn Sie da sicher sind«, meinte Deuter beleidigt.

»Absolut«, antwortete ich den beiden.

»Gut.« Noch beleidigter stand der Psychologe auf. »Wenn ich sonst nichts mehr für Sie tun kann …«

»Ich wollte alles nur noch mal ausgesprochen haben.« Ich kam ebenfalls hoch. »Hat gutgetan, Doc.« Ich klopfte ihm auf die Schulter. »Danke für das offene Ohr.«

Schon hatte ich ihn wieder besänftigt. Einen derartig entgegenkommenden Tonfall war er von mir nicht gewohnt. Ich hatte diesen bewusst eingesetzt, um den Therapeuten nicht in beleidigtem Zustand zurückzulassen. Es war immer gut, sich in Frieden zu trennen.

»Haben Sie eigentlich schon mal darüber nachgedacht«, er legte sein Notizbuch ab, »dass in diesem Fall nicht ausschließlich Eifersucht als Tatmotiv in Frage kommt? Obwohl natürlich bekannt ist, dass Eifersucht zu den häufigsten Mordmotiven gehört. Neunzig Prozent aller Morde sind Beziehungstaten.«

»Ich bin mir hier ziemlich sicher, dass Eifersucht –«

»Nur weil Sie gehört haben, dass dieser Bruch etwas mit der Sektenführerin gehabt hat?«

»Was heißt hier ›nur‹? Ich –«

»Nehmen wir mal an, Bruch war tatsächlich das Mordopfer.«

»Da bin ich sicher.«

»Sicher können wir wohl erst sein, wenn die Leiche gefunden wurde.« Deuter befand sich plötzlich in einem ekstaseähnlichen Zustand, wie ich ihn noch nie an ihm erlebt hatte. Eifrig lief er im Zimmer auf und ab. »Bis dahin können wir nur von der Annahme ausgehen. Gehen wir also mal von der Annahme aus, dass die Leiche, die Sie im Pool gesehen haben, tatsächlich Volker Bruch war.«

»Focko.«

»Okay, Focko. Gerade in Zusammenhang mit der Sekte und mit seiner exponierten Rolle dort kommen doch noch jede Menge anderer Mordmotive in Frage.«

Er hat recht, sagte meine innere Stimme.

»Findest du?«, fragte ich. »Äh, finden Sie?«

»War das wieder die innere Stimme?«, fragte Deuter interessiert.

»Das tut nichts zur Sache.«

»Also ja. Aber weiter im Text. Zum Beispiel haben Sekten normalerweise ein Problem damit, wenn jemand aussteigen will. Wollte Bruch das vielleicht?«

»Keine Ahnung. Aber selbst wenn: Da gibt's doch andere Methoden, als ihn gleich kaltzumachen.«

»Das stimmt natürlich. Psychoterror, Gehirnwäsche und so weiter. Das dürfte aber bei einem führenden Kopf nicht das angemessene Mittel sein. So einer weiß ja, wie der Hase läuft.«

»Aber wenn sie ihn kaltmachen, haben sie auch nichts davon. Es sei denn …«

»Genau!«, ereiferte sich Deuter. »Es sei denn, er weiß zu viel. Und dieses Wissen könnte bei einem Austritt gefährlich werden für die anderen.«

Der Mann ist gut!, sagte die Stimme.

Ich hatte keine Lust, mir diese unverdienten Vorschusslorbeeren für den Psychofritzen anzuhören, und hörte weg. Deuter dagegen machte weiter: »Möglicherweise gab es auch Hierarchiegerangel in der Gruppe.«

»Ein Attentat?«

»Wenn Sie es so nennen wollen, ja. Jemand, der auf seinen Posten scharf war, könnte diesen Falko Bruch aus dem Weg geräumt haben. Wir müssen herausfinden, ob es in der Führungsriege Unstimmigkeiten gab.«

»Wir?«

Deuter stutzte. »Sie natürlich.«

»Das will ich meinen. Er heißt Focko, aber ich werde Ihre Vorschläge überprüfen, guter Mann. Wohlwollend.«

»Wie bitte?«

»Ich werd darüber nachdenken«, erklärte ich dem Verdutzten, »ob was dran ist an Ihren Worten.«

Natürlich ist es das, Döskopp!

»Zweifeln Sie daran?«

»Ein guter Detektiv zweifelt immer so lange an allem und jedem«, ich machte mich zum Aufbruch bereit, »bis er absolute Gewissheit hat.«

»Das ist sicher in Ordnung«, meinte Deuter gönnerhaft. »Aber Sie sollten schon herausfinden, ob es Unstimmigkeiten auf höchster Sektenebene gab. Oder Abwanderungsgedanken aufseiten des Verschwundenen.«

»Wie gesagt, mein Freund, ich werde Ihre Vorschläge checken. Nun seien Sie mal nicht so ungeduldig.«

Es klingelte an der Tür. Deuters erster Klient an diesem Tag.

»So«, sagte ich, »dann können Sie sich endlich wieder dem zuwenden, wofür Sie bezahlt werden. Und das nicht schlecht. Lassen Sie mich Detektiv sein und bleiben Sie Psychofreak. Pfuschen Sie mir nicht weiter ins Handwerk, Sie Hobbykriminologe. Schuster, bleib bei deinen Leisten.« Zum Abschied zwinkerte ich ihm zu, damit meine Kritik nicht allzu vernichtend auf ihn wirkte.

Ehrlich gesagt, meinte meine innere Stimme, als ich wieder im Auto saß und der Hund auf dem Beifahrersitz Platz genommen hatte, *hat er mit allem recht. Wir sollten die Sache genauso angehen, wie er es vorgeschlagen hat.*

25

Schon immer waren mir die Lebenden näher als die Toten. Für die einen konnte man noch etwas machen, für die anderen kam jede Hilfe zu spät. Soviel ich wusste (und hoffte!), lebte Sassi Schöpski noch. Dass Focko Bruch bereits tot war, bezweifelte ich dagegen nicht mehr, auch wenn mir dies für den armen Kerl (unbekannterweise) leidtat.

Zog ich unter diese einfache Rechnung einen Strich und sah mir das Ergebnis an, war meine Priorität klar: Ich musste Sassi finden. Und zwar so schnell wie möglich. War auch sie erst tot, war ihre Rettung keine Option mehr. Die Leiche von Focko Bruch zu finden und seinen Mörder zu ermitteln war zwar auch nicht unwichtig, zugunsten der Lebenden jedoch musste dieser Teil der Ermittlungen zunächst zurückstehen.

Laut Klaus war Sassi von Heinz Meins vernascht worden. Die Behauptung war bisher nicht bewiesen, wirkte auf mich aber sehr glaubwürdig. Offenbar gehörte es zum Konzept von Meins, sogenannte Musen um sich zu scharen, von denen Sassi eine gewesen war. Nahm ich die Sache genau (was ich stets tat), deckte sich diese Erkenntnis mit den Aussagen Susi Schöpskis. Ich hatte also keinen Grund mehr, daran zu zweifeln, dass Meins seine Vormachtstellung in der Sekte ausgenutzt und sich über Sassi hergemacht hatte. Hatte das aber direkt etwas mit deren Verschwinden zu tun? Falls ja, konnte ich den Zusammenhang (noch?) nicht erkennen.

Die Inselbahn rollte in den Wangerooger Bahnhof ein, weshalb ich meine Gedanken unterbrechen musste. Neue Touristenmassen strömten in den Ort, und der Hund und ich strömten mit. Wer mich kennt, der weiß, dass ich nicht gern mit dem Strom schwimme, aber in diesem Fall blieb mir keine andere Wahl. Am Leuchtturm vorbei strömten wir dem Ortskern entgegen.

Mannomann, wunderte sich stöhnend meine innere Stimme. *Was hier noch los ist um die Jahreszeit.*

Eingeschüchtert durch die vielen Füße um ihn herum trottete Ricky neben mir her. Vielleicht war er aber auch nur erschöpft. Was für ein treuer Kamerad er doch war!

Jetzt aber mal Schluss mit den Sentimentalitäten, mahnte meine innere Stimme. Worte wie ein Weckruf. Ubbos aufgeregter Anruf von letzter Nacht fiel mir wieder ein. Zwischenzeitlich hatte ich in meinem Kopf jede Menge Platz gebraucht für andere Überlegungen.

»Dat is mir irgendwie unheimlich hier«, hatte Ubbo seinen nächtlichen Anruf ängstlich eröffnet. »Ich weiß nich, auf wat dat alles rauslaufen soll.« Er flüsterte, als befürchte er, dass ihn jemand belauschte.

»Ach, Ubbo«, hatte ich ermunternd geantwortet. »Nun mach dir mal nicht ins Hemd.«

»Dat mach ich auch nich«, hatte er mir versichert, den ängstlichen Unterton in seiner Stimme aber nicht abgelegt. »Aber die sagen hier, dat dat ganze Wangerland, und an Ende möchlicherweise nich nur dat, sondern bei der Gelegenheit gleich ganz Friesland, ja, ganz Norddeutschland, vielleicht sogar dat ganze übrige Land auch inne Fluten versinkt, wenn nich …« Er stockte.

»Wenn wat nich?«, verfiel ich versehentlich in seinen Slang, korrigierte mich aber sofort: »Wenn was nicht?«

»Wenn wir nich alle glauben«, fuhr er betroffen fort, »dat Walburga in Wahrheit dat Minsener Seewiefken is.«

»Warum dat denn?«

»Wir sollen die andauernd um Gnade anwinseln«, erklärte er. »Sonst würde angeblich wat passieren!«

»Wat denn?«

»Na ja, die Flut ebend. Sturmflut, kennst ja, ouder nich? Und die machen die bösen Geister vom Meer. Die soll dat nämlich scheinbar auch geben.«

»Sturmfluten kommen, und Sturmfluten gehen. Das ist der Lauf der Dinge, Ubbo. Die Natur ist das, aber nichts Unheimliches. Da steckt kein Seewiefken dahinter, das ist nur eine alte Mär. Und Walburga Meins steckt da schon gar nicht hinter. Das ist alles bloß Schabernack. Böse Meergeister gibt es auch nicht, glaub mir.«

»Dat sachst du so einfach, Reent. Aber die hier sagen wat ganz anneres.«

»Wat denn?« Ich wusste, dass ich die Geduld nicht verlieren durfte.

»Die sagen«, plötzlich bemühte er sich um erlesenstes Hochdeutsch, »dass gerade wir hier, die wir daran glauben, auf gar keinen Fall vom Glauben abweichen dürften.«

»Und warum nicht?« Am liebsten hätte ich ihn mit deutlicheren Worten dazu ermuntert, die Sache endlich auszuspucken. Ich wusste jedoch genau, dass ich ihn damit nur entmutigen würde.

»Die sagen, dat Leudde, die von Glauben abweichen«, fiel er zurück in seinen üblichen Sprachstil, »viel schlimmer für Walburga, also dat Seewiefken, sind als die, die dat noch nie geglaubt haben. Auf die is die nämlich dann besonders sauer. Und dat kann üble Folgen haben. Wenn wir aufhörn, an die zu glauben, geit dat schief. Neptun steckt ja mit der unter einer Decke. Und der kann dat angeblich nich ab.«

Ich hatte dies zunächst für den hanebüchensten Blödsinn gehalten, der mir je zu Ohren gekommen war. Am späteren Vormittag jedoch hatte Klaus Maria Deuter meine Einschätzung ins Wanken gebracht:

»Das ist durchaus sektenübliches Denken. Die Sektenmitglieder glauben an irgendetwas oder irgendwen. Fallen Sie vom Glauben ab, drohen Strafe und Vernichtung. Und die Abkehr vom Glauben wird stets durch eine böse Macht forciert. Meint man, plötzlich zu erkennen, dass man das Falsche geglaubt hat, kann dies nur durch jene finstere Macht eingeläutet sein. Im Grunde haben unsere großen Kirchen allerdings früher nicht anders agiert: Der Teufel ist daran interessiert, den Gläubigen vom rechten Weg abzubringen. Ein anderes Ziel hat er praktisch nicht. Es würde mich sehr wundern, wenn ›Ebbe und Flut‹ da mit anderen Mitteln agiert. Die ängstliche Reaktion Ihres Freundes gibt klare Hinweise in diese Richtung.«

Auf dem Weg vorbei am Café Pudding, jener bekannten, auf einer hohen Düne zum Strand gelegenen Lokalität, hin zu meinem Hotel beschäftigten mich vor allem diese Worte. Was war, wenn Sassi Schöpski ihren Glauben verloren und sich inhaltlich von der Sekte abgewandt hatte? Wie hätten Meins und seine Gesellen in einem solchen Fall reagiert? Hätten sie sie einfach ziehen lassen?

Wahrscheinlich nicht, meinte meine innere Stimme. Es war einer dieser verblüffenden Augenblicke, in denen ich begriff, dass sie meine Gedanken lesen konnte.

»Was aber geschieht mit Abtrünnigen?« Einige der anderen Touristen blickten mich verwundert an. Mir wurde bewusst, dass ich in meiner Aufregung laut geredet hatte, sehr laut. Die Sache war mir peinlich. Ich zückte mein Handy. Von nun an konnte ich so tun, als telefoniere ich. So was findet heute keiner mehr seltsam. Um die Sache glaubwürdiger zu machen, wiederholte ich noch einmal laut: »Was aber geschieht mit den Abtrünnigen?«

Hast du sie noch alle?, wollte meine innere Stimme wissen. Ich gab ihr keine Antwort und fuhr in meinen Gedanken fort:

»Werden sie beseitigt?« Trotz Telefon am Ohr wurde ich erneut von allen Seiten mit pseudoheimlichen Blicken begafft.

Das macht keinen Sinn, sagte die Stimme. *Dann könnte man sie genauso ziehen lassen. Tote sind für die Sekte ja auch verloren.*

»Das schon, aber sie können auch nichts mehr ausplaudern!«, rief ich aufgebracht. »Was macht denn sonst Sinn deiner werten Meinung nach?« Ein paar Gaffer blieben stehen.

Könntest du mal mit der Schreierei aufhören? Ich dachte, du wolltest gerade hier nicht auffallen. Kann doch immer mal sein, dass ein Sektenmitglied dich sieht. Und hört!

Ich steckte mein Smartphone ein.

Sinn macht es, die Abtrünnigen zurückzugewinnen, sagte die Stimme.

»Aber wie?«

Gehirnwäsche?

»Ja«, sagte ich. »Das macht in der Tat Sinn. Auch wenn es einer ist, der mir überhaupt nicht gefällt.«

Auf jeden Fall ist Ubbo mit der Sache überfordert, meinte die Stimme. *Der hat noch mehr Schiss inne Büx, wie er selbst sagen würde, als er schon zugibt. Das mit dem Undercover-Ding kriegt der nicht hin, das ist ein paar Nummern zu groß.*

Ich nickte.

Du hast aufs falsche Pferd gesetzt, Reent. Gib es endlich zu.

26

Es half alles nichts, ich musste mein Personal aufstocken. Nicht nur aufgrund von Ubbos Überforderung. Verzichten konnte ich nicht auf ihn, aber er war der falsche Mann am falschen Ort. Da ich bereits eine informelle Bewerbung vorliegen hatte, griff ich darauf zurück. Nicht nur, dass es mir an einer gediegenen Alternative fehlte, erschien Klaus Maria Deuter mir nach kurzer Überlegung durchaus als der möglicherweise richtige Mann am richtigen Ort. Er kannte sich aus im Gebaren von Sekten.

»Steht Ihr Angebot noch?« Ich telefonierte vom Hotelzimmer aus per Skype mit ihm. Mir lag daran, sein Gesicht während des Gesprächs zu sehen. Einen weiteren Fehlgriff konnte ich mir nicht leisten. Ich befand mich mitten im Wettlauf mit der Zeit. Und die Uhren liefen verdammt schnell.

»Welches Angebot?« Seine Ahnungslosigkeit wirkte echt.

»Nach Wangerooge zu kommen. Wollen Sie oder wollen Sie nicht?«

»Aber ich dachte …« Ratlosigkeit überzog sein Gesicht.

»Denken war gestern«, brachte ich ihm unmissverständlich bei. »Handeln ist heute. Also: Ja oder nein?«

»Wenn Sie mir nur vorher vielleicht noch einmal erklären würden –?«

»Für Erklärungen ist jetzt nicht die Zeit. Packen Sie Ihre Sachen und kommen Sie. So schnell wie möglich. Nehmen Sie ein Flugzeug von Harlesiel aus. Den Flug bezahle ich.«

»Aber –«

»Instruktionen erhalten Sie unterwegs.«

»Aber –«

»Aber ist gestrichen. Ja oder nein? Nein ist übrigens auch gestrichen.« Trotz der angespannten Lage konnte ich mir ein Grinsen nicht verkneifen.

Wow!, rief meine innere Stimme. *So kenn ich dich ja gar nicht. Alle Achtung.*

Ich glaubte ihr aufs Wort: So kannte ich mich auch nicht.

Deuter machte ein Gesicht, als checke er die ihm verbliebenen Möglichkeiten noch einmal durch. Dann endlich hatte er es geschluckt.

»Also gut. Ich breche so schnell wie möglich auf ...«

»Wenn's geht, ruhig ein bisschen schneller.«

Der richtige Zeitpunkt war gekommen, das Gespräch zu beenden.

Ich glaubte, meinen Ohren nicht trauen zu können. Die Stimme kam mir nicht nur bekannt vor, ich wusste auch sofort, wem sie gehörte. Obwohl die Sektentruppe in einem Ferienhaus im Westen der Insel untergebracht war, also ein gutes Stück außerhalb des belebten Ortskerns, war Walburga Meins offenbar im selben Hotel abgestiegen wie ich. Ich hörte ihre Stimme von der Treppe aus. Sie redete mit der Rezeptionsdame. Aufgrund meiner eigenen Schritte verstand ich kein Wort, weshalb ich innehielt. Der Hund war klug genug, ebenfalls stehen zu bleiben, wodurch auch seine vor sich hin klöternde Hundemarke verstummte.

»Mein Beileid«, hörte ich die gedämpfte Stimme der Empfangsdame.

Überrascht erkundigte Walburga sich nach dem Motiv dieser Bekundung. Vorsichtig schielte ich um die Ecke und sah, dass sie vom Ausfüllen eines Formulars aufblickte. Spätestens jetzt hätte ich sie an ihrem wallend roten Haar auch optisch erkannt.

»Oh, das tut mir leid«, sagte die Frau hinterm Tresen. »Ich hatte Ihren Mann so verstanden, dass die geplante Begleitung, Herr Bruch, dass er ... einen Unfall –?«

»Was für ein Unsinn!«, unterbrach Walburga sie unwirsch. »Es ist niemand gestorben! Herr Bruch musste überraschend nach Australien. Deshalb wurde das Zimmer storniert. Aus keinem anderen Grund!«

»Dann entschuldigen Sie bitte nochmals das Missverständnis. Das ist mir wirklich sehr unangenehm.«

»Schon gut, schon gut«, beeilte Walburga sich, die von ihr hochgepuschte Situation wieder zu befrieden. »Es ist ja nichts weiter passiert. Und Missverständnisse gibt es schließlich überall. Nur in unserer Gruppe nicht.« Sie hörte sich plötzlich sehr feierlich an.

»Darf ich denn fragen, um was für eine Gruppe es sich handelt?« Auch die Empfangsdame war froh, das Thema wechseln zu können.

»Aber natürlich dürfen Sie das, meine Liebe.« Walburgas Tonfall hatte sich gegenüber dem vorletzten Satz um mehr als hundertachtzig Grad gedreht. Die Rolle der aufgeregten Touristin hatte sie nun komplett getauscht gegen die der vor Edelmut überfließenden Sekten-Madonna. Das zornige, von Rachegedanken geplagte Seewiefken hatte sich verwandelt in das gutherzige Seewiefken, das es bei Laune zu halten galt.

Warum gehst du eigentlich nicht weiter?, hakte meine innere Stimme ungeduldig nach. Ja, warum ging ich eigentlich nicht weiter? Warum sollte ich nicht ein zufälliger Tourist auf Wangerooge sein? Davon gab es schließlich Tausende. Und waren wir tagelang im selben Hotel, würden wir uns früher oder später ohnehin über den Weg laufen. Ich entschloss mich, dem Rat der Stimme zu folgen. Der Hund ging voran.

»Was für ein Zufall«, sagte ich, als ich die Treppe verließ. Innerlich steckte ich mir noch schnell eine an. »Walburga. Welche Überraschung!«

Verblüfft betrachtete mich die Angesprochene, erkannte mich aber offenbar erst, als ihre Blicke auf Ricky fielen. Einen Moment lang verfluchte ich den Umstand, nur als das Herrchen eines Hundes erkannt zu werden. Es machte mich fuchsteufelswild. Ebenso schnell beruhigte ich mich jedoch wieder. Wahrscheinlich glich meine Mentalität der erst eben auf- und abgebrausten Walburga mehr, als mir lieb war.

Natürlich war es für mich und meine Agenda nicht unproblematisch, dass Walburga mich hier auf Wangerooge sah. Mein Vorteil bestand jedoch in meinem Wissen darum, dass ihr Problem noch größer war. Mit Sicherheit hatte sie meine wahre Identität längst durchschaut, immerhin hatte die Sekte ja bereits früher ihre Leute auf mich angesetzt, aber sie durfte dieses

Wissen nicht zu erkennen geben, wollte sie ihre Position nicht schwächen. Außerdem wusste sie nicht, welchen Teil ihres Gesprächs mit der Hoteldame ich gehört hatte.

»Ach, der spirituell Interessierte«, meinte sie mit perfekt gespielter Gelassenheit. »Wie war noch mal gleich der Name? Sievert Sieverts?«

»Siebelt Siebels«, korrigierte ich. Am äußersten Bildrand meines Blickfeldes sah ich, dass die Empfangsdame irritiert in ihre Unterlagen schaute.

»Genau. Auf jeden Fall wissen Sie auch nicht, was Ihre Eltern sich bei dem Vornamen gedacht haben, stimmt's?« Walburga lächelte.

»Ich bin verblüfft über Ihr gutes Gedächtnis.«

»Soll das vielleicht heißen, Sie haben mir keins zugetraut?«, fragte sie süffisant.

»Oh doch«, entgegnete ich doppeldeutig. »Ihnen traue ich allerhand zu. Sie ahnen gar nicht, was ich Ihnen alles zutraue.«

Jetzt mach mal einen Punkt, forderte die Stimme unmissverständlich. *Du verschießt dein ganzes Pulver. Und so viel hast du nicht davon.*

Ich ignorierte die unverhohlene Spitze gegen mich, machte aber trotzdem einen Punkt, indem ich das Thema wechselte.

»Gerade habe ich mich gefragt, was Sie wohl hier machen. Aber da fällt es mir ein: das Seminar. Es ist doch jetzt so weit, oder?«

»Genau«, säuselte sie. »Hatten Sie sich denn nicht dafür angemeldet? Ich meine mich zu erinnern.«

»Ich hatte es vor. Aber dann ist mir etwas dazwischengekommen.«

»Ein anderer Termin?«, fragte sie verblüfft. »Auch hier auf Wangerooge? Welch ein Zufall.«

Ich berappelte mich gewohnt schnell.

»Keineswegs. Hier mache ich ein paar Tage Urlaub. Dazwischengekommen war mir ein ganz anderer Termin vorher. Und von dem brauche ich nun dringend Erholung. Da wäre mir ein Seminar ganz einfach zu anstrengend.«

»Oh, da täuschen Sie sich aber, mein lieber Siebelt. Unsere Seminare sind nicht anstrengend. Sie sind Entspannung pur, das kann ich Ihnen versichern. Aber wer nicht will, der hat schon.« Sie lächelte smart und entschwand.

27

Als ich Ubbo beim Westturm traf, erkannte ich ihn kaum wieder. Bei aller Dösigkeit, die er normalerweise ausstrahlte, hatte er doch auch immer etwas, das einen (in welcher Form auch immer) an ihn glauben ließ. Jetzt wirkte er hinter seinen aufgeblühten Sommersprossen blass und fahl. Es wäre übertrieben zu sagen, er erinnerte mich an Klausi bei unserer ersten Begegnung am Schilliger Strand, aber irgendetwas an ihm tendierte doch in diese unerfreuliche Richtung.

»Ich musste da ächt abhaun«, begrüßte er mich. »Freiwillich wollten die mich gar nich weglassen von da.«

Warum das denn nicht?, fragte meine innere Stimme.

»Und warum nicht?«, fragte ich. Um die Sache nicht allzu ernst werden zu lassen, fügte ich scherzend hinzu: »Haben sie sich in dich verliebt?«

»Meinst du?« Ernst blickte Ubbo mich an. Viel zu ernst, als dass es mir hätte gefallen können. Seine Blicke erschreckten mich ebenso wie seine Blässe. »Gesacht ham die jedenfalls, wir müssen uns alle konzentrieren. Jeder auf den annern und der annere auf einen selbst. Sonst könnte dat nix werden mit der inneren Verbindung, wenn wir jetzt schon davor weglaufen würden.«

Wir gingen weiter, überquerten höhere Dünen Richtung Strand.

»Warum sollt ihr denn eine innere Verbindung haben? Piep, piep, piep, wir haben uns alle lieb, oder was?« Aus gutem Grund gab ich mir den Anschein, naiver und heiterer zu sein, als ich es war. Ich wollte Ubbo beruhigen, indem ich ihm meine eigene Bodenständigkeit darbrachte. Keine esoterische Abgehobenheit, nichts Furchteinflößendes, einfach nur ich. Reent Reents mit dem stets trockenen Humor, wie Ubbo ihn kannte.

»Schön wär dat ja«, meinte der verstörte Hundecoach. »Wie damals in Kinnergarten.« Kurzfristig machte er ein verträumtes Gesicht, fiel dann aber sofort zurück in die alte Depression. »Tatsächlich is dat aber leider ganz anders.« Mir schien, dass er noch ein bisschen blasser wurde, als er wiederholte: »Ganz anders is dat. Dat kannst mi glöven. Ich kann dat gar nich beschreiben. Mir is dat jedenfalls total unheimlich.« Wie für sich selbst sagte er noch einmal: »Total unheimlich is dat. Da kriegste richtig Angst.«

»Ubbo.« Ich wollte ihn nicht länger zappeln lassen. »Ubbo, ich habe eine gute Nachricht für dich.«

Er starrte mich an, weiterhin teilnahmslos wie unter Drogen.

Haben die ihm irgendwas reingepfiffen?, fragte die Stimme.

Vielleicht sogar das, dachte ich. Obwohl …

»… ich glaub, die haben andere Methoden«, vollendete ich versehentlich laut. »Ganz andere.«

»Wat schnackst denn jetzt schon wieder, sach ma?«, fragte Ubbo verständlicherweise.

»Vergiss es«, sagte ich.

»Die gute Nachricht auch?« Ubbos Enttäuschung war greifbar wie der Fisch im Netz.

»Keineswegs!«, rief ich beruhigend. »Du wirst abgelöst.«

Schlagartig war er wieder voll auf der Höhe des Geschehens: »Du willst mich rauswerfen? Dat will ich aber nich, ich will –«

»Davon kann keine Rede sein, Ubbo. Du behältst deinen Job natürlich. Du kriegst nur einen anderen Einsatzort.«

Verblüfft blickte der Überforderte mich an. »Wat für'n Ort denn?«, fragte er.

»Du fährst zurück ans Festland«, sagte ich. »Dort nimmst du die Fäden in die Hand.«

»Fäden?«

Ubbo wirkte weiterhin so hohl auf mich, wie ich ihn noch nie erlebt hatte. Und ich hatte ihn wahrhaftig schon hohl erlebt. War er vielleicht doch mit Drogen vollgestopft worden, die sein Gehirn umnebelten?

»Wat für Fäden denn, sach ma?«

»Du ermittelst von dort aus«, erklärte ich beruhigend. »An deine Stelle tritt Deuter …«

»Der Psychoheini?« Ubbos Geistesgegenwärtigkeit schien zurückgekehrt. »Ich denk, den kannste nich ab, hör ma?«

»Das hier ist keine Frage der Sympathie«, erklärte ich. »Es ist eine Frage der Kompetenz.«

»Aber –«

»Deine Kompetenz liegt auf dem Festland, Ubbo. Dort ist Tettens dein Ermittlungsschwerpunkt. Wer, wenn nicht du, sollte hierfür der kompetenteste Mann des ganzen Wangerlandes, ja ganz Frieslands sein?«

»Da haste auch wieder recht.«

»Zwischendurch bleibst du vielleicht auch mal auf der Insel«, legte ich nach. »Aber nicht auf dem seltsamen Seminar. Was soll ein Typ wie du da? Ein Realist, wie er im Buche steht? Ein ganzer Kerl.«

»Stimmt!«

»Auf dieses Seminar gehören Spinner! Abgehobene Typen. Vögel wie Deuter …«

»Danke!«, drang es aus komplett unerwarteter Richtung an mein Ohr. Ich hatte vergessen, dass ich Deuter genau hierherbestellt hatte. Jetzt konnte ich es nicht mehr übersehen beziehungsweise überhören. Er war da. Die letzten Schritte eilte er auf uns zu. »Ich fühle mich sehr geehrt durch Ihre hohe Meinung von mir, verehrter Reents. Nur löst diese gleichzeitig die Frage in mir aus, ob ich nicht auf der Stelle das nächste Flugzeug für den Rückflug nehmen soll.«

Im Gegensatz zu Ubbo, dessen Rucksack aus purem Leinenstoff bestand, war der von Deuter aus feinstem Rindsleder. Der Mann hatte Stil, das musste man ihm lassen. Jedenfalls, was die Auswahl seiner Rucksäcke betraf.

Zu sagen, Ubbo schluckte die Sache, wäre untertrieben. Er war begeistert von der neuen Marschroute, die ich quasi aus dem Stegreif zusammengezimmert hatte. Gemeinsam mit Deuter ging er zurück in jenes westwärts gelegene Ferienhaus, in dem die »Ebbe und Flut«-Sekte ihre neuen Mitglieder einwob wie in das Netz der Spinne.

Meine Anweisungen bis hierhin waren klar gewesen: »Deine Mutter ist schwer erkrankt …« – »Meine Mudder is längst dout.« – »Ubbo! Das spielt keine Rolle. Du *sagst* das einfach nur. Es ist so eine Art Rollenspiel.« – »Nich wie im Film?« Enttäuschung pur. – »Doch, von mir aus auch wie im Film. Jedenfalls musst du zurück, weil sie schwer erkrankt ist.« – »Meine Mudder?« – »Genau! Und Herrn Deuter hier führst du ein ...« – »Moment mal! Ich führ überhaupt kein ein! Dat glaubst du doch wohl selbst nich, ouder wat?« – Ich, beschwichtigend: »Du stellst ihn vor als deinen Vetter, der sich auch schon immer für esoterische Fragen interessiert hat.« – »Dat glaubt dem nun aber echt jeder!«, sah er ein. – »Genau. Und jetzt ist er total daran interessiert, deinen Platz im Seminar zu übernehmen. Weil er das mit dem Seewiefken und Neptun auch schon mal gehört hat. Und weil ihn genau das so ungeheuer anspricht. Er ist halt immer auf der Suche nach der Wahrheit und so. Und weil er das Meer liebt und die Gezeiten und so weiter ... klar?« – »Hältst du mich für blöd? Wat soll daran denn wohl nich klar sein, sach ma?« – »Nichts. Alles ist gut, Ubbo. *Alles ist gut.*«

Nach diesem Dialog konnte ich Stück für Stück beobachten, wie unter den Sommersprossen Farbe in Ubbos Gesicht zurückkehrte. Die reinste Freude für mich!

Du hättest auch Sozialarbeiter werden können, unkte meine innere Stimme. *Aber jetzt mal wieder als Detektiv, Mister Marlowe: Wie willst du Sassi eigentlich finden? Auf Wangerooge wird sie wohl kaum sein.*

Die Sticheleien der Stimme erwischten mich an einem wunden Punkt. Daher folgte ich ihnen. Das Bäumchen-wechsel-dich-Spiel mit Ubbo und Deuter ließ mir hierfür jede Menge Spielraum. Was auf Insel und Festland zu tun war, sah ich durch die beiden Pappenheimer weitestgehend abgedeckt.

Die einzige Rolle mit festem Standort hatte dabei Deuter. Er musste im »Ebbe und Flut«-Seminar bleiben. Ubbo und ich dagegen konnten flexibel unsere Rollen tauschen: einmal er als Deuters Flankensicherung, einmal ich. Ein großer Vorteil. Verwirrtaktik für den Mörder, von dem ich hoffte, dass er kein zweifacher war.

Je nachdem, wer von uns beiden auf dem Festland gebraucht wurde, konnten wir hin- und herspringen. Mit dem Hotel New

Hampshire machte ich klar, dass Ubbo mein Alternativ-Zimmernutzer war. Einer von uns würde vermutlich immer da sein, der andere garantiert nicht.

»Vor einer zeitgleichen Doppelbelegung müssen Sie also keine Angst haben«, beruhigte ich das Hotelpersonal prophylaktisch. Über den Preis einigten wir uns problemlos.

Schon in meiner Kindheit hatte ich an Höhenangst gelitten. Ein bis heute dauernder Fluch. Noch nie in meinem Leben war ich in ein Flugzeug gestiegen. Ich hatte nicht vor, dies zu ändern, und ignorierte die zeitsparende Möglichkeit, zwischen Insel und Festland hin- und herzufliegen.

Man muss auch mal über seinen eigenen Schatten springen, frotzelte meine innere Stimme. *Du hast doch gesagt, es geht um Leben und Tod. Rick ist sicher auch nicht grad scharf aufs Fliegen, aber unter diesen Umständen würde auch er …*

»Gut, dass du ihn erwähnst«, sagte ich erleichtert. »Garantiert nehmen die im Flugzeug keine Hunde mit.« Ich googelte. Auf der Seite der Inselflieger wurden Jack Russel Terrier (neben Kleinpudeln und Katzen) namentlich als mögliche Fluggäste aufgeführt. Ich gab mich geschlagen und buchte spontan.

Normalerweise verfüge ich über ein ausgezeichnetes Gedächtnis. Spitznamen wie »Brain« oder »Elefant« verfolgen mich genau wie meine Höhenangst. Suche ich jedoch heute in meinem Hirn nach Erinnerungen an meinen ersten Flug, so tue ich dies vergebens. Gern würde ich an dieser Stelle schildern, wie Wangerooge unter mir immer kleiner und kleiner wurde, ein welch erhebendes Gefühl es war, von dort oben auf die schaumbekränzten Wellen der Nordsee zu blicken, die blitzschnell näher kommende Küste quasi in mich aufzusaugen, den Motorenlärm zu genießen, das vermeintliche Jaulen des Hundes zu beruhigen, aber all das ist unmöglich und bleibt mir auf ewig verwehrt. Ich hielt die Augen fest geschlossen, meine Ohren waren mit Ohropax-Stöpseln versiegelt. Dies war der einzige mir möglich erscheinende Weg, die rettende Küste lebend und ohne Herzkasper zu erreichen. Die spöttischen Kommentare der inneren Stimme kann sich jeder denken.

Kompromisslos startete ich von meinem Harlesieler Dauerparkplatz aus Richtung Tettens. Ich hatte es eilig. Die mir bekannten Mitglieder der spirituellen Führungsriege befanden sich auf der Insel. Die Möglichkeit war groß, in Tettens mit anderen Sektenmitgliedern in ein möglichst lockeres Gespräch zu geraten. War niemand da, der sie kontrollieren konnte, würden die Betroffenen sich möglicherweise unkontrolliert fühlen und das Herz, so hoffte ich, auf der Zunge tragen.

Gibst du dich zu erkennen?, fragte die Stimme, während ich durch Hohenkirchen fuhr, gewissermaßen die Hauptstadt des Wangerlandes, jedenfalls der Sitz des Gemeinderats und Rathauses.

»Ich weiß es noch nicht«, antwortete ich grüblerisch.

Ich würde mal mit dem Versteckspiel aufhören, empfahl die Stimme. *Sollen sie doch wissen, dass du Detektiv bist und nach Sassi suchst. Das scheucht sie vielleicht mal ein bisschen auf. Aufgescheuchte Leute begehen Fehler. Noch mehr als die, die sich zu sicher fühlen.*

Ich beschloss, die Sache auf mich zukommen zu lassen, meine Entscheidung aus dem Bauch heraus zu treffen, wie es ohnehin mein Stil war. Ich bin genau der Typ Ermittler, dessen Arbeit auf zwei gleich starken und felsenfesten Grundpfeilern fußt: glasklarer Verstand und funktionierender Instinkt. Auf beides würde ich mich auch diesmal verlassen, dann war ich auf der sicheren Seite.

Als ich auf den Hof des Sektenanwesens bog, den Schotter unter den Reifen knirschen hörte, war sofort klar, dass ich mir alle vorausgegangenen Gedanken hätte klemmen können. Eine Frau überquerte eilig die Auffahrt, ich hätte sie fast überfahren. Ich kannte die Lady, hatte sie jedoch beinahe schon vergessen. Aus unerfindlichen Gründen hatte ich nicht damit gerechnet, sie jemals wiederzusehen. Für eine schnelle Umkehr war es zu spät. Sie wusste, wer ich war. Ich dagegen wusste nicht, was ich von der Begegnung halten sollte. Kam sie meinen Interessen entgegen? Ich hatte keine Ahnung. Aber ich spürte meine Neugier erwachen. In mir begann es zu kribbeln.

28

»Moin, Frau Schöpski.« Während ich ausstieg, zwinkerte ich ihr freundlich zu. Ich hielt es für gut, wenn Sie wusste, dass ich ihr nicht böse war. Das war die beste Voraussetzung für ein lockeres Gespräch. »Was machen Sie denn hier?«

Falls sie verblüfft war, mich zu sehen, dann konnte sie es gut verbergen. »Moin, Herr Reents. Das Gleiche wollte ich Sie auch gerade fragen.

»Das kann ich mir vorstellen«, sagte ich lässig, »Es gehört zu meinen besten Eigenschaften, immer dann aufzutauchen, wenn niemand mit mir rechnet.« Wieder zwinkerte ich ihr zu. Im Nachhinein fand ich, dass es ein Zwinkern zu viel war. Zum Ausgleich steckte ich mir innerlich eine an. »Das heißt, wie ist er eigentlich?«, fragte ich.

»Wie ist wer?« Ihr Lächeln war bezaubernd. Wie schon bei unseren früheren Begegnungen am Bontekai musste ich mehr als nur oberflächlich an Marietta denken. Auch der Hund begrüßte die Dame, die seinem Frauchen so sehr ähnelte, mit begeistertem Schwanzwedeln.

»Na, der werte Name?«, meinte ich. Langsam schlenderten wir nebeneinanderher auf das Haus zu. »Oder soll ich Sie weiter Susi nennen?«

»Nein.« Wieder lächelte sie herzerwärmend. »Susi gefällt mir eigentlich nicht so sehr. Ich bin die Rena.«

»Renate?«, hakte ich nach.

»Eigentlich ja. Aber der Name gefällt mir auch nicht so gut. Da ist Rena schon besser, finden Sie nicht, Reent?«

Reent und Rena, dachte ich. Das klingt nicht schlecht. Ich sagte: »Mir ist es egal, wie Sie heißen. Namen sind Schall und Rauch. Hauptsache, Sie sagen mir diesmal die Wahrheit.«

»Die Wahrheit hat viele Gesichter«, meinte sie und ging mir voraus in den Garten. Sie trug nicht das sektenübliche gelbe Gewand, sondern eine ausgezeichnet sitzende Jeans. »Welches dieser Gesichter hätten Sie denn gern?« Sie drehte sich um, lächelte jetzt aber nicht mehr.

»Ich glaube nur an eine Wahrheit«, sagte ich. »Darf ich?«

»An eine Wahrheit glauben? Natürlich. Das tun Sie doch hier alle. Auch wenn es eine seltsame Wahrheit ist.«

»Den Hund von der Leine lassen?«

»Ach so. Ja natürlich. Setzen wir uns doch.«

Sie deutete auf ein paar Stühle in Poolnähe. Der Anblick des klaren Wassers löste unschöne Assoziationen in mir aus, was ich gut verstehen konnte. Hier hatte ich meine erste Leiche gesehen. Zudem stieg mir extrem starker Chlorgeruch in die Nase. Offenbar hatte hier jemand ein starkes Bedürfnis nach übertriebener Sterilität. Der Hund schnupperte am Wasser und wendete sich niesend ab.

»Die Wahrheit von ›Ebbe und Flut‹ ist nicht Ihre Wahrheit?« Renas letzte Worte hatten mich hellhörig gemacht.

Sie grinste. »Das ist jetzt nicht Ihr Ernst, oder?«

»Verzeihung. Ich wollte Ihre Gefühle nicht verletzen.«

Verblüfft sah sie mich an. Dann begriff sie.

»Ach so.« Sie kicherte etwas. »Nein, Sie verletzen meine Gefühle nicht, keine Sorge. Soll ich ehrlich sein?«

Der Hund setzte sich aufrecht zwischen uns wie ein Mahnmal.

»Darum hatte ich Sie ja schon einmal gebeten. Schießen Sie los, gute Frau.«

Längere Zeit sah sie mich an. Wieder ließen ihre Blicke mich an Marietta denken. Das ging mir durch und durch. Jedoch erschienen mir auch gewisse Ähnlichkeiten mit Walburga vorhanden. Das verwirrte mich, wenn auch nicht sehr. Ich wartete darauf, dass sie etwas sagte.

»Sie sind ein seltsamer Vogel«, sagte sie nachdenklich.

Siehste!, jubelte meine innere Stimme. *Meine Worte!* Auf solche Gelegenheiten wartete sie. Der Hund drehte eine Runde, kam aber schnell zurück, fast als wolle er nichts verpassen.

»Aber wissen Sie was?« Rena lächelte sanftmütig.

»Na?«

»Ich mag Sie.«

Sie steht auf seltsame Vögel. Die Stimme klang beleidigt. *So was soll's ja geben. Und sie nimmt es mit der Wahrheit nicht so genau.*

Für ein paar Sekunden, die sich lang anfühlten, legte sie ihre Hand sanft auf meine. Ihre Finger waren schlank, fast grazil. Es gab Schlimmeres auf der Welt, als von diesen Händen berührt zu werden. Ricky legte sich zwischen uns ins Gras.

»Ich mag Sie auch, Rena. Sie sind mir überaus sympathisch. Sie sehen phantastisch aus. Sie entsprechen genau meinem Typ, Ihr langes Haar, aber ...«

Jetzt kommt's, befürchtete meine innere Stimme.

»Ja?«, fragte Rena erwartungsvoll.

»Mein Herz gehört einer anderen.«

Auweia!

»So hatte ich es nicht gemeint, Reent.«

Sie räusperte sich. Ich mich ebenfalls.

»Kommen wir zu Sache«, schlug ich vor. »Verstehe ich Sie richtig, dass Sie keine Anhängerin von ›Ebbe und Flut‹ sind?«

»Haben Sie gedacht, ich wäre eine? Gott, ist mir das peinlich!«

Die Kleine hat was drauf! Die Stimme war voll Anerkennung.

»Wie sind dann Ihre Beziehungen zur Se... äh, zur Glaubensgemeinschaft?«

Sie lachte verächtlich. »Sagen Sie ruhig Sekte. Alles andere wäre geschmeichelt. Walburga ist meine Schwester.«

»Sieh mal einer an.« Lässig legte ich die Füße auf einen freien Stuhl. »Die familiären Bande.«

»Wollen Sie etwas trinken?«, fragte Rena einfühlsam. Sie gefiel mir immer besser. Am liebsten hätte ich einen Whiskey geschlürft, wie Philipp Marlowe es in einem solchen Augenblick getan hätte. Aber ich dachte daran, dass ich noch fahren musste, und lehnte ab.

»Und was war das neulich am Bontekai für eine Nummer? Warum haben Sie mich da ausgehorcht wie eine Zitrone?«

Horcht man Zitronen aus?, fragte meine innere Stimme.

»Ausgepresst«, korrigierte ich mich schnell.

»Aber ich hab Sie doch nicht ausgepresst. Ich wollte lediglich ein paar Dinge von Ihnen erfahren.«

»Aber warum wollten Sie das? Was lag Ihnen daran? – Wenn Sie vielleicht eine Apfelschorle für mich hätten?«

Sie ließ sich nicht zweimal bitten und machte sich auf den Weg ins Haus. »An den erfahrenen Dingen lag mir gar nichts«, rief sie mir zu. Ich bewunderte ihren Gang.

»Sondern?«, rief ich. Sie war im Haus verschwunden.

Focko, meinte meine innere Stimme gelangweilt.

Ich verstand den Zusammenhang nicht. Trotzdem rief ich: »Aber an Focko Bruch?«

Sekunden später tauchte Rena wieder auf. In jeder Hand ein Glas eisgekühlter Apfelschorle. Sie lächelte.

»Nicht schlecht, Herr Meisterdetektiv. Jetzt haben Sie sich Ihre Schorle aber wirklich verdient.«

Will sie sich einschleimen? Die Stimme war auf der Hut.

Warum sollte sie?, fragte ich gedanklich.

»Ich will ehrlich zu Ihnen sein. Ich war total in Focko verliebt. Und eigentlich bin ich es immer noch. Nur dass er weg ist.«

»So kann man es natürlich auch nennen.«

»Wie nennen Sie es denn, Reent, wenn jemand nach Australien verschwindet? Einfach so, ohne Abschied, ohne ...« Sie wischte sich eine Träne aus dem Auge, dann noch eine.

Krokodilstränen?, argwöhnte meine innere Stimme. Wie schon erwähnt war sie ein skeptischer Hund.

»Ach, die Australien-Story«, sagte ich. »Die ist mir auch schon mal irgendwo über den Weg gelaufen.«

»Wie, Story?« Rena verstand kein Wort.

»Glauben Sie denn wirklich daran?« Eine verbliebene Träne glitzerte silbern auf ihrer linken Wange. Ich dachte kurz darüber nach, sie mit dem kleinen Finger wegzustreichen, ließ es aber bleiben.

»Ich wüsste wirklich nicht, was das mit Glauben zu tun hat.« Sie entfernte die Träne selbst. »Focko ist auf unbestimmte Zeit nach Australien geflogen. Daran kann es keinen Zweifel geben.«

»Ist das so?« Ich leerte mein Glas bis auf den letzten Tropfen. »Haben Sie ihn vielleicht ins Flugzeug steigen sehen?«

»Natürlich nicht. Er hat sich ja nicht mal von mir verabschiedet. Jedenfalls nicht persönlich, nur mit einer Mail. Er würde mich nicht so lieben wie ich ihn, bla, bla, bla …

»Was will er denn angeblich in Down Under? Vielleicht eine ›Ebbe und Flut‹-Filiale errichten?«

»Woher wissen Sie das denn schon wieder?« Es klang ein wenig gereizt.

»Kombinationsgabe. Ohne die wäre ich verloren.«

»Noch eine Schorle?«

»Danke, nein.« Ich stellte mein leeres Glas ab und erhob mich. »Komm, Ricky. Wir gehen.« Der Hund rannte vor und kam zurück. Er schien aufgeregt, warum auch immer. »Schade«, sagte ich. »Ich hätte Ihnen fast geglaubt.«

Rena folgte mir langsam Richtung Auto. »Was hätten Sie mir fast geglaubt, Reent?« Ihre Augen blickten mich an, als könnten sie nicht lügen.

»Dass Sie nichts mit der Sache zu tun haben.« Ich hörte mir selbst an, dass ich wirklich enttäuscht war.

»Mit welcher Sache?«

»Mit dem Mord. Und jetzt fragen Sie nicht, mit welchem Mord.«

»Mit welchem Mord denn?«, fragte sie. Sie war keine schlechte Schauspielerin. »Glauben Sie vielleicht, dass diese Sassi …?«

Ich horchte auf. »Sie wissen von Sassis Verschwinden?«

»Natürlich. Jeder weiß davon. Es ist ja kein großes Geheimnis, dass sie nicht mehr da ist, sie –«

»Aber sie wurde nicht ermordet«, behauptete ich. Wir waren beim Auto angelangt.

»Dann ist es ja gut. Ich bin erleichtert. Aber wovon reden Sie denn dann, zum Kuckuck?«

»Ich rede vom Mord an Focko Bruch, Ihrem Geliebten. Und das wissen Sie genau.« Ich öffnete die Tür, der Hund sprang in den Wagen.

»Sind Sie verrückt geworden?«, rief sie. »Focko ist –«

»Schon klar, in Australien. Wer's glaubt, wird selig. Genau wie die, die an das Seewiefken glauben.« Ich stieg ein. »Aber wissen Sie auch, wo Sie stehen? Seit ein paar Minuten?«

Fragend sah sie mich an aus ihren großen verlogenen Augen.

»Ganz oben auf meiner Liste.« Ich startete den Motor.

»Auf welcher Liste denn?«

»Meiner Liste der möglichen Mörderinnen.«

Langsam ließ ich den Wagen vom Hof rollen. Rena blieb zurück, starr wie eine Salzsäule. Als ich sie im Rückspiegel kleiner und immer kleiner werden sah, erinnerte sie mich erneut an Marietta. Ich konnte mich einfach nicht dagegen wehren. Ich trat auf die Bremse, bis der Wagen stand.

Was passiert denn jetzt?, fragte die Stimme.

Ich setzte zurück. Im Spiegel wurde Rena wieder größer. Ihre Augen blickten mir erstaunt entgegen.

Dir muss auch nur eine schöne Augen machen. Und schon verlierst du das bisschen Verstand, das du hast … Mannomann!

29

Etwas später und zurück auf Wangerooge, traf ich mich zuerst mit Deuter. Ein telefonischer Austausch würde nicht reichen, hatte er mir in seiner wichtigtuerischen Art per Handynachricht mitgeteilt. Die Dinge seien verworrener, als er sich das vorgestellt habe. Er brauche ein persönliches Gespräch.

Von unserem Treffpunkt aus, dem Westturm, verdrückten wir uns zwischen die nächstgelegenen Dünnen. Der Hund war dabei, am sternklaren Himmel stand ein heller Dreiviertelmond.

»Na, das ist ja ein munterer Haufen.« Deuter flüsterte. Er versuchte ein Grinsen, das jedoch zur undefinierbaren Maske geriet.

»Womit Sie was sagen wollen?« Wir tauschten die vorgegebenen Rollen: Er wurde zum Klienten, ich zum Therapeuten.

»Das oberste Gebot der Gruppe heißt: Liebe besiegt alles. Das wird ziemlich wörtlich genommen. Zumindest von einigen Gruppenmitgliedern. Wenn Sie verstehen, was ich meine.«

Wir setzten uns in den Sand. Der Mond hatte die Wirkung einer angenehm gedimmten Wohnzimmerlampe. Wir hörten das laute Rauschen der nahen Nordsee, schmeckten das Salz in der Luft und auf unseren Zungen, rochen das von der Flut aufgewühlte Meer, konnten es aber hinter den Dünen nicht sehen. Das hatte den unschätzbaren Vorteil, dass auch wir von außen nicht gesehen werden konnten.

»Wie mir scheint«, sagte Deuter, »geht es drunter und drüber in dem Grüppchen.«

»Was man Ihnen so offen erzählt?« Ich war skeptisch. »Oder mischen Sie schon kräftig mit?«

»Wo denken Sie hin?« Er schien enttäuscht über mein Bild von ihm. Nein, er schien entsetzt. »Wie Sie wissen, gehört es zu meinem Beruf, dem Redefluss auf die Sprünge zu helfen, wenn es sein muss. In diesem Fall dürfte das Ihren Interessen ja sehr entgegenkommen.«

Ist er beleidigt?, fragte meine innere Stimme.

»Klappe«, sagte ich.

»Hören Sie!«, rief Deuter aufgebracht. »Ich kann die Mission auch auf der Stelle abbrechen. So lustig ist das nun auch wieder nicht.« Jetzt war er eindeutig beleidigt.

»Ich hab nicht Sie gemeint«, erklärte ich beschwichtigend.

»Die innere Stimme?« Er flüsterte wieder.

Ich nickte. »Also, wessen Redefluss haben Sie denn auf die Sprünge geholfen? Dem von Elvira oder von Cordula?«

»Ich sehe, Sie kennen sich schon ganz gut aus, Reents. Mir geöffnet hat sich Cordula.«

»Das will ich nicht hoffen, Deuter.« Ich lächelte. »In Cordulas Interesse.«

»Sie wissen, wie ich es meine. Meine Zeit ist zu kostbar für überflüssiges Geplänkel, Reents. Eine zu lange Abwesenheit würde Verdacht erregen.«

»Dann schießen Sie endlich los.«

Statt dies zu tun, guckte er mich einfach nur an. Ich schaute zurück, aber es kam nichts. Ricky saß zwischen uns, seine Blicke flogen unruhig von einem zum anderen. Er jiepte ungeduldig.

Worauf wartet er? Hat es ihm die Sprache verschlagen?

Dann begriffen meine Stimme und ich, dass er seine Gedanken ordnen musste.

»Sorry«, sagte er. »Präzise Berichte müssen im Kopf gut vorbereitet werden.«

Manchmal erinnerte mich der Psycho in erschreckender Weise an mich selbst.

»Also: Cordula«, begann er nun. »Sie ist mit einem Mitglied der Führungsriege namens Jan liiert.«

»Diese Leute nenne ich die Untergurus, der Übersicht halber. Das sind die mit den Nachthemden. Das Fußvolk trägt hellblaue Hosen. Ist Jan so ein Vogel mit halber Glatze?«

»Eher semmelblond.«

»Ach der.«

»Der mit dem hohen Scheitel ist offenbar auf dem Festland

und heißt Enno. Dieser wiederum bildet mit Cordulas Freundin Elvira, die ebenfalls hier auf Wangerooge ist, ein Paar.«

»Klingt etwas verwirrend.«

»Finden Sie?« Er grinste schief. »Dann bin ich mal gespannt, wie Sie den Rest erst finden.«

Ich dachte, der hat keine Zeit für langes Geplänkel.

»Ruhe!«

»Schon klar: die innere Stimme.«

»So schlimm wird's schon nicht sein, Deuter.«

»Warten Sie's ab, Reents. Also, dass Heinz und Walburga Meins ein Paar sind, ist ja klar.«

»Allerdings. Die sind ja sogar verheiratet.«

»Nun lassen Sie mich doch mal aussprechen. Wie gesagt: die Zeit.« Er blickte nervös zur Uhr.

»Dass aber Heinz Meins mit so gut wie jedem weiblichen Sektenmitglied etwas laufen hatte beziehungsweise noch laufen hat, war mir bislang nicht klar. Bettina –«

»Die Frau ist ein Kracher!«

»Deshalb wahrscheinlich.«

»Deshalb wahrscheinlich was?«

»Wenn Sie mich nicht dauernd unterbrechen würden, wäre ich schon längst fertig. Jetzt hab ich den Faden verloren.«

»Dann nehmen Sie ihn wieder auf.«

»Also: Meins' derzeitige Hauptmätresse ist diese Bettina.«

»Jetzt versteh ich.«

»Gar nichts verstehen Sie: Bettina ist eigentlich mit einem Typen namens Focko zusammen.«

»Bruch.«

»Hä?«

»Focko Bruch.«

»Ach so, egal. Jedenfalls ist der Typ zurzeit in Australien, um dort –«

»Der ist nicht in Australien. Der ist tot. Aber egal. Reden Sie weiter, die Zeit drängt.«

»Focko aber hat seit geraumer Zeit ein Verhältnis mit Walburga.«

»Junge, Junge«, sagten meine innere Stimme und ich gleichzeitig.

»Und obwohl in der Gruppe freie Liebe offen propagiert, im Alltag praktiziert und akzeptiert wird, ist doch durchgesickert, dass der Oberguru mit dieser Liaison so seine Probleme hat.«

»Klar, wenn's einem an die eigene Wäsche geht, sieht die Sache immer anders aus.«

Schlaumeier!

»Richtig. Da kann ich ein Lied von singen. Ich war in meinem Leben dem Gedanken einer offenen Beziehung auch nicht immer ganz abgeneigt, aber –«

»Lassen Sie Ihre Privatangelegenheiten bitte aus dem Spiel, Deuter«, mahnte ich an. »Sonst kommen wir nicht weiter.«

Der Psycho sah seinen Fehler ein und kehrte zum Thema zurück.

»Probleme wohl nicht nur, weil Walburga seine Frau ist, sondern Bruch auch so eine Art persönlicher Zögling. Inoffiziell gilt er schon jetzt als sein Vertreter. Sein Spitzname ist deshalb Petrus, vor allem bei Neidern. Er ist der klare Günstling des Gurus. Der Plan ist wohl, dass Bruch eine Filiale in Australien eröffnen und leiten soll. Deshalb ist er auch dorthin geflogen.«

»Er ist tot!«

»Dann kann er nicht geflogen sein«, erkannte Deuter. »Aber ob tot oder lebendig, Meins scheint völlig ausgerastet zu sein, als er von Walburgas Verhältnis mit Petrus erfahren hat.«

Ein klares Mordmotiv!, sagte meine innere Stimme.

Ich erinnerte mich an den Horumersieler Infoabend. Dort war es zum offenen Streit zwischen dem Ehepaar Meins gekommen. Die genauen Hintergründe waren mir damals verborgen geblieben. Aber so langsam dämmerte es mir.

»Da hätten wir es ja schon«, erklärte ich trocken.

»Was hätten wir?« Einmal mehr konnte Deuter meinen analytischen Gedanken nicht folgen. Stattdessen betrachtete er mich ratlos.

»Das Mordmotiv: Eifersucht. Und damit auch den Mörder: Heinz Meins. Nur die Leiche fehlt uns immer noch.«

»Wer jetzt hier auf wen eifersüchtig war oder ist, finde ich allerdings schwierig zu enträtseln. Ich tippe da vielmehr auf die Enttäuschung des Gurus.«

»Sag ich doch.«

»Sagen Sie nicht, Sie … egal. Was Petrus getan hat, gleicht der Verleugnung des echten, des biblischen Petrus. Sie wissen schon: dreifacher Verrat, bevor der Hahn gekräht hat, und so weiter.«

»Hat Jesus denn Petrus ermordet?«, fragte ich überrascht. Ich konnte mich an derartige Details nicht erinnern.

»Natürlich nicht!«, rief Deuter gereizt.

»Pst!« Ich hielt den Finger an die Lippen. »Man wird uns noch entdecken.«

»Natürlich hat Jesus niemanden getötet«, flüsterte Deuter. »Aber er war ja auch Jesus und nicht Heinz Meins. Umgedreht ausgedrückt: Heinz Meins ist nicht Jesus. Er ist sogar sehr weit davon entfernt.«

»Sie trauen ihm den Mord also auch zu?«, fragte ich skeptisch.

»Warum denn nicht? Grundsätzlich traue ich jedem Menschen einen Mord zu. Als Psychologe ist das praktisch meine Pflicht.«

»Mir auch?«

»Natürlich Ihnen auch. Ich sagte ja: jedem.«

»Bis auf Jesus?«

»Exakt. Aber mit den Verwicklungen in der Sekte bin ich noch nicht durch. Ich …«

In seiner Tasche klingelte ein Handy. Er fischte es heraus, ging aber nicht dran.

»Da gibt es zum Beispiel eine gewisse Sassi. Die hat …«

Er unterbrach sich selbst, indem er nun doch das Gespräch annahm. Schon nach den ersten Worten machte er einen kleinlauten, ja fast eingeschüchterten Eindruck.

»Ja, Entschuldigung. Ich habe vergessen, das Handy abzugeben. Ich … Sorry …« Die Stimme am anderen Ende war laut, sehr laut sogar. »Ja, natürlich hole ich das gleich nach«, schleimte Deuter. »Ich weiß, wegen der unguten Schwingungen. Negative Vibrations und so. Ich hab es wirklich nur vergessen. Ich bin auch gleich zurück. Keine fünf Minuten.«

Das war's. Fortan würde das Handy als Verbindungsmöglichkeit mit Deuter flachfallen, das war sofort klar. Er raste los, als wären sämtliche bösen Geister des Meeres inklusive Seewiefken hinter ihm her.

»Ich wollte eigentlich noch Ihre Meinung zu dem hören, was ich heute von Rena erfahren habe.« Ich eilte ein paar Schritte neben ihm her, den Hund vorschriftsmäßig an der Leine.

»Wer zum Teufel ist Rena?«

»Walburgas Schwester. Und Ex-Geliebte von Focko Bruch.«

»Noch eine Ex-Geliebte. Alle Achtung, der Kerl hat's drauf.«

»Ich weiß jetzt, wo Sassi ist. Glaube ich jedenfalls.«

»Ach ja, Sassi.« Er war bereits völlig außer Atem. »Von der wollte ich ja auch noch erzählen. Aber das mache ich morgen. Gleiche Stelle, gleiche Welle.«

Der Einzige, dem das hohe Tempo nichts ausmachte, war Ricky. Zudem erschien es mir zwecklos, dem gehetzten Therapeuten weiter hinterherzurennen.

»Bis morgen«, rief ich ihm nach. Ich ließ mich zurückfallen und schaute nach oben. Die unbeirrbare Sicherheit des Mondes in seiner Dreiviertelfülle beruhigte mich. Ich beschloss, den Tag mit einem gepflegten Strandspaziergang ausklingen zu lassen.

Gute Idee, meinte meine innere Stimme. *Ehrlich gesagt, die beste Idee des ganzen Tages.*

Ein frischer Wind vom Meer pustete mein Hirn durch. Meine Gedanken gingen noch einmal zurück nach Tettens. Hin zu jenen Augenblicken, in denen ich die verdutzte Rena im Rückspiegel wieder näher kommen sah. Ein Zeitpunkt, zu dem ich nur ahnen konnte, welch entscheidende Informationen die hübsche Schwester des Seewiefkens für mich parat hielt …

30

Mit der Vermutung, ich hätte wegen Renas nett anzuschauender blauer Augen noch einmal zurückgesetzt, hatte meine innere Stimme die Wahrheit um viele Längen verfehlt. Mir war einfach klar geworden, dass ich im Begriff stand, die beste mir zur Verfügung stehende Informationsquelle zurückzulassen. Diese Frau hatte Einblick in das Sektenleben wie keine andere Außenstehende. Außerdem war sie in Person Focko Bruchs von einem führenden Sektenmitglied schmählich enttäuscht und verlassen worden. Top-Zeugin und Tatverdächtige in einem einzigen Individuum, wo hatte man das schon?

Während mein schwarzer Touran zielsicher zurückstieß, fasste ich blitzschnell die Situation zusammen. Grundsätzlich gab es zwei Möglichkeiten:

Rena war a) Fockos Mörderin (nicht unwahrscheinlich) oder b) eben nicht.

Im Fall b) hatte sie nicht den geringsten Grund, mir ihr Wissen über die Sekte und deren Mitglieder vorzuenthalten. Im Fall a) hatte sie ausschließlich ihre Täterschaft zu verbergen. Den Rest würde sie umso bereitwilliger ausplaudern, um bei mir, dem ermittelnden Detektiv, gut dazustehen und von ihrer Schuld abzulenken.

Egal also, ob a) oder b): Ich wäre dumm gewesen, sie keiner weiteren Befragung zu unterziehen. Zu diesem Zweck lud ich sie auf einen Spaziergang am alten Hooksieler Hafen ein. Zwar bedachte sie mich mit verblüfften Blicken, nahm dann aber dankbar lächelnd an. Als sie vorne einsteigen wollte, knurrte der Hund. Er sah nicht ein, warum er seinen Sitz hergeben sollte. Genervt über sein bockiges Verhalten, wollte ich ihn unter Anwendung sanfter Gewalt nach hinten verfrachten. Ihr sei es egal, wo sie sitze, meinte Rena und saß – schwups! – selbst hinten. Ich beließ es dabei.

Dass sie so bereitwillig eingestiegen war, sogar hinten, erhärtete meinen Verdacht gegen sie. Offenbar lag ihr daran, mich wohlgesinnt zu stimmen. Im Falle ihrer Unschuld hätte eine Fortsetzung unseres Gesprächs ihr keinerlei Vorteile verschafft, da sie keine Nachteile auszugleichen hatte.

Seltsame Gedanken mal wieder, sagte die Stimme. *Je mehr Durchblick wir haben, umso leichter kriegen wir den Mörder. Wäre sie die Mörderin, warum sollte sie uns helfen?*

»Vielleicht erzählt sie mir irgendeinen Mist«, sagte ich, »um mich in die Irre zu führen.«

Dann pass mal lieber gut auf.

»Haben Sie etwas gesagt?« Rena schob sich leicht nach vorne.

»Sorry«, antwortete ich. »Dass Sie ganz oben auf meiner Liste stehen, Rena, habe ich nicht so gemeint. Es war einfach dummes Gerede. Verzeihen Sie mir.«

»Na, ich weiß nicht.« Sie lehnte sich zurück, hielt sich am Haltegriff fest. Ihr Haar wehte im Wind des geöffneten Fensters. »Das hörte sich aber schon sehr ernst an.«

»War nur so ein momentaner Gedanke, längst wieder verworfen. Eine Frau wie Sie ist keine Mörderin. Das ist mir natürlich klar.«

»Danke.« Sie lächelte. Überzeugt und zufrieden.

Wir hatten Glück, am Hooksieler Innenhafen war eine Bank frei. Wir setzten uns und sahen dem Treiben zu.

Als wenn wir nicht lange genug gesessen hätten, maulte meine innere Stimme. Auch der Hund zog an der Leine. Ich ließ mich nicht beirren. Vor uns dümpelten ein paar vertäute Segel- und kleinere Motorboote im Wasser herum. Es herrschte träge Mittagsruhe. Auf einigen Booten saßen die entspannten Eigner in der Sonne, lasen an schattigen Plätzen in Büchern oder Zeitungen oder dösten einfach vor sich hin. Die perfekte Kulisse für ein möglichst harmlos daherkommendes Gespräch. Das vor uns liegende sollte es jedoch, meinem Wunsch entsprechend, in sich haben.

»Was passiert eigentlich im ›Ebbe und Flut‹, wenn Leute aussteigen wollen?«, fragte ich so beiläufig wie möglich.

»Was soll dann passieren?«, fragte Rena zurück.

»Lässt man sie einfach so gehen? Wird versucht, sie vom Gegenteil zu überzeugen?«

»Mit Sicherheit das Zweite. Jeder, der geht, bedeutet einen echten Verlust für den Verein. Vor allem finanziell.«

»Als ich bei der Kirche ausgetreten bin«, hielt ich dagegen, »hat auch keiner großartig versucht, mich zu halten. Und die haben bis dahin auch Geld von mir kassiert.«

Sie lachte. »Das kann man kaum vergleichen. Hier geht es um mehr.«

»Um wie viel eigentlich?«, fragte ich gezielt naiv. »Also in der Kirche –«

»Im ›Ebbe und Flut‹«, unterbrach sie mich gelangweilt, »gibt man alles ab, was man hat.«

»Kriegt man es denn zurück, wenn man austritt?«

»Das glaube ich kaum.« Sie lachte hämisch. »Aber jedes Mitglied bringt ja auch weiterhin Geld.«

»Wie das?« Ich wurde hellhörig.

»Anwerben neuer Mitglieder, in Fußgängerzonen, auf Veranstaltungen. Erstellung der Broschüren und Flugblätter. Kostenlose Instandhaltung von Haus und Hof. Renovierungen. Arbeit außerhalb annehmen. Da gibt es keinerlei Grenzen.«

»Wie weit«, fragte ich düster, »würden Meins und seine Gefährten gehen, um den Austritt eines Mitglieds zu verhindern?«

»Keine Ahnung, ich …« Sie schien plötzlich verlegen.

»Gehirnwäsche? Mord?«

»Mord würde wohl kaum einen Sinn ergeben«, meinte sie nachdenklich. »Und Gehirnwäsche? Ich weiß nicht …«

In einem Tonfall, als könne sie sich dies sehr wohl vorstellen, behauptete sie, sich dies nicht vorstellen zu können. »Das wäre ja furchtbar«, sagte sie.

»Aber es wäre nicht die erste Sekte, die so agiert«, konterte ich. »Und die ersten Schritte in diese Richtung finden bei ›Ebbe und Flut‹ auf jeden Fall statt.«

»Welche ersten Schritte denn?«, fragte Rena erstaunt.

»Zum Beispiel die Behauptung, jeder Abtrünnige würde den Zorn des Seewiefkens und der bösen Geister des Meeres erregen. Das wiederum bedeute tödliche Gefahr für ganz Friesland.«

»Ach das.« Sie winkte ab. »Das sind Kindermärchen, aber es ist keine Gehirnwäsche.«

»Für den, der an die Kindermärchen glaubt, kann es der Beginn einer Gehirnwäsche sein.«

»Heinz und meine Schwester würden das wohl eher einen Glaubensgrundsatz nennen.«

»Glauben die beiden eigentlich selbst, was sie predigen?« Mir imponierte, wie ich sie mit hochprofessionellen Fragen geradezu bombardierte.

»Keine Ahnung. Eigentlich sind sie dafür beide zu klug. Obwohl: Bei Heinz bin ich mir nicht sicher.«

»Ich weiß nicht, ob das eine etwas mit dem anderen zu tun hat.«

»Und ich weiß nicht, auf was Sie hinauswollen, Reent.«

»Aber sonst scheinen Sie ziemlich viel zu wissen«, warf ich locker ein. Da ich allein war, musste ich guter und böser Bulle gleichzeitig sein, was ich super hinkriegte.

»Mag sein«, gab Rena zu. »Immerhin ist meine Schwester die Gallionsfigur des Clubs, sozusagen der weibliche Messias. Und mit dem Gründer der Sekte verheiratet. Da kriegt man im Laufe der Zeit schon so einiges mit.«

»Nicht zuletzt waren Sie liiert mit einem der führenden Köpfe der Sekte: Focko Bruch.«

Ich war mir nicht sicher, glaubte aber, ein leises Zucken wahrzunehmen, als ich den Namen erneut ins Spiel brachte. Ein Zucken, das Körper und Mimik gleichermaßen erfasste.

»Aber zurück zu Walburga, Ihrer Schwester. Sie haben ein gutes Verhältnis zu ihr?«

»Was heißt gut? Was heißt schlecht?« Sie lächelte wehmütig. »Wir sind Schwestern, gemeinsam aufgewachsen. Sie ist zwei Jahre älter als ich. Haben uns immer mal gestritten, dann wieder vertragen. So ist es bis heute. Wir lieben uns vielleicht nicht so, wie es Schwestern tun sollten. Aber wir hassen uns auch nicht. Als Kind hatte ich immer etwas Angst vor ihr.«

»Angst?«, fragten meine innere Stimme und ich gleichzeitig.

»Sie war schon immer sehr aufbrausend. Dann ist sie wie ein Orkantief über der Nordsee.«

Obwohl ich es nicht wollte, stockte mir das Blut in den Adern.

»Wie das Seewiefken?«, fragte ich mit belegter Stimme.

Irgendetwas in mir hoffte, dass Rena nun lachen würde. Dass sie meinen Einwand abtun würde als kleinen Scherz am Rande. Aber sie lächelte nicht mal, als sie sagte: »Wenn Sie so wollen, ja. Wie das Seewiefken, das einst die vernichtende Flut über das Wangerland geschickt hat.«

»Und es jederzeit wieder tun würde?«, hakte ich nach.

Jetzt lachte sie doch. »Also, wenn Sie jetzt auch glauben, dass Walburga die Inkarnation des Seewiefkens ist«, sie stand auf, »die haben bestimmt noch ein Plätzchen frei für Sie. Das nötige Kleingeld bringen Sie ja mit, wie ich gehört habe. Und nun kommen Sie, lassen Sie uns ein Stück gehen. Ihr Hund ist ja schon ganz zappelig, und ich werde es auch langsam.«

»Wieso haben Sie mich damals ausspioniert?«, fragte ich, als wir am Hooksieler Binnentief den Deich entlang Richtung Außenhafen spazierten. »Und sich als Susi Schöpski ausgegeben?«

Die Stimmung zwischen uns war fast vertraut. Das hatte zur Folge, dass ich ihr einen Mord immer weniger zutraute. Andererseits spürte ich Enttäuschung darüber, dass sie mir damals etwas vorgemacht hatte. Wir passierten eine alte Museumskanone auf der Deichkrone, mit der die Hooksieler sich vor Jahrhunderten verteidigt hatten.

Vorsichtig bleiben!, warnte meine innere Stimme. *Lass dich bloß nicht einwickeln!*

Ich hatte es nicht nötig auf sie zu hören, da ich mich längst entschlossen hatte, mich nicht einwickeln zu lassen. Wie stets blieb ich auf der Hut.

»Ach«, antwortete Rena lapidar. »Das war damals wegen Focko. Mit dem war ich ja nach Wilhelmshaven an den Bontekai gefahren. Er ist hoch in Ihre Kanzlei. Irgendwie war das Gerücht aufgetaucht, dass Sie nach Sassis Verbleib forschen sollten. Ich hab geglaubt, er wollte herausfinden, wer den Auftrag erteilt hat.

Und als wir uns dann begegneten, haben Sie mir meine Rolle ja förmlich in den Mund gelegt. Ich brauchte sie nur noch anzunehmen. Hinterher war ich glücklich, dass ich Focko alles sagen konnte. Ich hatte das Gefühl, auf die Weise etwas für ihn zu tun.«

»Deshalb auch das zweite Treffen?«, fragte ich.

»Jedenfalls hab ich gehofft, auf den neusten Stand gebracht zu werden und Focko damit vielleicht erneut zu helfen.«

Siehste. Bist ihr schon einmal auf den Leim gegangen. Vorsicht!

»Quatsch.«

Fragend blickte sie mich an. Ich täuschte eine Niesattacke vor, um die Sache zu vertuschen. Mein Plan ging auf, sie fragte nicht nach.

»Aber Focko hat schon beim ersten Mal nur gelacht. Er meinte, dass wüsste er doch alles längst.«

»Was wollte er dann von mir?«, fragte ich verblüfft.

»Das hat er mir nicht gesagt. Vielleicht wollte er Ihnen Informationen zukommen lassen. Vielleicht hatte er einen anderen Auftrag für Sie, ich weiß es wirklich nicht.«

»Warum hat er sich dann später nicht noch mal bei mir gemeldet?« Die mir bekannte Antwort verschwieg ich. Tote können sich nicht melden.

»Hat er das denn nicht?«, fragte sie oberflächlich. »Dann war es sicher nicht mehr so wichtig.«

Ich dachte mir mein Teil.

»Aber zurück zu Sassi«, nahm ich den Faden wieder auf. »Hat sie die Sekte verlassen?«

»Das weiß ich nicht«, meinte Rena. »Aber ich glaube es nicht. Sie war ja immer ganz Feuer und Flamme. Eine leidenschaftliche Anhängerin.«

»Vor allem Anhängerin Ihres Schwagers, wie ich gehört habe.«

»Meines Schwagers?«

»Heinz Meins. Das ist doch Ihr Schwager.«

Sie lachte. Es war ein fröhliches und befreites Lachen, das mir enorm gefiel. Ich dachte darüber nach, sie, war dies alles erst ausgestanden und ihre Unschuld bewiesen, zum Schollenessen einzuladen. Selbstverständlich bei mir zu Hause mit von mir in meiner Küche höchstpersönlich zubereiteten Plattfischen nach speziellem RRR (Reent-Reents-Rezept, Anmerkung des Verfassers). Aufgrund anderer drängender Überlegungen schob ich den Plan jedoch beiseite. Eine entsprechende Frage zu diesem Zeitpunkt hätte sie zu sehr irritiert.

»Ja, tatsächlich«, rief sie fröhlich. »Mein Schwager, das ist er. Es ist merkwürdig, aber in solch normal menschlich-familiären Dimensionen denkt man in diesen Kreisen gar nicht mehr. Manchmal fällt mir schon der Gedanke schwer, dass Walburga meine Schwester sein soll. Sie ist so … abgehoben von allem.«

»Kreise, zu denen Sie ja aber nicht zählen«, hakte ich nicht ohne plötzlich aufflammenden Argwohn nach.

»Nein, natürlich nicht«, sagte sie, weiter lächelnd. »Aber ich habe doch eine Weile in ihnen verkehrt und tue es ja irgendwie auch noch immer …«

»Warum eigentlich?«, gab ich eine Frage meiner inneren Stimme unzensiert weiter.

»Ich suche noch nach einer Wohnung. Als ich aus Nürnberg zurückgekommen bin, hat Walburga mir Unterschlupf gewährt. So habe ich ja auch Focko kennengelernt.«

»Zurück zu Sassi«, schlug ich vor. Die Vorstellung, dass Rena in diesen Unterguru verschossen war, zumindest gewesen war, fing an, mir auf die Nerven zu gehen. »Wenn sie die Sekte nicht verlassen hat, wo ist sie dann?«

Wir gingen die Stufen einer uralten, baufälligen Steintreppe den Deich hinab, um über den Ortskern Hooksiels zurückzukehren zu unserem Parkplatz.

»Ich nehme an«, sagte Rena mit der selbstverständlichen Unschuld eines Kindes, »dass sie mit irgendeinem Spezialauftrag unterwegs ist.«

»Spezialauftrag?« Wieder dieser seltsame Einklang meiner inneren Stimme mit mir. Häufte dieses Phänomen sich weiter, würde ich etwas dagegen unternehmen.

»So wird das genannt bei ›Ebbe und Flut‹, wenn etwas Besonderes zu erledigen ist. Focko zum Beispiel hat den Spezialauftrag, in Australien eine Niederlassung zu gründen. Es gibt aber auch kleinere Spezialaufträge.«

»Zum Beispiel?«

»Zum Beispiel, schwankende Interessierte zu überzeugen. Sogenannte Wackelkandidaten. Es gibt aber auch immer wieder Anfragen von außerhalb. Und wenn es scheint, dass ein persönlicher Kontakt da Sinn macht, werden bewährte Mitglieder auch schon mal entsandt.«

»Um Überzeugungsarbeit zu leisten?«

»Ja, so kann man es wohl nennen. Überzeugungsarbeit.«

Mein Blick zur Uhr sagte mir, dass ich keine Zeit mehr zu verlieren hatte.

31

Als ich im Wangerooger Hotelzimmer alte und neue Informationen über »Ebbe und Flut« in meinem ledernen Notizbuch zusammentrug, entstand ein klares Bild, wie Sassis Spezialauftrag für die Sekte aussehen könnte. Sie war eine attraktive Person. Sicher hatte sie gute Karten, gerade bei Männern Überzeugungsarbeit zu leisten.

Die Frage war nur, ob die Sache mit dem Spezialauftrag überhaupt stimmte. Selbst Rena hatte das nur vermutet. Wie sollte ausgerechnet ich als Außenstehender da Gewissheit haben? Statt klarer zu werden, schienen die Dinge sich immer weiter zu verwirren.

Du hast nur eine Chance, sagte meine innere Stimme. *Den direkten Weg.*

Fast hätte ich laut gelacht. Meine Füße lagen auf dem Bett, ich saß auf einem Stuhl davor. Der Hund, lang ausgestreckt mitten auf dem Teppich, blickte mich von unten her uninteressiert an. Er wirkte teilnahmslos.

»Ich gehe immer den direktesten Weg, den ich erkennen kann«, sagte ich.

Dann ist ja gut.

»Im Moment kann ich nur leider keinen erkennen«, stöhnte ich. »Die Situation ist verdammt festgefahren.« Ich warf Notizbuch und Kugelschreiber aufs Bett und stand ärgerlich auf.

Du musst nur anders denken.

»Was soll das denn heißen?« Langsam wurde ich wütend.

Gib deine Zurückhaltung auf. Die wissen sowieso alle, wer du bist. Da kannst du auch losziehen und deine Fragen direkt stellen. Gleichzeitig ist der Psychofritze als dein Undercover-Part hier auf der Insel im Einsatz. Und Ubbo in Tettens auf dem Festland. Ich helf dir hier. Die Situation ist perfekt. Wir können von drei Seiten angreifen. Das sollten wir jetzt endlich tun.

»Vielleicht hast du recht«, räumte ich eine Viertelstunde später nachdenklich ein. Das Zimmer war nicht riesig, aber ich ging darin auf und ab. Der Hund ebenfalls, immer in entgegengesetzter Richtung.

Nicht nur vielleicht. Außerdem wissen wir auch schon jede Menge. Jetzt noch die letzten Teilchen einsetzen, und, voilà, das Puzzle ist fertig. Nur Mut, Reent, wir schaffen das.

Ungewollt kamen mir die Tränen. Als Kind hatte ich mir immer gewünscht, dass mein Vater mir solche ermutigenden Worte zurief. Er hat es nie getan! Fast immer haben mir Menschen gefehlt, die an mich geglaubt haben. Lehrer, meine Mutter, eine Freundin. Jetzt hatte ich eine innere Stimme, die genau dies tat! Ich war hin und weg und hatte einen dicken Kloß im Hals, als ich sagte: »Ich danke dir. Und ja, du hast *absolut* recht: Ich schaffe das. Wär doch gelacht.«

Wir schaffen das!

Vor lauter Rührung widersprach ich ihrem Ausruf nicht, stimmte ihm aber auch nicht direkt zu. Eine Überdosis Anerkennung würde ihr nicht bekommen.

Also los, rief sie euphorisiert. *Worauf wartest du noch?*

Da ich nicht wusste, was genau sie meinte, stutzte ich. »Ich wüsste jetzt nicht …«

Oh Mann, wieder typisch. Nichts hören, nichts sehen, nichts riechen. Wie die drei Affen.

»Nichts hören, nichts sehen, nichts sagen«, korrigierte ich sie. »So ist das bei den drei Affen.«

Mir Wurscht. Bei dir ist es so, wie ich gesagt hab. Zum Glück aber sehe, höre und rieche ich alles.

Heimlich betrachtete ich den Hund. Er verhielt sich unauffällig. Für Sekundenbruchteile musste ich an die alte Theorie Deuters denken, dass möglicherweise er … Ich schob den Gedanken beiseite wie ein nutzloses Paar alter Schuhe.

Nun los! Da ist gerade jemand aus dem Guru-Zimmer gekommen und die Treppe runtergegangen.

»Na und?«

Nix wie hinterher, Mann. Wovon reden wir denn die ganze Zeit? Der direkte Weg! Du hast nichts zu verlieren.

Der Worte waren genug gewechselt. Ohne weiteren Zeitverlust schnappte ich meine Jacke, eilte aus dem Zimmer die Treppe hinunter. Den Hund ließ ich mitkommen, da er es einforderte. Anleinen konnte ich ihn draußen noch. Auf der gesamten Insel herrschte striktes Anleingebot. Unten angekommen, sah ich gerade noch, wie die Außentür des Hotels zufiel. Wer hinausgegangen war, konnte ich nicht mehr erkennen. Der Hund winselte.

»Oh, heute in Zivil?«

Heinz Meins machte einen ertappten Eindruck. Direkt hinterm Café Pudding hatte ich ihn am breiten Sandstrand abgefangen. Die Souveränität seiner Ausstrahlung flatterte im vom Meer kommenden Wind dahin. Sein Haar war zum Pferdeschwanz gebunden.

»Ich muss sagen, der Jogginganzug steht Ihnen nicht. Jedenfalls nicht so gut wie das Nachthemd, mit dem Sie sonst herumlaufen, Meins.«

Allmählich fing er sich wieder. Langsam begann er zu laufen, durch die Strandkörbe hindurch.

»In der Kutte joggt es sich nicht so gut«, sagte er lächelnd. »Läufst du eine Runde mit?« Spontan hatte er wieder seinen typischen Guru-Tonfall aufgelegt.

Oh ja!, rief meine innere Stimme. Langsam trabte auch ich an.

»Ich musste überlegen, wo ich dich hinstecken soll«, sagte Meins freundlich. »Aber jetzt hab ich es: die Leiche im Pool.«

Ich erschrak. Also wusste auch er von der Leiche. Da war ich mir bisher nicht sicher gewesen. Fraglos ein weiterer, schwerwiegender Verdachtsmoment gegen ihn.

»Im ersten Moment hab ich damals tatsächlich gedacht, du wärst tot.« Was sollte ich jetzt davon halten? »Sievert, oder?«

»Siebelt«, korrigierte ich, um die Korrektur dann gleich wieder zu korrigieren: »Das heißt, eigentlich Reent. Reent Reents.«

Er schien nicht überrascht, dass ich plötzlich anders hieß. Wir ließen die Strandkörbe hinter uns.

»Den Namen hab ich auch schon mal irgendwo gehört.« Er

verschärfte sein Tempo nicht. »Bist du vielleicht Schauspieler oder so was? Schlagersänger? Radiomoderator?«

»Nichts von alldem.« Das Reden während des Laufens strengte mich an, ich atmete schnell. »Ich bin Privatdetektiv.«

Meins blieb stehen. Ich weiß nicht, ob aus Rücksicht auf mich und meine Atmung oder aus Schrecken über meine Berufsangabe. Warum auch immer, ich war ihm dankbar.

»Der Typ aus Wilhelmshaven?«, fragte er. Vor Überraschung vergaß er ganz seinen sprachlichen Guru-Modus, redete jetzt wie ein halbwegs normaler Friese. »Der diesen Polinnen-Fall gelöst hat?«

»Wenn Sie es so nennen wollen«, sagte ich bescheiden.

»Alle Achtung«, meinte er aufrichtig, warf sich bäuchlings in den Sand und machte Liegestützen. »Die Zeitungen waren ja voll davon.«

Der scheint echt nicht gewusst zu haben, wer du bist, sagte meine innere Stimme. *Dass Focko damals zu dir wollte, war also ein Alleingang. Jetzt wird's spannend.*

»Sie wussten nicht, wer ich bin?« Ich versuchte gar nicht erst, mein professionelles Erstaunen zu verbergen.

»Woher sollte ich?« Er kam wieder hoch, machte Kniebeugen. Ich schloss mich ihm an, damit mir nicht kalt wurde. »Du hast dich mir ja nicht vorgestellt. Oder doch: unter falschem Namen. Warum eigentlich, sach ma?« Jetzt war er Friese durch und durch, bis hin zur Sprache.

»Das gewöhnt man sich als Detektiv so an«, wich ich seiner Frage geschickt aus. »Muss ja nicht gleich jeder wissen, mit wem er es zu tun hat.«

Das Meer rauschte in ständigem Auf und Ab.

»Dann ist es also kein Zufall, dass wir uns hier treffen?«

Blöd ist er nicht.

Er lief wieder los und zwang mich so, ihm hinterherzurennen.

»Wie man's nimmt«, hechelte ich. »Also, dass wir hier im gleichen Hotel …«

Nun eiere nicht schon wieder rum! Der direkte Weg!

»Nein, kein Zufall.«

Meins legte einen Zahn zu. Sand flog auf. Der Mond leuchtete ihm den Weg. Ich rannte hinterher.

»Nun bleiben Sie mal stehen!«

Er dachte gar nicht daran. Ich kam nicht mehr mit, nur der Hund folgte ihm noch eine Weile. Er sprang an ihm hoch, als wolle er ihn aufhalten. Dann gab auch er es auf und kam zurück. In einiger Entfernung sah ich, wie Meins sich des Jogginganzugs entledigte. Vermutlich nackt raste er in die Wellen.

»Ich muss mit Ihnen reden!«, brüllte ich ihm hinterher. Als Letztes sah ich seinen Kopf im Wasser verschwinden. Ich kehrte um. Enttäuscht, aber weder frustriert noch resigniert.

Der Weg durch den tiefen Sand war beschwerlich. Noch bevor ich den Aufgang zum Café Pudding erreicht hatte, klopfte mir jemand von hinten auf die Schulter. Es war Heinz Meins, der Guru im Jogginganzug. Triefend nass, wie er war, hatte er diesen bereits wieder übergestreift. Sein Haar trug er nun offen, vermutlich zum Trocknen. Ich war so vertieft gewesen in meine Gedanken, dass ich ihn nicht hatte kommen hören. Auch der Hund hatte mich nicht auf den Heranschleichenden aufmerksam gemacht.

»Was hast du mit mir zu bereden?« Ernst blickte er mich an. Er war kein bisschen außer Atem, schien gut in Form zu sein. Trotz des Jogginganzugs spürte ich plötzlich die menschlich starke Ausstrahlung, auf die so viele hereinfielen.

»Das ist ganz einfach«, sagte ich. »Wo ist Saskia Schöpski?«

»Wo ist wer?« Die Frage klang noch nicht mal gekünstelt. Es gab keinen Zweifel, dass man als Guru auch ein guter Schauspieler sein musste. Das hier erschien mir oscarreif.

»Sassi«, sagte ich. »Nun stellen Sie sich nicht dümmer, als Sie sind. Die Kleine ist doch total verknallt in Sie.«

Erstaunt blickte er mich an.

»Da vorne steht mein Strandkorb, setzen wir uns doch ein bisschen«, schlug er vor. »Ich hab so das Gefühl, das Gespräch könnte etwas länger dauern.«

Lass dich aber nicht schon wieder einwickeln, warnte meine innere Stimme. *Es ist sein Job, Leute einzuwickeln. Immer schön dran denken.*

Ich fragte mich, ob die Stimme mich tatsächlich so schlecht kannte, und entgegnete nichts. Allmählich schien sie eine Art Verfolgungswahn zu entwickeln: Angeblich waren alle möglichen Leute scharf darauf, mich einzuwickeln. Natürlich war eine gewisse Vorsicht geboten, das brauchte man mir nicht erzählen. Aber man konnte auch alles übertreiben.

Ich folgte dem Vorschlag des Gurus und ihm zum Strandkorb. Eine Handlung, von der ich schon jetzt wusste, dass ich sie nicht bereuen würde.

32

Als Ubbo mich mitten in der Nacht aus Tettens anrief, erwachte ich schweißgebadet aus unruhigem Schlaf mit wirren Träumen.

Ich war bei Sonnenaufgang am Schilliger Strand spazieren gegangen. Es war Ebbe. Ich befand mich in Höhe des Bootsrumpfes, der gekentert seit Jahrzehnten dort im Watt feststeckte, als ich plötzlich seltsame Geräusche hörte. Es klang wie das Jammern eines gequälten Tieres. Mir fiel wieder ein, dass ich auf der Suche nach dem verschwundenen Hund an den Strand gekommen war. Wilde Panik befiel mich, und ich folgte dem Geräusch, das eindeutig vom Watt oder dem dahinter liegenden Meer kam. Also ging ich in diese Richtung, immer den Namen des Hundes rufend. Der aber lief plötzlich neben mir her, war offenbar nie verschwunden gewesen. Das furchtbare Jaulen jedoch blieb. Je mehr ich mich dem Bootsrumpf näherte, umso mehr wuchs meine Sicherheit, dass die Geräusche genau von dort kamen. Ich fragte mich, ob vielleicht jemand unter dem Boot feststeckte. Dann aber sah ich eine Person neben dem Rumpf im Schlick liegen. Diese wand sich wie unter starken Schmerzen. Ich erkannte, dass es eine Frau war. Walburga. Sie war nackt, ihr Körper von oben bis unten voller Schlick. Mit der Rechten reckte sie einen Dreizack empor, wie eine Drohung. Ihr Unterleib war der eines Fisches. Als sie mich sah, rief sie mich zu sich heran. Das Jaulen, das von ihr ausgegangen war, verstummte. Immer wieder rief sie meinen Namen. Mir war klar, dass sie nichts Gutes im Schilde führte, und ich näherte mich ihr nur langsam. Wie von der Tarantel gestochen raste der Hund zurück ans Land. Aus irgendeinem Grund wusste ich, dass er Hilfe holen wollte. Ich glaube, meine innere Stimme hatte es mir geflüstert. Als ich mich Walburga, die eindeutig das Minsener Seewiefken war, trotz meiner Langsamkeit immer mehr näherte, begann ich, im Schlick zu versinken. Zuerst nur die Füße, dann die Beine, bis ich feststeckte. Jetzt rief ich die Meerjungfrau um Hilfe an, aber sie lachte nur. Ein dröhnendes Lachen, das über das gesamte Watt hallte. Dann stand sie auf, ihr Unterleib war wieder der eines Menschen. Mit erhobenem Dreizack kam sie auf mich zu, sie holte aus, wilde Panik befiel mich. Ich wusste, dass es vorbei war mit mir, mein letztes Stündlein hatte geschlagen …

Noch Minuten nach dem Erwachen kam es mir vor, als hätte Ubbo mir mit seinem Anruf das Leben gerettet. Gleichzeitig ärgerte ich mich darüber, dass er mich mitten in der Nacht geweckt hatte.

»Hier ist dat viel entspannter als aufe Insel.« Vereinbarungsgemäß war er ins Tettenser Stammhaus von »Ebbe und Flut« übergesiedelt. »Hier lässt sich dat wohl 'ne Weile aushalten.«

»Hätte es nicht bis zum Morgen Zeit gehabt«, fragte ich ihn zerknirscht, »mir das mitzuteilen?«

»Denk schon«, meinte er. »Aber ich finde, dat du dat andere so schnell wie möchlich wissen solltest.«

»Wat denn?« Ich richtete mich im Bett auf, knipste die Nachttischlampe an. »Äh, was denn?«

»Dat, wat ich dir jetzt to vertellen hab. Du meintest doch, wir hätten keine Zeit zu verlieren, ouder vielleicht nich?«

Ich spürte, wie sich Ärger über meine harsche Reaktion in ihm aufbaute, und ruderte gekonnt zurück.

»Alles richtig gemacht, Ubbo. Ich hatte einen üblen Traum. Schieß los.«

»Peng!« Als ich nicht antwortete, lachte er kurz und leicht wiehernd. »Lütter Scherz. Von wegen schieß los. Büschen Spaß muss sein, nä? – Aber zurück zu dem Ernst von der Lage: Ich glaub, ich weiß, wo Sassi ist.«

»Ich auch«, sagte ich. »Aber ich glaub es nicht nur, ich weiß es. Sie ist in Australien.«

Ich stellte das Telefon auf laut und legte den Hörer auf den Nachtschrank. Auch der Hund war aufgewacht und schüttelte sich. Weiße Haare umschwebten mich.

»Quatsch mit Soße«, meinte Ubbo. »Die is hier so 'ne Art Außenstelle, ›Haus der Wunder‹ nennen die dat. Dat is inne Nähe von Wittmund, also zwischen Esens und Wittmund, wenn ich dat richtig verstanden hab. Irgendwo querfeldein in einem ollen Bauernhof.«

»Das ist unmöglich.« Ich stand auf. »Ich habe erst vor ein paar Stunden ermittelt, dass sie in Australien ist. Daran kann es keinen Zweifel geben.«

Du übertreibst, warf meine innere Stimme ein. Ich war froh, dass Ubbo sie nicht hören konnte. Er wurde sofort unsicher.

»Also, ich weiß nich ganz genau, ob die da is. Aber ich glaub dat. Und zwar ziemlich fest glaub ich dat. Da is nämlich so 'ne Art Bootcamp für Abtrünnige. Gehirnwäsche machen die da. Also, wenn ich dat richtig verstanden hab. Verstehste?«

Seine Unsicherheit wuchs mit jedem Wort, während meine Sicherheit das Gleiche tat.

»Also, da solln wohl Leudde so halb gegen ihren Willen festgehalten werden.«

Hat er einen zu viel getankt?, fragte meine innere Stimme.

»Halb?« Ich hörte selbst, dass ich etwas schulmeisterlich klang. »Was heißt denn halb?«

»Halb heißt halb«, erklärte Ubbo dröge. »Die eine Hälfte will, die annere will nich.«

»Festgehalten werden? Das verstehe ich nicht.«

»Ganz einfach, Reent. Die gehen da erst mal freiwillich hin. Dat unterschreiben die auch und all so'n Firlefanz. Nur wenn die dann da sind, wollen die oft ganz schnell wieder raus. Aber fleutschepiepen. Die lassen die so schnell nich wieder wech. Die ham ja ihre Kringel unter den Vertrach gesetzt.«

»Und was passiert da? Warum wollen die wieder wech … äh … weg?«

»Weil die die da ziemlich hart inne Mangel nehmen, denk ich mal. Schließlich solln die ja mit alle Mittel überzeugt werden, dat dat all stimmt mit den Seewiefken und den ganzen Tinnef.«

»Also Gehirnwäsche.«

Sagt er doch.

»Dat sach ich doch, Mann. Zum Beispiel dieser Klausi, der is da gewesen. Scheinbar hat der da ja sein blaues Wunder erlebt, im Haus der Wunder. Jedenfalls macht der mir so den Eindruck, wenn ich dat mal so sagen darf. Obwohl, die sagen hier auch, der hat so wat wie dat dritte Auge. Der sieht Sachen, die annere nich sehen können. Und der hat immer sou Ahnungen, verstehste?«

»Kann schon sein. Aber wie kommst du darauf«, ließ ich in Sachen Ausgangsfrage nicht locker, »dass Saskia Schöpski sich dort befindet, in diesem Wunderhaus?«

»Also, ich find dat ziemlich naheliegend. Wo soll die denn sonst woul sein, wenn ich mal ganz höflich anfragen dürfte?«

»In Australien. Das erwähnte ich bereits.«

»Ach ja, stimmt. Aber dat is doch Quatsch …«

»Wie du auch schon erwähntest.«

»Wat soll die denn da? Und wie kommst du überhaupt darauf? Hat dir dat jemand vertellt ouder wat?«

»Ich habe es ermittelt«, wiederholte ich. Müdigkeit überfiel mich, ich legte mich wieder hin.

»Wie dat denn?«

»Das erkläre ich dir ein anderes Mal. Ich muss jetzt schlafen. Gute Nacht.«

Ich hatte keine Lust mehr auf umständliche Erklärungen. Fakt war, dass Guru Heinz Meins steif und fest behauptet hatte, nichts über den Verbleib von Sassi zu wissen. Schließlich seien alle Mitglieder von »Ebbe und Flut« freie Menschen. Jeder könne gehen, wohin er wolle. Und das jederzeit. Aber als ich Australien nur erwähnt hatte, war mir an seiner Mimik klar geworden, dass er log. Er wusste genau, dass Saskia dort war. Ein leises, für das ungeübte Auge kaum wahrnehmbares Zucken unter dem linken Auge hatte ihn verraten.

»Jo, Meister, dann mal gute Nacht. Und träum wat Schönes.«

»Danke. Und morgen nutze ich die erste Gelegenheit, ans Festland zu kommen. Dieses ›Haus der Wunder‹ werd ich mal etwas genauer unter die Lupe nehmen.«

Ich verschwieg ihm, dass mein früher Wechsel aufs Festland schon vorher festgestanden hatte. Seit dem Gespräch mit dem Guru fieberte ich ihm entgegen.

»Da komm ich mit«, meinte Ubbo.

Ich hatte nicht mehr die Energie zum Widerspruch und legte

auf. Den Rest der Nacht verbrachte ich traumlos, was ich begrüßte. Dass ich ihn auch schlaflos verbrachte, war weniger schön. Aber dafür gab es einen ganz einfachen Grund: Ich setzte mich mitsamt Notizbuch an den Tisch und skizzierte, was ich im Strandkorbgespräch mit Heinz Meins weiter erfahren hatte. Die gewonnene Klarheit durfte ich auf keinen Fall wieder verlieren. So also begann ich zu schreiben:

»Da war keine Leiche im Pool«, sagte Meins mit Nachdruck. »Als ich damals in den Garten kam, lagst du neben dem Bassin. Nass, ohnmächtig, aber dein Puls und dein Atem waren okay. Ich hab gewartet, bis du aufwachst. Das hat allerdings auch nicht mehr lange gedauert.«

»Wie lange?«, bohrte ich weiter.

»Höchstens eine Minute. Ich hatte mich gerade gesetzt.«

»Bleiben also noch sechs.«

»Wovon redest du, Bruder?«

»Sechs Minuten.« Es hielt mich nicht länger im Strandkorb. »Ich rede von den sechs Minuten, die dem Mörder blieben, die Leiche zu entsorgen. Wenn Sie es nicht waren.«

»Natürlich war ich es nicht«, beteuerte Meins. »Warum sollte ich denn jemanden umbringen? Wer immer es auch gewesen sein soll.«

»Jeder Mörder behauptet, keinen Grund für den Mord gehabt zu haben.«

»Hattest du schon mit so vielen Mördern zu tun?«, hakte Meins neugierig nach. Ein bisschen Bewunderung klang mit.

Statt einer Antwort fuhr ich fort: »Wenn Sie es also wirklich nicht waren …«

»Mein Streben ist es, mich in Dingen des Alltags nicht zu wiederholen«, predigte der Guru. »Deshalb wiederhole ich mich auch hier nicht.«

»Also, wenn Sie es wirklich nicht waren, müssen Sie zumindest den Mörder noch gesehen haben. Denn kein anderer als dieser hatte ein Interesse daran, die Leiche verschwinden zu lassen. Und alles muss blitzschnell geschehen sein. Sechs Minuten, um mich niederzuschlagen und wieder aus dem Pool zu ziehen. Die Leiche ebenfalls. Dann die Leiche aus dem Garten und in ein Versteck, Auto oder Ähnliches zu schaffen.«

»Wenn du mich fragst«, sagte Meins, »das kann unmöglich alles einer allein geschafft haben. Schon euch beide praktisch zeitgleich aus dem Wasser zu ziehen. Wie soll das denn gehen? Ich glaube zwar an Wunder, aber das wäre schon ein sehr seltsames ...«

»Wo waren Sie, bevor Sie in den Garten kamen?«, pfefferte ich ihm die nächste Frage um die Ohren. Das Gespräch entwickelte sich zum Kreuzverhör. Ich war stolz auf mich.

»Ich war im Haus, ich –«

»Wen haben Sie gesehen?«

»Bettina. Ich habe Bettina gesehen ... aber die ist ja dann gleich mit deinem Hund los, der vor dem Haus angeleint war.«

Die hat er wahrscheinlich im Bett gesehen, höhnte die Stimme.

»Wen haben Sie gesehen, als Sie aus dem Haus in den Garten gekommen sind?«, fragte ich.

Er überlegte nur kurz. »Niemanden«, erklärte er dann sicher. »Absolut niemanden. Bis auf dich. Aber du warst ja weggetreten.« Er kicherte.

Ich erinnerte mich an seine Lachattacken nach dem Mord. Damals hatte er sie mir als eine Art psychologischer Befreiungsübung verkauft. Jetzt fragte ich mich, ob sie vielleicht eher eine nervöse Reaktion gewesen waren. Dann hatte ich eine Erleuchtung.

»Bettina!«, rief ich. »Sie muss den Mörder gesehen haben. Oder die Mörderin. Er oder sie war nicht hinterm Haus. Auch nicht im Haus, aus dem Sie ja kamen. In der Kürze der Zeit kann er folglich nur vor dem Haus gewesen sein.«

Oder sie, meckerte meine innere Stimme.

Ich sprang auf, rannte los. Der verblüffte Guru blieb im Strandkorb sitzen.

»Nun kommen Sie schon, Meins. Wir müssen zu Bettina. Sofort! Sie weiß, wer der Mörder ist. Auch wenn Sie noch nicht weiß, dass sie es weiß. Sie muss ihn gesehen haben.«

Oder sie.

Wie aufgedreht raste Ricky voraus. Der Guru machte keine Anstalten, sondern lächelte nur sanftmütig. Die Sekunden zogen sich, der Hund war schon wieder zurück.

»Lass uns lieber noch ein paar Schritte am Wasser entlanggehen und Neptun danken, dass er uns das Meer nicht nur beschert, sondern es auch besänftigt, damit es uns nicht alle hinfortspült.« Er stand auf und ging Richtung Wasser.

Ablenkungsmanöver!, warnte meine innere Stimme.

»Wir müssen mit Bettina reden!«, rief ich. »Und zwar sofort!«

Meins lachte schallend. Ich hoffte, dass das jetzt nicht schon wieder losging. Glücklicherweise kriegte er sich sofort wieder ein.

»Dann musst du Neptuns Güte herausfordern«, sagte er ernst. »Was wir niemals tun sollten.« Schon lachte er wieder. »Du müsstest nämlich zum Festland schwimmen. Bettina ist nicht auf der Insel.«

»Dann rufen wir sie eben an. Wo ist das Problem?«

»Ich besitze kein Handy, Bruder. Das ist aber kein Problem, sondern ein Segen. Die künstlichen Kommunikationsmittel sind ein Fluch der bösen Geister, um uns vom Wesentlichen abzulenken.«

Seine Silhouette zeichnete sich vor den tosenden Wellen des Meeres ab. Sein langes Haar wehte in einem wie ein Unheil urplötzlich aufkommenden Wind. Er hob die Hände gen Himmel.

»Das Ziel der bösen Geister ist es«, rief er nun gegen das Tosen des Wassers und des Windes an, »dass wir uns untereinander entfremden! Dass die wahre Verbindung zwischen uns Menschen stirbt. Ist das geschehen, dann schlagen sie zu. Nur das Seewiefken kann uns retten! Sie ist der Zorn des Meeres, aber sie ist auch seine Güte. Gelobt sei das Seewiefken! Gelobt und gepriesen!«

Verdutzt sah der Hund dem Schauspiel zu. Das war der Moment, in dem ich zwei Dinge gleichzeitig begriff: Meins glaubte tatsächlich, was er sagte, und ich musste bis zum nächsten Tag warten, um Bettina die entscheidende Frage stellen zu können.

33

Außerdem wollte ich mit Ubbo das sogenannte »Haus der Wunder« aufsuchen. Ich hatte also volles Festland-Programm. Glücklicherweise fuhr an diesem Morgen bereits um acht Uhr fünfunddreißig die erste Inselbahn Richtung Anleger. Wegen der tideabhängigen Fahrtzeiten war das nicht selbstverständlich. Dass ich auf diesem Weg um einen weiteren Flug herumkam, wertete ich als gutes Omen für meine Pläne. Die Frühnebel über dem Wasser hatten sich noch nicht ganz verzogen, als die Fähre in Wangerooge ablegte.

Unterwegs hatte ich Zeit, die Situation und das bisher Ermittelte für mich noch einmal zusammenzufassen. Der Ermordete, dessen Leiche erst noch gefunden werden musste, war Focko Bruch, daran zweifelte ich nicht mehr.

Heinz Meins, der gleich zwei Motive gehabt hätte, schied für mich dennoch als Mörder aus. Der Mann war intelligent, aber verrückt genug, allen Ernstes an das von ihm aus wirren Ideen und Gedanken selbst gezimmerte Evangelium der Gezeiten zu glauben. Nichts hätte ihn dazu bringen können, einen anderen Menschen zu töten. Schon gar nicht schnöde Eifersucht oder Enttäuschung über einen Untergebenen. In diesem Punkt war ich mir seit dem gestrigen Abend hundertprozentig sicher.

Was ist mit den beiden Fuzzis da?, fragte meine innere Stimme. *Enno und Jan, oder wie die heißen?*

»Die hätten auf jeden Fall ein Motiv«, sagte ich. Ein älteres Ehepaar aus Niederbayern, das neben mir auf dem Oberdeck saß, beäugte mich misstrauisch. Ich hatte einen Platz mit guter Aussicht direkt an der Reling ergattert. »Als Günstling des Gurus stand er ihrer Karriere im Weg. Petrus eben, der war den anderen Jüngern sicher auch ein Dorn im Auge.«

Du solltest nicht immer laut reden, warnte meine innere Stimme. *Sonst landest du irgendwann noch bei Klausi in der Klapse. Ich versteh dich auch, wenn du nur denkst.*

»Okay«, sagte ich laut. Das bayerische Paar fasste sich bei den Händen. Ich dachte weiter: Das würde auch passen. Eine Frau hätte es wohl kaum geschafft, sowohl mich als auch die Leiche innerhalb der verbleibenden sechs Minuten aus dem Pool zu ziehen.

Die Leiche musste in dieser Zeit auch noch verschwinden, ergänzte meine innere Stimme. *Das ist praktisch unmöglich.*

So gesehen kommt als Mörder nur ein Mann in Frage.

Oder eine sehr kräftige Frau.

Hab ich in der Sekte noch nicht gesehen, dachte ich und sagte dann laut: »Nein, es muss ein Mann gewesen sein!«

Ohne mich eines weiteren Blickes zu würdigen, rückten die Bayern nicht nur gegenseitig näher an sich heran, sondern auch von mir ab. Sie hofften, dass ich es nicht bemerkte. Mir aber war der gewachsene Abstand gar nicht unangenehm. Ich mag es nicht, wenn Leute mir zu sehr auf die Pelle rücken.

Oder zwei! Enno und Jan gemeinsam. Das sind ja auch ziemliche Heringe. Allein würde das von denen auch keiner schaffen.

Trotzdem schwer vorstellbar. Zwar von der Kraft, aber nicht motivtechnisch. Wenn Focko für sie Konkurrenz war, sind sie das sicher untereinander auch.

Ein gemeinsamer Feind kann verbünden.

Aber ein solcher Mord müsste geplant sein. Wirft man dann die Leiche in den Pool und zieht sie gleich wieder raus? Ich tippe auf eine spontane Tat. Die Umstände sprechen unbedingt dafür.

So was kann auch bei zwei oder drei Personen passieren. Ein Streit. Der eine schlägt zu, der oder die anderen deckt oder decken ihn. Wenn wir nur wüssten, wie er umgebracht wurde, wären wir schon ein gutes Stück weiter. War eigentlich Blut im Wasser?

»Blut? Keinesfalls viel. Ging aber alles zu schnell.«

Die Bayern hatten die Nase voll. Mit empörten Gesichtern wechselten sie nicht nur die Plätze, sondern verließen gleich das gesamte Deck. Auch der Hund schüttelte sich befreit.

Dann wurden ihm vermutlich keine äußeren Verletzungen zugefügt. Vielleicht wurde er erwürgt.

Ich hatte keinen Grund mehr, mich zusammenzureißen. »Halte ich für ausgeschlossen«, sagte ich leise zu mir selbst. »Warum sollte die Leiche dann in den Pool geworfen worden sein? Nur um sie wieder rausziehen zu müssen? Das ergibt keinen Sinn.«

Außerdem ist eher unwahrscheinlich, dass ein Dritter beim Erwürgen zuguckt.

»Vielleicht ist der Dritte aber auch erst während der Tat dazugekommen?«

Fest steht: Wenn es Enno war, war es auch Jan, und umgekehrt. Dann stecken die beiden unter einer Decke.

»Oder eine andere Person war der dritte Mann.«

Oder die dritte Frau. Gibt's eigentlich noch einen vierten Unterguru oder nur diese drei?

Die Schifffahrt neigte sich dem Ende entgegen, weshalb ich den professionellen Plausch mit meiner Stimme bis auf Weiteres einstellte.

»Gibt's eigentlich noch einen vierten Unterguru?«, fragte ich Bettina. Ich wollte nicht gleich mit der Tür ins Haus fallen und mich an meine eigentliche Frage langsam herantasten.

Als ich kurz zuvor auf den Hof gefahren war, hatte sie die Pflastersteine vor dem Haus gefegt. Auch dabei machte sie in ihrem leuchtend gelben Gewand keine schlechte Figur. Ganz im Gegenteil hätte ich ihr noch eine Weile zuschauen können. Ihr Wirken hatte selbst bei dieser Tätigkeit etwas erstaunlich Graziles.

»Nanu«, hatte ich zunächst gesagt. »So niedere Arbeiten. Sie gehören hier doch eher zu den Führungspersönlichkeiten. Oder sehe ich das falsch?«

»Sieh an, der … jetzt hab ich glatt deinen Namen vergessen.«

»Das macht nichts. Der war sowieso falsch. Ich bin Privatdetektiv. Mein richtiger Name ist Reents, Reent Reents. Ich weiß auch nicht, was –«

»Was deine Eltern sich bei dem Namen gedacht haben, stimmt's? Der Spruch ist jedenfalls gleich geblieben.« Ihr Lächeln war herzerfrischender als die Farbe ihres Gewandes. »Und zu deiner Frage: Hier bei uns ist sich niemand für irgendetwas zu schade. Da feg ich auch schon mal den Hof oder häng Wäsche auf.«

Ich dachte darüber nach, wie sie wohl beim Wäscheaufhängen rüberkam.

»Dann seid ihr ja wie die urchristliche Gemeinde«, spottete ich dezent.

»Wenn du so willst, ja«, sagte sie ernst. »Obwohl ich gar nicht genau weiß, wie die so drauf waren. Na ja, egal. Was kann ich für dich tun, Reent?«

»Ich suche Ubbo Dose.«

»Der Typ mit dem roten Zottelbart?« Sie fing wieder an zu fegen. Ich sah keinen Schmutz mehr. »Der ist vorhin nach Hause gefahren. Will auch nicht wiederkommen. Was willst du denn von dem?«

»Ich hab noch ein paar Fragen an ihn. Verdächtiger Typ. Ich ermittel da in so einer Sache.«

Wahrscheinlich glaubte sie mir kein Wort. Ich ihr allerdings auch nicht. Ich hatte keine Ahnung, warum sie mich anlog. Als ich nicht weiter auf dem Thema herumritt, lud sie mich zum Tee auf die Terrasse ein. Dort stellte ich dann die Frage nach dem vierten Unterguru (siehe oben).

Erneut lachte sie munter. »Unterguru ist ja ein lustiges Wort. Hast du dir das selbst ausgedacht?« In der für sie typisch vertraulichen Art legte sie eine Hand auf meinen Arm und rieb ihn leicht. Ein saugutes Gefühl. »Du bist ja ein ganz Spaßiger.«

Mir fiel sofort auf, dass sie Zeit gewinnen wollte. Natürlich wusste sie, was ich meinte.

»Wie auch immer wir es nennen«, sagte ich lässig. »Wir wissen beide, was ich meine. Also: Gibt es oder gibt es nicht?«

»Was?«

»Einen vierten Unterguru?«

»Du bist also Detektiv?«, säuselte sie. »Das ist aber wirklich spannend. Was ermittelst du denn so? Wer mit wem fremdgeht und solche Sachen?«

»Weniger«, sagte ich trocken. »Obwohl es gerade hier bei euch in dieser Richtung sicher auch so einiges zu ermitteln gäbe.«

»Ach«, meinte sie unschuldig. »Das ist gar nicht so schlimm, wie es auf den zweiten Blick vielleicht aussieht.«

»Das glaube ich kaum. Nach allem, was ich bisher so ermittelt habe.«

»Das sieht wirklich nur so aus«, beharrte sie mit ihrer honigweichen Stimme. »Natürlich gibt es bei uns Paare. Und natürlich gibt es da auch mal schwierige Situationen. Aber die meisten Beziehungen bei uns sind doch rein spirituell.«

»Dann war das Lager, das Sie neulich für sich und Ihren Guru bereitet haben, also ein rein spirituelles Lager?«

Sie lachte ihr helles Lachen. »Nein, natürlich nicht. Der Heinz ist ein so besonderer Mensch, dass er auch die besondere Aufmerksamkeit von uns Musen braucht. Irgendwoher muss seine Inspiration schließlich kommen, oder meinst du nicht?« Wieder streichelte sie meinen Arm. »Außerdem hat er so viel zu geben. Das reicht für uns alle. Jedenfalls für viele.«

»Wie viele Musen hat er denn so, der Heinz?«

»Ach, das sind gar nicht so viele. Mal mehr, mal weniger. Und es bedeutet auch nichts. Verheiratet ist er ja mit der Walburga.«

»Dem Seewiefken.«

»Genau. Kennst dich ja schon gut aus, Mister Detective.« Ihr Zeigefinger stupste mein Kinn. »Und ich bin mit dem Focko zusammen. Eigentlich.«

»Eigentlich, sieh an. Wo ist er denn, der Focko?« Ich fasste ihren Finger, damit sie aufhörte, mich zu stupsen. Es verwirrte mich.

»Aua, du tust mir ja weh. Bist du denn so ein ganz Harter?«

Ich ignorierte ihre Spielchen. Den Finger ließ ich nicht los.

»Der Focko ist in Australien.«

»Das ist aber weit weg für einen Lover«, heuchelte ich Bedauern.

»Es lief sowieso nicht mehr so recht zwischen uns beiden in letzter Zeit. Die Walburga hatte ein Auge auf ihn geworfen.«

»Und da haben Sie sich natürlich zurückgezogen. Wenn das

Seewiefken höchstpersönlich ein Auge wirft, muss man zur Seite springen.« Ich hatte vergessen, ihren Finger loszulassen. Jetzt holte ich es nach, weil sie daran zerrte.

»Ach, der Focko fand das gar nicht so gut mit der Walburga. Er wollte es sich ja mit dem Heinz nicht verscherzen.«

»Fand? Wollte? Warum reden Sie dauernd in der Vergangenheit?«

»Na ja, jetzt ist er ja in Australien. Auch, um der Walburga aus dem Weg zu gehen. Sie war ja tierisch verletzt, dass er nicht so recht wollte wie sie.«

»Wie wollte sie denn?«

»Ich glaub, das war was richtig Ernstes für sie mit dem Focko. Nicht nur das übliche Geplänkel.« Sie merkte, dass es keinen Sinn mehr machte, meinen Fragen auszuweichen.

»Wollte sie sich von dem Guru trennen?«, fragte ich ungläubig.

»Kann schon sein«, stammelte Bettina. »Ich weiß es wirklich nicht genau.« Ihre Mundwinkel fielen hinab. Sie zeigte mir ein neues Gesicht.

»Aber wollte Focko das denn auch? War es denn mit Ihnen und Focko ganz vorbei?« Mir dämmerte, dass möglicherweise auch mein schönes Gegenüber als Täterin in Frage kam. Enttäuschte Liebe ist ein starkes Motiv. Auch dieser Sache musste ich auf den Grund gehen.

Zunächst aber, für mich völlig überraschend, ging Bettina einer ganz anderen Sache auf den Grund. Und zwar dem Swimmingpool. In einer blitzartigen Aktion entledigte sie sich ihres Gewandes, unter dem sie war, wie Neptun sie erschaffen hatte, rannte zum Pool, hechtete kopfüber hinein und durchquerte ihn einmal im Tauchgang. Ich staunte nicht schlecht.

»Komm doch auch rein!«, rief sie, als sie wieder hochkam. »Dann sag ich dir auch, dass der vierte Unterguru der Gerold ist.«

Während der Hund sich nicht zweimal bitten ließ, lehnte ich dankend ab. Immerhin stand ich von meinem Stuhl auf und hockte mich an den Pool. Bettina betreffend schaute ich vorsichtshalber nicht so genau auf das, was unter Wasser zu sehen war. Ricky wollte wieder raus, schaffte es aber nicht allein. Ich half ihm.

»Gerold? Wer ist das und wo ist der jetzt?«, fragte ich.

»Keine Ahnung«, sagte sie lapidar. »Ist er denn nicht auf Wangerooge?«

Da ich es nicht wusste, nahm ich mir vor, es herauszufinden. Bisher hatte ich von diesem Gerold noch nie etwas gehört.

Ricky schüttelte sich und raste wie aufgezogen durch den Garten. Dann schüttelte er sich wieder. Die umherfliegenden Wassertropfen glitzerten wie Teile eines Regenbogens in der Sonne des goldenen Spätsommertages. Mir wurde klar, dass ich nicht länger zögern durfte mit meiner eigentlichen Frage an Bettina. Wurde ihr erst bewusst, dass auch sie nun für mich als Täterin in Frage kam, würde sie mit der Wahrheit nicht mehr so unbedarft herausrücken.

»Erinnern Sie sich an unsere erste Begegnung?«

Bettina kam zu mir geschwommen und stützte sich am Rand des Pools ab. Wasser rann ihr aus dem Haar übers Gesicht.

»Da warst du es, der gerade aus dem Pool gekommen war«, sagte sie lächelnd. »Allerdings in voller Montur. Ich war eine Runde mit deinem Hund spazieren, den du vor dem Haus angeleint hattest.«

»So langsam kommen wir der Sache schon näher. Meine letzte Frage für heute: Wer war noch vor dem Haus, als Sie sich um Ricky gekümmert haben?«

»Na, hör mal, du stellst ja Fragen. Das weiß ich doch jetzt nicht mehr.« Sie stieß sich mit den Füßen ab und zog eine Runde auf dem Rücken durchs Wasser.

Dass ich nicht auf ihre Brüste schaute, die bei dieser Gelegenheit aus dem Wasser ragten wie zwei Warften mit kleinen Kirchturmspitzen, muss ich nicht erwähnen. Ich lehne es ab, bestimmte Situationen auszunutzen.

»Falls es Ihnen doch noch einfällt«, ich kam aus der Hocke, »meine Karte lege ich auf den Terrassentisch. Rufen Sie mich an. Die Sache ist nicht ganz unwichtig. Bis dann also.« Ich winkte ihr lässig mit zwei Fingern und ging.

Bisschen mehr Geduld wär nicht schlecht, sagte meine innere Stimme.

»Wart's ab«, meinte ich leise. Der Hund folgte mir widerwillig.

»Reent!«, rief Bettina, als ich fast schon nicht mehr damit gerechnet hatte. »Warte mal.«

Als ich mich umdrehte, sah ich, dass sie aus dem Wasser gekommen war. Von irgendwoher hatte sie ein Badehandtuch gezaubert, unter dem sie die markantesten Bereiche ihres Körpers verbarg.

»Rolf war da, die ganze Zeit. Er hat irgendwas an seinem Auto herumgefummelt und versucht, mit mir zu flirten. Ich erinnere mich jetzt, weil er dabei ziemlich unverschämt wurde.«

»Der menschliche Wachhund?«

Sie lachte und nickte zeitgleich. »Eigentlich ist er der Walburga komplett hörig, baggert aber alle Frauen an, die nicht bei drei auf den Bäumen sind. Dabei wird er auch schon mal handgreiflich. Ein Grapscher. Unangenehme Type.«

Langsam gingen wir auf die andere Seite des Hauses Richtung Auto.

»Und Rolf war der Einzige?«, fragte ich.

»Als ich mit dem Hund zurückkam, war die Walburga beim Rolf. Da hat er natürlich nicht mehr mit mir geflirtet.« Es klang fast ein bisschen beleidigt.

Sie tupfte sich mit einem Handtuchzipfel das Ohr trocken. Mir fiel auf, wie unverschämt gut sie aussah in ihrem knapp sitzenden Handtuch. Ich musste mich konzentrieren.

»Walburga stand mit ihm beim Auto?«, fragte ich.

»Ja, und der Gerold war auch dabei.«

»Der vierte Unterguru?«

»Genau der. Die drei standen da, als hätten sie etwas zu betuscheln. Der Gerold ist in letzter Zeit auch ziemlich hinter der Walburga her. Obwohl er andererseits gut mit dem Focko befreundet ist. Die beiden haben auch direkt ein bisschen Ähnlichkeit miteinander. Ich glaub, von der Freundschaft verspricht er sich was für seine Karriere in der Gruppe. In letzter Zeit scheint es ohnehin immer mehr so, dass die Walburga das Ruder übernimmt.«

»Ach nee. Das klingt aber interessant. Reden Sie weiter.« Ich öffnete die Tür meines schwarzen Touran. Nebenbei drückte ich Ubbos Nummer. Sein Handy war ausgeschaltet, was mich beunruhigte, da es untypisch für ihn war.

»Es gibt sogar Gerüchte, dass sie den Heinz als Führungsperson ablösen will. Schließlich dreht sich in der Lehre alles um das Seewiefken. Wofür braucht sie da noch den Heinz, wenn alles auch so gut läuft?«

»Ich muss jetzt leider los«, sagte ich. »Haben Sie nicht Lust auf eine kleine Spritztour? Dann können wir uns weiter unterhalten.«

»Oh ja!«, rief sie. Sie war eine begeisterungsfähige Person, das musste man ihr lassen. Eh ich mich versah, saß sie im Auto. Sie hatte nicht mal daran gedacht, dass Handtuch gegen ihr Gewand einzutauschen. Vielleicht war die Sache aber auch ein Trick, um mich abzulenken.

»Wohin fahren wir denn?«, wollte sie wissen, nachdem ich die Hauptstraße erreicht hatte.

»Zum ›Haus der Wunder‹«, sagte ich.

»Das kennst du auch schon?«, fragte sie anerkennend. »Alle Achtung, Mister Detective.« Leichte Unsicherheit schlich sich in ihre Stimme, als sie fragte: »Was wollen wir denn da? Da ist doch gar nichts mehr los.«

»Ubbo suchen«, antwortete ich wahrheitsgemäß. Ich hatte keine Lust mehr auf die ganze Lügerei.

»Fahr mich bitte zurück«, sagte sie nun. »Ich hab ganz vergessen, mir etwas anzuziehen.«

»Ach, und das haben Sie vorher nicht gemerkt?« Ich ließ mich nicht beirren. »Das können Sie vielleicht Ihrer Großmutter erzählen, aber nicht mir, Schätzchen.«

Ich steckte mir eine an, innerlich. »Und wieso soll im ›Haus der Wunder‹ nichts mehr los sein? Das hörte sich bei Ubbo ganz anders an.«

»Da ist nichts mehr, glaub mir. Würdest du bitte umkehren?«

»Folgender Vorschlag: Ich fahre Sie nach Hause zurück, sobald wir Ubbo gefunden haben. Jetzt fehlt mir leider die Zeit.« Ein Blick zur Uhr bekräftigte meine Aussage eindrucksvoll.

»Wie kommst du denn darauf, dass er beim ›Haus der Wunder‹ ist?«

»Intuition«, sagte ich. »Reine Intuition.«

»Aber da –«

»... ist nichts mehr«, fiel ich ihr kompromisslos ins Wort. »Ja, ich weiß. Das haben Sie schon mal gesagt. Aber ich glaube es Ihnen nicht.«

Aufgrund meiner Gradlinigkeit betrachtete sie mich bewundernd von der Seite. Mein männlich markantes Auftreten imponierte ihr sichtbar. Sie glaubte, dass ich es nicht merkte, aber wie so vieles entging mir auch das nicht.

Ansonsten war ihr die Sache inzwischen spürbar unangenehm. Und das nicht wegen ihrer dürftigen Bekleidung. In diesem Punkt hatte sie ebenso wenig Einwände wie ich oder der Hund, der ihr zu Füßen lag. Wohlig rieb er seinen Kopf an ihren schlanken Fesseln. Sie schien es gar nicht wahrzunehmen, so nervös war sie plötzlich geworden.

34

Ich tat, als wüsste ich genau, wo das »Haus der Wunder« sich befand. Tatsächlich lag mir nur Ubbos grobe Beschreibung vor.

Da ich Bettina meine Unwissenheit nicht spüren ließ, führte sie mich ungewollt zu dem mysteriösen Haus. Das war der Trick. Ich geigte einfach los Richtung Esens/Wittmund, und die ebenso praktisch kleidungs- wie vollständig ahnungslose Bettina führte mich sicher ans Ziel, ohne zu merken, dass sie mein Navi war. Das von mir angewandte Prinzip war simpel, aber effektiv:

Ich machte einen auf zerstreut, verfuhr mich hin und wieder, wie es einem nun mal so passieren kann, wenn man einfach grad ein bisschen an was anderes denkt oder plaudert. Jedes Mal wies Bettina mich auf meinen Fehler hin und lotste mich so auf den richtigen Weg, von dem sie annahm, dass ich ihn kannte. Sogar meine innere Stimme lobte mich für mein ausgefuchstes Vorgehen.

Der Hund schmiegte sich weiter an Bettinas entblößte Waden. Ich beneidete ihn trotzdem nicht, da er sich im Fußraum aufhielt. Außerdem leckte er hin und wieder an ihren, zugegebenermaßen recht ansehnlichen, Zehen. Selbstvergessen knabberte er schließlich daran herum.

»Wieso eigentlich«, fragte ich unterwegs ablenkungsmäßig, »soll in diesem ›Haus der Wunder‹ nichts mehr sein? Das wäre ja das reinste Wunder.«

Bettina musste meine Worte innerlich sortieren.

»Das ist sozusagen stillgelegt«, sagte sie dann.

Mit jeder Faser meines Körpers spürte ich, dass sie log.

»Gibt's denn keine Wunder mehr bei ›Ebbe und Flut‹?«

»Doch, doch, natürlich«, beeilte sie sich zu versichern, »immer und überall. Aber es bedarf dazu keines besonderen Hauses mehr. Wirkliche Wunder passieren nur in unserem Innern.«

»Ist das vielleicht ein Zitat aus dem Evangelium der Gezeiten?«, fragte ich lässig. Die Asche meiner imaginären Zigarette schnipste ich aus dem Fenster. Als ich zu Bettina rüberschaute, glaubte ich, nicht richtig zu sehen: Sie wurde rot! Eine Frau, die ich kaum kannte und die quasi nackt neben mir saß, wurde rot, weil ich sie beim spirituellen Widerkäuen erwischt hatte. Wenn das nichts aussagte, wusste ich auch nicht. Nur was es aussagte, darüber musste ich noch nachdenken.

Nicht nur in diesem Punkt sah ich mich auf einem guten Weg. Wollte ich die letzten Details des mir anvertrauten Doppelfalles lösen, dann musste ich alles über die Sekte wissen. Ihre Denkweisen, ihre Grundsätze, ihr ganzes verschrobenes Weltbild durften mir nicht mehr fremd sein. Sonst war ich wie ein Alpenländer, der beim ersten Nordseeurlaub mutterseelenallein ins Watt wanderte, ohne Erkundigungen über dessen Gefahren eingezogen zu haben. Ein solcher musste sich nicht wundern, wenn die Fluten ihn zu gegebener Zeit aufgrund seiner Unvorsichtigkeit mit Haut und Haaren verschlangen und nicht wieder hergaben.

Aber auch meine attraktive Beifahrerin war auf der Hut. Auch sie hatte keine Lust, den Boden unter den Füßen zu verlieren. Also berappelte sie sich und antwortete in ihrer hinlänglich bekannten Art:

»Du kennst dich aber wirklich schon sehr gut aus bei uns. Das gefällt mir, wie du alles im Blick hast.«

Da sie mir bei diesen Worten mit der Spitze ihres linken Zeigefingers sanft über die Wange fuhr, überkam mich eine Gänsehaut. Das rieb ich ihr allerdings nicht unter die Nase.

Beim Anblick des Hauses war ich überrascht. Laut Ubbos Beschreibung (die dieser sich womöglich auch nur aus den Fingern gesaugt hatte), hatte ich eine verkommene Kaschemme erwartet. Gleichend jener bei Hooksiel, in der Ubbo selbst sein klägliches Leben fristete. Hier im ostfriesischen Niemandsland zwischen Esens und Wittmund erwartete mich jedoch ein solides Einfamilienhaus. Auch keine luxuriös umgestaltete Nobelherberge wie das »Ebbe und Flut«-Anwesen, was ich allerdings noch weniger erwartet hätte. Das Haus machte einen rundherum unbewohnten Eindruck, was in erster Linie an den vollständig hinuntergelassenen Jalousien lag. Kein Auto parkte davor, kein Fahrrad war nachlässig gegen die Hauswand gelehnt. Kein Hahn kam wütend auf mich zu, als ich den Touran verließ. Kein Huhn verzog sich kleinlaut ins Gestrüpp. Nur eine verirrte Taube flatterte aus einem der vereinzelt vorhandenen Bäume mit lautem Flügelschlag auf und davon. Ein Geräusch, das die gespenstische Stille eindrucksvoll unterstrich.

Nach elf oder zwölf Schritten wollte ich umkehren, da mir die Sache plötzlich sinnlos erschien. Offenbar war hier tatsächlich niemand. Dann jedoch ertönte Bettinas Stimme aus dem Wageninnern in meinem Rücken: »Nun komm schon zurück. Du siehst doch, hier ist kein Sch… Hier ist kein Mensch.«

In diesem Moment wurde mir klar, dass ich weitergehen musste. Auf Biegen und Brechen nämlich wollte Bettina mich genau daran hindern. Irgendetwas sollte ich nicht sehen. Noch wusste ich nicht, was das war. Ging ich jetzt nicht weiter, dann tappte ich womöglich ewig im Dunkeln.

»Lassen Sie den Hund aus dem Auto!«, rief ich Bettina zu. In der herrschenden Stille klang meine Stimme fremd. Bettina öffnete die Tür. Rickys flitzebogenartig angespannter Körper entglitt dieser wie der Marder der Falle, in die er versehentlich geraten war. Eine Gelegenheit, die auch Bettina nicht ungenutzt verstreichen ließ. Sie entschlüpfte dem Fahrzeug ebenfalls.

Als ihr dabei kurzzeitig das Badehandtuch hinunterrutschte, blickte ich reaktionsschnell in eine andere Richtung. Ich musste verdammt auf der Hut sein, um mich nicht von anderen als den kriminaltechnisch relevanten Beweggründen in meinem weiteren Handeln leiten zu lassen. Eine Sache, die mir einwandfrei gelang. Als meine Blicke zurückschweiften, war Bettinas Körper bereits wieder verhüllt, soweit das knappe Badehandtuch es zuließ. Dass dies nicht allzu weit war, störte mich kaum. Auch ein Detektiv im Einsatz ist letzten Endes nur ein Mann.

»Aber was willst du denn da?«, startete sie einen weiteren Versuch, mich aufzuhalten. Die Hilflosigkeit dieses Versuchs rührte mich. In ihrem Anliegen war sie chancenlos.

»Komm zurück, Reent. Ein leer stehendes Haus ist uninteressant«, rief sie verzweifelt. »Nichtssagend und langweilig.«

Mich beschäftigte vor allem die Frage, wo Ubbo seine Rostlaube, den guten alten VW-Bulli, abgestellt haben mochte. Meine an Sicherheit grenzende Vermutung, dass er sich hier (und nur hier) aufhalten konnte, war in einer Weise ungebrochen, die mich selbst erstaunte.

Der freigelassene Hund raste kreuz und quer über den kahlen, mit grün bemoosten Steinplatten gepflasterten Platz des auf viele Kilometer hin allein stehenden Hauses. Immer wieder zwischendurch hielt der Terrier inne, schnüffelte oberwichtig hier und da. Ab und zu hob er das Bein. Bei all seinen wie so oft völlig überdrehten Aktivitäten kam jedoch einmal mehr nichts Zählbares heraus.

Um einen Blick in das Innere des Hauses werfen zu können, schob ich die Jalousieriegel des ersten von mir erreichten Fensters mit den Fingern ein paar Millimeter auseinander. Drinnen herrschte Finsternis. Diese war so perfekt, dass ich außer ihr selbst nichts sehen konnte. Die Haustür hatte die gleiche Klinke wie das Haupthaus in Tettens: ein goldener Hering mit weit aufgerissenem Maul, das bereit war, jeden kleineren Fisch zu verschlingen, der ihm über den Weg schwamm. Neben der Tür das bekannte Sektenemblem mit Seewiefken und angedeuteten Wellen.

»Aua!«, schrie Bettina. Als ich zu ihr hinüberblickte, saß sie auf dem Pflaster, ihren Fuß argwöhnisch und ein wenig weinerlich betrachtend. »Verdammter Mist, ich hab mir eine Scherbe eingetreten!«

Ihr Handtuch rutschte erneut, diesmal noch weiter. Ricky raste zu ihr, schnüffelte an ihr herum. Um der in Not Geratenen zu Hilfe zu eilen, vernachlässigte ich spontan die Jalousie. Der Hund kam mir auf halber Strecke entgegen.

Bluff!, zischte meine innere Stimme mir zu. *Die hat gar nix. Vor allem keine Scherbe im Fuß.*

Ich ging trotzdem weiter. Statt mich aber, wie sie es erwartet hatte, bedauernd über sie zu beugen und ihren Fuß zu begutachten, reichte ich ihr die Hand. Als sie zufasste, zog ich sie mit einem für sie überraschenden, aber kräftigen Ruck hoch, sodass die federleichte Person bereits im nächsten Moment neben mir stand, was sie am allerwenigsten erwartet hatte.

»Das lassen wir mal schön«, sagte ich. »Auf Bluffs stehe ich nun gar nicht. Sie können sich entscheiden: Mitkommen oder zurück zum Auto. Das heißt, von mir aus können Sie auch hier stehen bleiben oder sich wieder setzen und weiter Ihren Fuß bedauern, ganz wie Sie wollen.«

Das saß. Mein dominant-männliches Auftreten imponierte ihr erneut spürbar. Kleinlaut stapfte sie mir auf ihren nackten und wohlgeformten Füßen (Größe achtunddreißig?) hinterher. Ich wusste, dass ich sie von nun an im Griff hatte. Mit der überzeugenden Demonstration meiner inneren Überlegenheit war ihr Widerstand endgültig gebrochen, da war ich mir sicher. Künftig würde sie keinerlei Versuche mehr unternehmen, meine Arbeit zu sabotieren.

Ich ging zurück zum Haus und umrundete es vorsichtig. Seltsamerweise war es gartenlos. Der Platz dahinter war ebenso großzügig wie der davor, aber auch hier gab es keine Rasenfläche, keine angelegten Blumenbeete, nichts Parkähnliches, kein gepflegter oder vernachlässigter Fischteich, gar nichts. Alles Leben schien unter den großen, überall verlegten Betonplatten auf ewig begraben. Das einzige Grün spendeten auch hier das Moos sowie ein paar planlos umherstehende alte Bäume und verdorrte Sträucher. Obwohl das Haus vermutlich noch nicht halb so alt war, schien es, als habe sich hier seit mindestens vierzig Jahren kein Mensch mehr aufgehalten.

»Siehste«, meinte Bettina, die langsam wieder etwas von ihrer alten Sicherheit zurückgewann, »sag ich doch: tote Hose. Aber du glaubst mir ja nicht.«

Ich unternahm noch zwei oder drei Versuche, einen Blick hinter die heruntergelassenen Jalousien des Hauses zu erhaschen. Die Vergeblichkeit meines ersten Versuchs wiederholte sich jedoch. Das Gefühl einer gewissen Leere überkam mich, die jener nicht unähnlich war, die im sogenannten »Haus der Wunder« ganz offensichtlich herrschte. Angesichts des kargen und absolut schmucklosen Anwesens erschien mir der Name wie blanker

Hohn. Das Einzige, das mir hier wie ein Wunder erschien, war, dass es etwas dermaßen Trostloses überhaupt geben konnte.

Nachdem ich das Gebäude einmal komplett umrundet hatte, versuchte ich, den Griff der Haustür hinunterzudrücken. Ich erinnerte mich an vergleichbare Fälle, in denen die Handelnden genau dies versäumt und damit die nächstliegende Möglichkeit verpasst hatten, in das Innere eines Hauses zu gelangen. Aber auch die Tür war verschlossen.

»Gibt es hier einen Keller oder so was?«, fragte ich.

»Nicht, dass ich wüsste. Und wenn, was sollte da schon sein? Man sieht doch, dass hier weit und breit niemand ist.« Bettinas Selbstwertgefühl hatte sich so weit erholt, dass sie mich frech angrinste. »Nun komm schon, lass uns verschwinden. Mir hat es hier noch nie gefallen.«

Meine Niederlage damit wortlos eingestehend, trat ich den Rückweg zum Auto an.

»Und warum nicht?«, fragte ich. Ich hatte das dringende Bedürfnis, irgendetwas zu sagen. Egal, was.

»Weil Wunder nichts Zynisches sind.« Ein von Bettina dahingeplapperter Satz, dem sie offenbar keinerlei Bedeutung beimaß. Ich zunächst auch nicht. Bis meine innere Stimme sich zu Wort meldete: *Was meint sie denn damit?*

»Was meinen Sie denn damit?«, fragte ich, während mein Argwohn erwachte.

»Siehst du das vielleicht anders?«

»Nein«, sagte ich. »Aber warum erwähnen Sie das gerade jetzt?«

»Wunder kann man doch nicht erzwingen«, meinte sie, ohne auf meine Frage direkt zu antworten. »Sie müssen von ganz allein passieren. Sonst sind es doch keine Wunder, oder?«

»Was reden Sie denn da?«, fragte ich verblüfft. Ich blieb stehen und hielt sie am Arm fest. »Jetzt aber mal Butter bei die Fische«, zitierte ich ein altes friesisches Sprichwort, das zum Reden ermuntern sollte. »Was für Wunder sind hier angeblich passiert? Spucken Sie es aus, Bettina. Noch ist es nicht zu spät.«

35

»Eigentlich müsste es ›Haus der Gehirnwäsche‹ heißen«, sagte Bettina. »Mitglieder, die Zweifel befielen, wurden hierhergebracht, um sie –«

»... auf den richtigen Weg zurückzuführen?«, fiel ich ihr ins Wort.

Sie nickte, konnte mich jedoch nicht ansehen.

»Wie muss ich mir das denn vorstellen?« Um meine Gelassenheit nicht zu verlieren, was in diesen Augenblicken tödlich gewesen wäre, steckte ich mir innerlich eine an. Ein probates und zum Glück kostenloses sowie nicht gesundheitsschädigendes Mittel, das seine Wirkung auch dieses Mal nicht verfehlte.

»Es wurden Fragen gestellt, um die Ursache der Zweifel zu ergründen. Die Antworten wurden aufgeschrieben und korrigiert.«

»Und dann?«

»Die korrigierten Antworten wurden den Zweifelnden so oft vorgelesen und mussten von ihnen so oft wiederholt werden, bis sie ihre eigentlichen Antworten vergessen hatten.«

»Und das funktioniert?« Meine Zweifel waren aufrichtig.

»Beim einen langsamer, beim anderen schneller. Bei manchen wurde nachgeholfen – durch leichte Stromschläge bei falschen Antworten –, andere wurden zur Schwächung des Geistes auf Nulldiät gesetzt, auch Wasser wurde entzogen. Schließlich aber kam es immer häufiger vor, dass es gar nicht mehr funktioniert hat, warum auch immer. Vielleicht fehlte einigen die Überzeugung, dass dies der richtige Weg sei, ich hab keine Ahnung. Jedenfalls wurde der Betrieb hier eingestellt, wie offiziell verkündet wurde.«

Vielleicht nur an einen anderen Ort verlegt?, argwöhnte meine innere Stimme.

»Aber bis dahin kamen die Zweifelnden freiwillig her?«, hakte ich bei Bettina nach.

Wieder nickte sie. »Könntest du vielleicht mal meinen Arm

loslassen?« Sie warf mir einen vorwurfsvollen Blick zu. »Langsam tut's weh.«

Prompt folgte ich ihrer Bitte. Ricky nutzte die Gelegenheit, noch einmal kreuz und quer über den Hof zu wetzen.

»Nur dass man sie freiwillig nicht wieder hat gehen lassen?« Der Hund kam zurück, ließ seine Blicke schweifen zwischen Bettina und mir. Unmotiviert begann er, an mir hochzuspringen.

»Das weiß ich nicht, aber ... jedenfalls nicht so ohne Weiteres. Schließlich musste man sie vor sich selbst schützen. Vor ihren eigenen Zweifeln an der Wahrheit. Vor den bösen Geistern des Meeres, deren einziges Ziel es ist, die Seelen zu verwirren. Die Menschen vom einzig wahren Weg des Glaubens abzubringen.«

Ich konnte mir nicht helfen, aber für mich klangen gerade diese von ihr heruntergespulten Sätze wie das Ergebnis einer gelungenen Gehirnwäsche. Wie ein in sich geschlossener Gedankenkreis, der jegliches andere Denken grundlos verteufelte.

»Was will der Hund denn von dir?« Bei dieser Frage schien Bettina wie aus einer Hypnose zu erwachen.

Nun geh endlich mit Rick, verdammt!, rief meine innere Stimme ungeduldig. *Er hat was Wichtiges entdeckt!*

Ich hatte es mir längst abgewöhnt, in entscheidenden Situationen auf die Stimme zu hören. Oder gar dem oft nicht nachvollziehbaren Verhalten des Terriers zu folgen. In diesem Fall jedoch kam es zu einer Doppelung, die mich neugierig machte. Wie in einer Endlosschleife düste Ricky immer wieder los, blickte sich zu mir um, kam zurückgerannt, sprang an mir hoch, düste erneut los. Noch bevor ich auf dieses seltsame Verhalten reagierte, folgte Bettina dem Tier.

»Nun komm schon!«, rief sie mir zu. Ich ließ mich erweichen und folgte wiederum ihr. Der Hund führte uns in eine Gebüschgruppe, die sich unmittelbar neben dem Grundstück befand.

»Waren Sie eigentlich schon öfter hier?«, fragte ich Bettina, die weiterhin Schwierigkeiten hatte, ihren Körper ausreichend mit dem Handtuch zu bedecken. Ein Umstand, dessen Nichtbeachtung mir nicht in jedem Moment leichtfiel.

»Zwei-, dreimal«, flüsterte sie. Warum sie ihre normale Lautstärke nicht beibehielt, entzog sich meiner Kenntnis. »Aber da war es hier deutlich belebter.«

Je mehr wir uns den Gebüschen näherten, umso deutlicher sah ich etwas zwischen dem dichten Blätterwerk blinken. Wäre mein Argwohn nicht schon längst erwacht, wäre es nun so weit. Wie versteckt inmitten der Gebüsche stand ... Rolfs Range Rover.

»Was macht der denn hier?«, fragte Bettina und machte dazu ein argloses Gesicht. Zur Abwechslung sprang der Hund am Auto hoch.

Eine eiskalte Hand griff nach meinem Herzen, als ich auf dem Rücksitz des Wagens Ubbos Mütze mit dem Schillig-Emblem entdeckte. Ich erschrak zutiefst. Es war keineswegs sein Stil, eine einmal aufgesetzte Kopfbekleidung einfach so liegen zu lassen. Was Ubbo aufhatte, das behielt er auch auf.

Ich versuchte, die Autotür zu öffnen. Da sie nicht verschlossen war, stellte dies kein Problem dar. Mit gezieltem Griff schnappte ich mir die Häkelmütze vom Rücksitz, der feucht war. Als wäre vor nicht allzu langer Zeit etwas wirklich Nasses im Auto transportiert worden. So was trocknet nur langsam. Ich hielt dem Hund die Mütze hin. Erwartungsgemäß und nervös schnupperte er daran herum, zog aber ein Gesicht, das ich als verächtlich interpretierte.

Rick weiß auch so, meinte meine innere Stimme, *wie Ubbo riecht.*

Eine Einigkeit zwischen den beiden, die mir schon mehrfach aufgefallen war. Deshalb verblüffte sie mich kaum noch.

»Wieso bist du denn so blass geworden?«, fragte Bettina, als wir über den Hof zurück Richtung Haus gingen.

»Ubbo wollte mit mir hierherkommen«, antwortete ich wahrheitsgemäß. »Er wollte auf mich warten. Es muss einen Grund dafür geben, dass er jetzt mit dieser menschlichen Bulldogge hierhergefahren ist. Ich ahne nichts Gutes.«

Die Nase keine Sekunde vom Boden ablassend, eilte der Hund zum Haus. Offensichtlich hatte er Ubbos Fährte vom Auto aus aufgenommen. Schnüffelnd und schwanzwedelnd verschwand er hinterm Haus. Die Beine in die Hand nehmend, folgte ich ihm.

Als ich ihn eingeholt hatte, zerrte er an einem Eisenring herum, der in einer circa zwei mal zwei Meter großen Betonplatte verankert war.

»Soso«, sagte ich vorwurfsvoll zu Bettina. »Hier gibt es also keinen Keller.«

Ein Blick in ihr hübsches kleines Gesicht reichte jedoch, um mir vor Augen zu führen, dass sie tatsächlich nichts von dem gewusst hatte, was auch ich bis zu diesem Zeitpunkt nur ahnen konnte. In ihren Zügen las ich das gleiche Erstaunen wie in meinem Innern.

»Was ist das denn?«, fragte sie hilflos. »Du glaubst doch wohl nicht etwa …?«

»Und ob ich das glaube«, sagte ich. »Und ob.«

Er ist da drin. Die Stimme war aufgeregt. *Jede Wette.*

Ich nahm Ricky den schweren Ring aus der Schnauze und zog daran. Nichts. Die Platte bewegte sich keinen Millimeter. Sie bewegte sich so was von null, dass mir sofort klar war, dass auch drei gestandene Kerle meines Kalibers sie unmöglich hätten anheben können. Egal, ob mit Ring oder ohne. Deshalb bat ich die zierliche Blondine an meiner Seite gar nicht erst um Unterstützung. Am Ende hätte sie bestenfalls ihr Badehandtuch verloren, was ich ihr und meiner Selbstbeherrschung nicht zumuten wollte.

Da sie schon längere Zeit nichts mehr gesagt hatte, schaute ich zu ihr hinüber. Was sich mir bot, war ein überraschender Anblick. In ihrer Rechten hielt Bettina ein stabiles doppeltes Drahtseil mit Karabinerhaken. Dieses war durch eine noch stabilere, in der Hauswand mit Dübeln fest verankerte große Metallöse gezogen. Verband man Haken und Ring miteinander, was Bettina nun tat, entstand eine Hebevorrichtung vom Feinsten. Gemeinsam hatten wir jetzt kaum noch Mühe, die Platte hochzuziehen. Mit lautem Fiepen und nervösem Springen feuerte der Hund uns an. Dann passierte, was niemals hätte passieren dürfen: Bettinas Handtuch fiel zu Boden. Im Eifer des Gefechts schien sie es gar nicht zu merken. Der Hund auch nicht. Ich schon.

Ich vergaß, weiter am Drahtseil zu ziehen. Bettina allein

konnte die bereits halb geöffnete Klappe nicht halten, weshalb sie zurückkrachte. Die textilfreie Sektenanhängerin ließ nicht rechtzeitig los und hing sekundenlang in der Luft wie ein zum Trocknen aufgehängter Hering. Vor Schreck vergaß sie, um Hilfe zu schreien.

Blitzschnell überlegte ich, was zu tun war, aber unter diesem Druck fiel mir nichts ein. Auch der Hund verharrte ungewohnt bewegungslos. Gemeinsam starrten wir nach oben, wo Bettina in einer geschätzten Höhe von eineinhalb Metern unbekleidet baumelte, ebenfalls wie erstarrt. Eine seltsame Situation, mit der keiner von uns gerechnet hatte, weshalb es uns allen schwerfiel, damit umzugehen. Bettina handelte schließlich als Erste. Sie ließ los. In Windeseile begriff ich, dass das nicht gut gehen konnte. Beim Aufprall auf den harten Untergrund würde sie sich verletzen. Das konnte ich nicht zulassen und fing sie auf.

Ausgerechnet in diesem rettenden Moment beendete Bettina ihre Lethargie. Sie zappelte und schrie, ich solle sie gefälligst loslassen. Ich erledigte dies, indem ich sie behutsam abstellte. Sie dankte es mir, indem sie mir ihren Anblick entzog und sich erneut in das Handtuch wickelte. Anschließend bedachte sie mich mit stummen, aber vorwurfsvollen Blicken. Ausgerechnet mich, ihren Retter. Undank ist der Welten Lohn.

»Wat seid ihr denn hier zugange, sach ma?«

Ich zuckte zusammen, denn die Worte kamen von hinten. Zeitgleich jubelte meine innere Stimme: *Ubbo, wo kommt der denn plötzlich her?* Sie klang erleichtert.

»Und wat machst du da mit meine Schillich-Mütze?«, wollte Ubbo wissen. »Wo hast du die denn her, Mann? Ich hadde die echt schon gesucht. Die muss mir irgendwo runnergefalln sein. Ouder haddest du mir die gemopst?«

Er grinste übers ganze Gesicht.

36

Unmittelbar nach dieser Feststellung verschwand Ubbo mit einem Hechtsprung wieder hinter der Hausecke. Zunächst hatte ich keinen Schimmer, was ihn zu dieser sportlichen Einlage veranlasste. Als ich mich jedoch umdrehte und in den Lauf einer Magnum blickte, war ich sofort im Bilde.

»Hallo, Rolf«, säuselte Bettina. »Was machst du denn hier?« Ohne jeden Skrupel war sie bereit, blitzschnell die Fronten zu wechseln. Der Hund knurrte.

»Witzig«, meinte die menschliche Bulldogge, deren Gesicht nun auch ich hinter der Waffe erkannte. »Die gleiche Frage wollte ich auch gerade stellen. Und zwar dem Fuzzi hier.« Er meinte mich.

»Ich würde vorschlagen, Sie stecken erst mal die Knarre wieder ein. Ist wesentlich entspannter.« Mein innerer Marlowe zündete sich eine an. »Dann können wir gern über alles reden. Wäre ganz in meinem Interesse.«

»Soso«, spottete der kahlköpfige Hüne, ohne die Waffe sinken zu lassen. »In deinem Interesse wäre das also.«

»Sie sagen es, mein Guter.«

»Das ist aber sehr interessant, dass das in deinem Interesse wäre. Aber weißt du auch, was dein Interesse mich interessiert?« Er grinste.

»Einen feuchten Käse?«, fragte ich.

»Hundert Punkte.« Er grinste nicht mehr. »Und jetzt Platte hoch und rein da. Aber bisschen plötzlich, wenn ich bitten darf.«

Unten angekommen, war ich fix und fertig. Mir wurde schwarz vor Augen, und ich sah einige Sterne um meinen Kopf herumschwirren. Beim Hochziehen der Betonplatte hatte ich keine Unterstützung erhalten, was mich an den Rand körperlicher Belastbarkeit geführt hatte. Muskelprotz Rolf, der die Klappe wahrscheinlich mit der Uhrkette hochbekommen hätte, lachte sich ins Fäustchen. Die unbewaffnete Hand nutzte er, um Bettina an pikanten Stellen mehrmals besitzergreifend unters Handtuch zu fahren. Die Blondine ließ dies widerspruchslos zu. Anbiedernd warf sie sich dem Macho geradezu an den Hals. Ihr Wechsel zum derzeit Mächtigeren vollzog sich rasend schnell.

In ähnlich höllischem Tempo wetzte der Terrier die Treppe hinunter, weshalb er sich an deren Ende gleich mehrmals überschlug. Unsanft landete er auf dem nach Feuchtigkeit riechenden Kellerboden.

Rolf schaltete das Licht ein. In diesem Moment begriff ich, weshalb ich bisher nichts gesehen hatte. Mein Kreislauf war besser in Schuss als befürchtet. Die vermeintlichen Sterne waren Lichtschimmer, die durch die Schlitze diverser Zimmertüren links und rechts des Flures drangen. Ich hörte Stimmen, die aus diesen Zimmern kamen.

Hörst du das auch?, fragte meine innere Stimme. Eine rein rhetorische Frage, die ich nicht beantwortete. Wichtiger war es, weiterzulauschen, da ich gern etwas verstanden hätte. Bettina stieß hinter mir einen spitzen Schrei aus. Rolf kicherte. Wahrscheinlich hatte er sie gekniffen. Ich weigerte mich, mir die Sache bildlich vorzustellen.

»Nun mal weiter!« Zur Untermalung seines Befehls stieß Rolf mir unsanft die Magnum in den Rücken. Ich konnte mich aber auf den Beinen halten. Nun kicherte Bettina. Ich wusste nicht, warum. Der Hund knurrte wieder.

Hinter der ersten Tür hörte ich eine Art Sprechgesang, sehr melodisch. Ich verstand nichts außer den aus dem Zusammenhang gerissenen Worten »Seewiefken«, »Rettung« und »Böse Geister«. Es folgte ein unterdrückter Schmerzensschrei. Die Litanei setzte sich anschließend fort.

»Weiter, weiter!«, meckerte Rolf. »Bis ans Ende durch.«

Die wedelnde Waffe überzeugte mich, dass es besser war, seinen Anweisungen auch weiterhin Folge zu leisten.

Warum führt er uns ausgerechnet hierher?, fragte die Stimme. *Ist der blöd?*

»Wahrscheinlich ja«, sagte ich versehentlich laut.

»Was quasselst du da?«, fragte Rolf.

»Wahrscheinlich war dies hier der größte Fehler Ihres jämmerlichen Lebens, wollte ich sagen.«

»Nun werd mal nicht pampig!«, mahnte Rolf. Wir erreichten den anvisierten Raum. Bettina öffnete die Tür. »Welcher Fehler?«

Rolf knipste auch hier das Licht an. Trübe Funzel über knorrigem Holztisch, mitten im Raum. Die Wände kahl. Um den Tisch herum ein paar alte Stühle. Erinnerungen an meine Schulzeit stiegen auf. Unangenehme Erinnerungen, die nicht hierher gehören, weshalb ich sie nicht schildere. Vor mir ein Verhörzimmer übelster Sorte.

»Der Fehler ist«, sagte ich lässig, »dass Sie mich hierhergeführt haben. Jetzt weiß ich, wo Heinz Meins seine illegalen Gehirnwäschen durchführen lässt. Von Folterknechten wie Ihnen. Und ich werde es nicht für mich behalten, wenn ich hier wieder raus bin.«

»Raus?« Er grinste fies. »Wer redet denn davon?« Sein Gesicht kam meinem nahe, sehr nahe. Zu nahe für meinen Geschmack. Das brachte mich gegen ihn auf. »Die Fehler liegen auf deiner Seite. Ganz eindeutig«, sagte er und wandte sich an Bettina: »Gehirnwäschen? Wovon redet der Clown?« Wieder zu mir: »Und wieso Heinz Meins? Das ist eine ganz andere Abteilung hier.«

»Halten Sie mich nicht für blöd«, sagte ich mit drohendem Unterton. »Könnte sonst böse ins Auge gehen.«

Er lachte dreckig. »Und warum illegal? Alles, was hier geschieht, geschieht zum Wohl derjenigen, die ihren Glauben verloren haben. Alles geschieht freiwillig. Die Heinis und Tanten haben da sogar ihre drei Kreuze drunter gemacht. Schriftliche Vereinbarung nennt man so was. Die bezahlen sogar dafür, dass sie gerettet werden. – Und jetzt pflanz dich und erzähl, was du hier willst.«

Er selbst setzte sich mir gegenüber. Bettina bedeutete er, auf seinem Schoß Platz zu nehmen, was sie widerspruchslos in Anspruch nahm. Sie kraulte ihm sogar die Glatze, worauf er sie erneut kniff. Diesmal quiekte sie nicht. Sie schnurrte.

Falsche Schlange, zischte meine innere Stimme.

Ich warf der Dame einen wenig erfreuten Blick zu. Rolf legte seine Magnum auf dem Tisch ab, ohne diese »Dame« aus den Augen zu lassen. Von der anderen ließ er die Finger nicht. Ihre Begeisterung darüber brach nicht ab. Das las ich in ihrem Gesicht. Ihre Finger fuhren in den Ausschnitt seines T-Shirts. Er liebte es. Ihr Handtuch rutschte. Vor meinen Augen kamen die beiden sich näher. Ich fragte mich, ob dies zum ersten Mal der Fall war oder ob es sich um ein altbewährtes Muster handelte. Das Beziehungsgeflecht innerhalb der Sekte hatte für mich längst unübersichtliche Formen angenommen.

»Tja, was will ich hier«, kam ich auf Rolfs Frage zurück. »Sagen wir mal: Ich will wissen, wo Saskia ist –«

»Wer?«

»Sassi. Sassi Schöpski.«

»Ach die.« Bettinas Hand war in Rolfs grauschwarzem T-Shirt verschwunden. »Die Frage kann ich dir sogar beantworten, Mister Klugscheißer: Sassi ist nebenan.«

»Das weiß ich.« Ich hatte nicht vor, mir eine Blöße zu geben. Deshalb log ich. »Aber was macht sie da eigentlich?«

»Ganz schön neugierig, dein Clown«, sagte Rolf zu Bettina. »Was der alles wissen will.« Aus seiner Tasche zog er ein Paar Handschellen. Er legte sie vor sich auf den Tisch.

Bettina strahlte ihn an. »Du bist so ein toller Typ, Rolf. Ich steh total auf dich.«

Mir war egal, ob Bettina auf ihn stand oder nicht. Auch dann noch, als sie unvermittelt begann, ihn abzuknutschen. Er ließ sich nicht zweimal auffordern und knutschte zurück, was das Zeug hielt. In meiner ermittlerischen Eigenschaft wollte ich vor allem eins wissen: Warum wurde der Hund plötzlich unruhig? Bis jetzt hatte er sich in erstaunlicher Weise zurückgehalten. Dabei gehört es zu den vornehmlichen Eigenschaften eines Jack Russell Terriers, sich eben *nicht* zurückzuhalten.

Jetzt kläffte er. Kurz und verhalten und nur ein einziges Mal, aber er kläffte. Schwanzwedelnd lief er auf und ab. Er schnüffelte, bewegte sich Richtung Tür. Und ich muss zugeben: Als Jack Russel hätte ich in diesen Momenten dasselbe getan.

Denn auch mir konnten die Geräusche nicht entgehen, die jetzt vom Flur her ins Verhörzimmer drangen. Ein Scheppern, jemand, wenn auch verhalten, schrie: »Aua! Verdammte Kagge noch mol!« Schlurfende Schritte, die schnell näher kamen. Hatte sich jemand aus den vermeintlichen Folterkammern befreit? Wankte diese Person hilflos über den Flur? Suchte sie Rettung? Die Stimme kam mir bekannt vor.

Die Frage, warum mein Wärter und seine wankelmütige Gespielin nicht aufmerksam wurden, war leicht zu beantworten: Sie waren zu vertieft in ihre Knutscherei. Sie knetete dabei seine Ohren, rieb die Ohrmuscheln von innen und steckte mit einer gewissen Wollust ihre Finger tief hinein. Eine mir nicht nachvollziehbare Verhaltensweise. Bei knutschenden Personen hatte ich genau diese jedoch schon häufiger beobachtet. Auch als nun die Türklinke quietschend hinuntergedrückt wurde, reagierten sie nicht. Da die Tür von innen verschlossen war, ging sie nicht auf. Der Hund blickte verdattert auf die sich rauf und runter bewegende Klinke.

Nun mach endlich was!, forderte meine innere Stimme lautstark. *Kann doch echt nicht so schwer sein. Wenn ich du wäre, wüsste ich aber …*

Noch bevor sie ausgesprochen hatte, erhob ich mich vorsichtig. Es gelang mir, die Tür zu erreichen. Ich hatte den Schlüssel schon in der Hand, als Rolf urplötzlich Bettinas Finger aus seinen Ohren holte und augenblicklich von ihr abließ. Geistesgegenwärtiger, als ich es ihm zugetraut hätte, richtete er den Lauf seiner Magnum auf mich. Wortlos wies er mich an, mich wieder zu setzen. Er legte den Zeigefinger auf die Lippen. Bettina bedeutete er, sich von seinem Schoß zu erheben. Lautlos stand auch er auf, schlich zur Tür. Er drehte den Schlüssel um. Langsam und quietschend ging die Tür auf. Und es erschien …

… Ubbo. Ich gebe zu, dass ich an den gar nicht mehr gedacht hatte. Sofort witterte ich Morgenluft.

»Sonst kein einer da?«, fragte er mich. Außer dem wild an ihm hochspringenden Terrier und mir konnte er niemanden sehen, was ich ihm nicht verübelte. Die beiden anderen hatten sich versteckt.

»Doch, schon …«, sagte ich, aber Ubbo hörte es nicht mehr. In seiner ganzen Unbedarftheit betrat er den Raum. Er kam auf mich zu, als wolle er mir die Hand schütteln. Eine Umarmung traute ich ihm nicht zu. Dann sackte er in sich zusammen. Zuerst fragte ich mich, warum, dann wusste ich es. Rolf hatte ihm von hinten die Pistole über den Schädel gezogen.

37

Ich hielt dies nicht nur für eine gefährliche und schmerzhafte, sondern vor allem für eine unfaire Aktion. Es war wie in den alten Western, wo es ab und zu vorkam, dass einem Mann von einem Feigling in den Rücken geschossen wurde. Schließlich hatte Ubbo hinten keine Augen und daher keine Chance, sich zu wehren. Wer auf diese Weise einen anderen niederschlug, von dem war nicht viel zu halten. Bettina jedoch schien diese Meinung nicht zu teilen. Sie ging zu Rolf, und statt ihm mal ordentlich die Meinung zu geigen, umarmte sie den Gangster in nicht nachvollziehbarer leidenschaftlicher Zärtlichkeit.

So teilte sie ihm mit, dass er ihr Held war. Dass sie dabei ihr Handtuch verlor, interessierte sie nicht die Bohne. Sie ließ es liegen. Offenbar ein weiteres Detail ihrer üblen Inszenierung. Ich fragte mich, wie tief diese Frau noch sinken wollte. Meine zwischenzeitliche Sympathie für sie erschöpfte sich restlos, trotz ihrer vom Badehandtuch freigegebenen Rückfront. Ein knackiger Hintern würde nicht für alle Zeiten ein solcher bleiben. Eine schwarze Seele jedoch blieb eine schwarze Seele bis in alle Ewigkeit. Wer dies nicht voneinander unterscheiden konnte, machte sich zum Popanz billigster Eintagsgefühle. Ex und hopp. Basta!

Ich war erleichtert, als Ubbo wieder hochkam. Langsam zwar, aber er lebte und schien nicht allzu schwer verletzt. Verwundert rieb er sich die getroffene Stelle, die nicht blutete.

»Wat sollte dat denn jetzt grad, sach ma?«, fragte er irritiert.

Im Gegensatz zu Bettina stand der Hund loyal zum Guten. Mutig biss er dem aufschreienden Muskelprotz in die Wade, bevor er in fulminant kräftiger Drehbewegung abgeschüttelt wurde und mit weit abstehenden Ohren quer durch den Raum segelte wie eine Frisbeescheibe. Spurlos verschwand er in der Dunkelheit, der sich anschließend ein erbärmliches Jaulen entwand. In diesem Augenblick setzte mein Verstand aus. Panik um das Leben des Tieres befiel mich. Die auf mich gerichtete Waffe verblasste vor meinen Augen, bis ich sie nicht mehr sah.

Ich sprang auf. Selbst Rickys Heulen war nun nicht mehr zu hören. Als ich in die Ecke der Düsternis trat, erfüllten mich schlimmste Befürchtungen. Wie sollte ich Marietta einen eventuellen Tod des Hundes erklären? Sie war nicht nur Rickys Frauchen, sondern auch die große Liebe meines Lebens. Möglicherweise fand ich das Tier aber auch mit gebrochenem Rückgrat vor. Ich wusste nicht, was schlimmer wäre. Zu meinem Erstaunen war die Ecke jedoch leer.

Etwas später begriff ich, dass Ricky sich längst wieder auf den Beinen befand. Als reinstes Stehaufhündchen war er bereits zum nächsten Angriff auf den Peiniger übergegangen. Wieder hatte er Rolfs Wade im Visier, diesmal die andere. Als er zubiss, ließ der kahlköpfige, fiese Feigling vor Wut und Erschrecken die Magnum fallen. Im kämpferischen Wesen des Hundes erkannte ich mein eigenes wieder. Möglicherweise passten wir deshalb so gut zusammen. Wir standen beide persönlich für das Gute, das im tiefsten Innern jeder einzelnen Kreatur steckte. Ging es darum, dem Guten zum Sieg zu verhelfen, wurden wir zu wahrhaftigen Wadenbeißern. In krassem Gegensatz zu Bettina, die … aber was war das? Was sich meinen Augen und Ohren nun darbot, verblüffte mich …

»So, jetzt mal wieder setzen!«, befahl Bettina.

Sie hatte die Magnum nicht nur vom Boden aufgehoben, sondern auch auf Rolf gerichtet. Zum Aufatmen jedoch war es zu früh. Viel zu früh, das begriff ich instinktiv.

»Alle!«, rief Bettina mit Nachdruck.

Ich hatte keinen Schimmer, auf was die Sache hinauslaufen sollte. War alles nur der nächste Schritt im perfiden Spiel der unbekleideten Sektenschönheit? Bis auf Ricky, der »Sitz« machte, befolgte niemand Bettinas Anweisung. Das musste sie frustrieren. Da Ubbo sowieso schon saß, und zwar auf dem Boden, war er zur Passivität verdammt. Er rieb sich noch immer den Kopf. Ich für mein Teil dachte gar nicht daran, klein beizugeben. Rolf ging grinsend einen selbstbewussten Schritt auf Bettina zu.

»Knarre her, Mausezahn. Sonst baller ich dir eine.«

Bettina richtete die Magnum noch deutlicher auf Rolf. Offenbar hatte sie nicht vor, sich einschüchtern zu lassen.

»Oder zwei«, ergänzte er ruhig. »Vielleicht stehst du ja drauf.« Er machte einen weiteren Schritt auf sie zu. Oder zwei. Für einen kurzen Moment sah ich ein ängstliches Zucken in Bettinas Augen. Bereits im nächsten Augenblick würde der Hüne sie entwaffnen, und die Sache war gelaufen. Ich befand mich bereits auf dem Absprung in seine Richtung, egal, was dabei herauskam. Das war so eine Situation, in der alles besser war, als nicht zu handeln. Völlig überraschend jedoch setzte Bettina zur Gegenoffensive an, machte ihrerseits einen entschlossenen Schritt auf Rolf zu und drückte ihm den Lauf der Magnum kompromisslos an die Stirn.

»Setzen!«, zischte sie. »Sonst knall ich dich ab! Ich schwör's dir.«

Worte und Tonfall überzeugten nicht nur mich, sondern auch den Bedrohten. Er setzte sich, seine erschrockenen Augen weit aufgerissen. Bereits nach wenigen Sekunden aber verfiel er zurück in seine obercoole Mimik und Gestik, die ihm jedoch kein Mensch mehr abkaufte.

Nachdem ich Ubbo vom Boden hochgeholfen hatte, hob ich auch Bettinas Handtuch auf. Ich reichte es ihr und ahnte nicht, dass ich sie besser noch eine Weile nackt hätte stehen lassen. Zumindest so lange, bis die Lage mit Rolf endgültig geklärt war. Das Folgende passierte in Sekundenschnelle:

Dankbar griff Bettina zu (Handtuch). Dann aber wusste sie nicht, wie sie weiter verfahren sollte. Schließlich hatte sie nur eine Hand frei. Flehentlich sah sie mich an, sodass ich mich erbarmte und sie in das Handtuch wickelte. Als ich mein Werk gerade mit gekonntem Knoten vollenden wollte und sie mir dankbar zulächelte, ergriff Rolf seine erneute Chance. Mit einem Hechtsprung aus dem Nichts warf er sich auf Bettina und entriss ihr die Pistole. Wieder drehte die Situation sich um hundertachtzig Grad. Ubbo reagierte am schnellsten, riss die Tür auf und rannte hinaus.

Rick verschwindet besser auch!, rief meine innere Stimme. Als könnte er sie hören, folgte der Terrier dem fliehenden Hundecoach in Windeseile.

Rolf zögerte, entschied sich dann aber, Ubbo und Ricky laufen zu lassen. Offenbar hatte er die Nase voll von dem dauernden Hin und Her. »Los!«, kommandierte er Bettina und mich. »Raus jetzt hier, aber dalli. Und Hände auf die Birne.«

Er führte uns über den Flur, öffnete die Tür eines der anderen Zimmer und schubste uns unsanft hinein. Während Bettina sich gerade noch auf den Beinen halten konnte, was mich für sie freute, fiel ich hin und verletzte mich am Knie.

»Hier könnt ihr bleiben, bis ihr verfault«, zischte Rolf. Etwas freundlicher fügte er hinzu: »Obwohl es mir um dich fast leidtut, Mausezahn. Aber wer nicht hören will, muss fühlen, so ist das im Leben.« Er meinte nicht mich, sondern Bettina. Von außen knallte er die schwere Holztür zu und verschloss sie lautstark.

Es war stockdunkel. Deshalb konnte ich nicht sehen, nur hören, wie Bettina zur Tür rannte, mit beiden Fäusten dagegen hämmerte und den davonstiefelnden Rolf mit Flüchen bedachte, die nicht so recht zu einer Gläubigen passen wollten. Ebenfalls hören konnte ich, wie sie sich nach ihrem letzten verzweifelten Schrei (»Du blöder Vollarsch!«) auf den Boden sacken ließ und zu weinen begann, dass es einen Stein erweicht hätte.

38

Meine Augen gewöhnten sich nur langsam an die Dunkelheit. Als es aber so weit war, erkannte ich problemlos, dass ich mich mit Bettina allein in einem winzigen Verlies befand. Der Raum war bis auf einen ausklappbaren Plastiktisch unmöbliert. Der Boden, auf dem die gläubige Schönheit noch immer heulend saß, war mit Sicherheit eiskalt.

»Stehen Sie besser auf, Kindchen«, sagte ich locker. »Sonst holen Sie sich noch eine Blasenentzündung.« Zur Beruhigung steckte ich mir innerlich eine an.

»Das ist mir so was von scheißegal!«, schrie Bettina, plötzlich wieder wütend. Da sie trotzdem aufsprang, glaubte ich nicht, dass es ihr tatsächlich egal war. Eine zusätzliche Blasenentzündung in einer ohnehin schon äußerst misslichen Lage war keinem Menschen egal. Letztlich spielte das alles aber nur eine untergeordnete Rolle. Viel wichtiger war, dass wir einen Weg finden mussten, hier wieder herauszukommen. Ich erwischte mich dabei, auf einen Ratschlag meiner inneren Stimme zu warten. Als dieser ausblieb, wurde mir schmerzlich klar, dass auch ihr nichts dazu einfiel, was kein gutes Zeichen war.

Bettina trommelte mit den Fäusten ihrer grazilen Hände wieder gegen die Tür. Sie schrie, was das Zeug hielt. Deutete ich die Signale richtig, dann hatte sie Angst.

»Schonen Sie Ihre hübschen Hände, Kindchen.« Mein Versuch, sie zu beruhigen, war ernst gemeint. »Sonst haben Sie sich schnell mal einen Mittelhandknochen gebrochen. So was geht ganz flott.«

Sie dachte aber gar nicht daran, meinen wohlgemeinten Rat zu befolgen. Vielmehr verstärkte sie ihre nutzlosen Bemühungen. Langsam nervte sie. Ihr Geschrei tat mir in den Ohren weh. Ein Schmerz, der aufstieg in mein Hirn und dort zu kleinen, explosionsähnlichen Reaktionen führte. Die absolute Sinnlosigkeit ihres Unterfangens verstärkte diesen negativen Eindruck.

»Blöder Wichser! Oberaffendämlicher Vollarsch! Jetzt mach die Tür auf! Sonst mach ich dich alle, du blöder Sack!«

Ich kann nicht behaupten, dass mir ihre Ausdrucksweise gefiel. Vielmehr erinnerte sie mich an die Behauptung des Gurus, Bettina habe vor ihrem Sekteneintritt schwierige Zeiten erlebt. Obwohl die Situation prekär war, hätte ein wenig Contenance meines Erachtens nicht geschadet. Auf mich zumindest hätte sie einen positiven Eindruck gemacht.

»Sollten wir uns nicht lieber auf die Kräfte Ihres Glaubens besinnen?«, fragte ich. Natürlich ohne ein Gläubiger meiner eigenen Worte zu sein. »Vielleicht hilft das ja eher was als die verdammte Flucherei.«

Die Silhouette Bettinas, die ich in der Dunkelheit erkennen konnte, wandte sich mir zu. Tatsächlich war sie nun still. Nicht nur die Silhouette, die ganze Person. Betete sie vielleicht? Oder war sie einfach nur verblüfft über meine Aussage? Egal! Wichtig war nur, dass sie schwieg. Damit schonte sie meine Nerven. Außerdem hörte ich nun deutlich eine andere Stimme: »Bettina, bist du das?«

»Sassi?«, gab die Angesprochene zurück. »Hier bist du also!«

Es war eine Situation, in der es normalerweise ein großes Hallo mit Umarmungen sowie Küsschen hier und Küsschen da gegeben hätte, das spürte ich sofort. Ganz offensichtlich freuten beide Ladys sich, an diesem unschönen Ort so unerwartet aufeinanderzutreffen. Nur befanden sich zwei Türen zwischen den beiden Freundinnen, denn Sassi war ebenfalls eingesperrt. Ihrer ausführlichen Beschreibung nach in einem ähnlichen Gefängnis wie dem unseren. Ihres befand sich auf der gegenüberliegenden Flurseite.

»Sassi«, schaltete ich mich entschlossen ein. Durch das Geplauder der beiden drohte zu viel Zeit ungenutzt zu verstreichen. »Welche Chancen bestehen, hier herauszukommen?«

»Wer ist das denn?«, fragte Sassis Stimme verwirrt.

»Das ist der Reent, er –«

»Reent Reents«, unterbrach ich Bettina, ehe sie erneut zu viel unnötiges Zeug erzählte. »Detektiv effektiv, Wilhelmshavener Bontekai. Ihre Mutter hat mich beauftragt, Sie zu finden. Ein

Auftrag, den ich hiermit als erledigt betrachte. Jetzt muss ich Sie nur noch zurückbringen, damit die Mama Sie endlich wieder in ihre liebenden Arme schließen kann.«

»Oh mein Gott!«

Mir fehlten Zeit und Lust, Sassis Ausruf zu interpretieren.

Vielleicht solltest du mal aufhören zu labern.

Nanu! Da war sie ja plötzlich wieder, meine innere Stimme. Vermutlich durch ein Zusammenspiel von Phonetik und Raumschall hörte es sich an, als käme die Stimme vom Flur, was jedoch unmöglich war.

Sonst kommt ihr hier nämlich nie raus.

»Ei, Alder, wo bist du denn jetzt drinne? In welchen Raum, mein ich?«

Mein Herz hüpfte vor Freude: Ubbo! Oder spielte meine überreizte Phantasie mir einen Streich? Ubbo war vor dem unberechenbaren Rolf geflohen, gemeinsam mit dem Terrier. Meine größte Hoffnung hatte darin bestanden, dass sie es möglichst weit weg geschafft hatten, damit der unsympathische Bodyguard sie am Ende nicht doch noch einholte und fertigmachte. Und nun plötzlich Ubbo im Kellerverlies? War auch er bereits zum Gefangenen geworden? Ein Gedanke, den ich nicht zu Ende zu denken wagte … Außer Ubbo wusste niemand, dass wir uns hier befanden. In einem praktisch unzugänglichen Keller unter dem »Haus der Wunder«, mitten im unzugänglichsten Ostfriesland.

War es tatsächlich Ubbos Stimme gewesen, die ich gehört hatte, dann war unser Schicksal besiegelt. In diesem Fall gab ich keinen Pfifferling mehr auf das Überleben meiner eigenen Person, geschweige denn, dem meiner Schützlinge. Ich war nur noch einen winzigen Schritt davon entfernt, mir Versagen auf ganzer Linie vorzuwerfen. Dann aber begriff ich, dass dieser Schritt überflüssig war. Meine Entscheidung, Ubbo Dose in den Assistentenstatus zu erheben, war von einer Brillanz, die mir erst jetzt in vollem Umfang bewusst wurde. Sie würde unser aller Leben retten.

»Aber sach ma«, meinte Ubbo furztrocken, »wo auch immer du nu drinne bist, wie soll ich dich denn da rausholen, Mann?«

Unsere Türklinke bewegte sich quietschend runter und wieder rauf. An der Tür selbst wurde gerüttelt. »Is doch alles dicht hier, verdammich.« Es war Ubbo, der gerüttelt hatte, und er tat es nun noch einmal. »Jede Wedde, dat der Dösbaddel den Schlüssel bei sich hat. Und nu?«

»Wer auch immer Sie sind –«, schaltete sich erneut Sassi von der anderen Seite des Flures ein.

»Ubbo Dose«, unterbrach Ubbo sie, als hätte er nichts zu verlieren.

»Also, Herr Dose«, sagte Saskia Schöpski. »Ein Schlüssel hängt fast immer neben dem Aufgang. Schauen Sie doch da mal nach. Es müsste ein großer Schlüsselbund an einem Ring sein.«

»Okay, dann will ich dat mal tun.« Der Hund bellte zweimal kurz, woran ich erkannte, dass der Hooksieler nicht allein war. Das beruhigte mich, denn allein traute ich ihm in seinem verwirrten Zustand nicht viel zu.

Allmählich spürte ich, wie die für mich normale, geradezu tiefenentspannte Gelassenheit mich von innen erfüllte wie Luft einen Ballon.

Schlurfende Schritte auf dem Flur hin und her. Schlüssel wurden probiert, passten nicht, die nächsten wurden probiert, passten wieder nicht. All dies nicht an unserer Tür.

»Na endlich«, hörte ich Ubbos Stimme nach einer Weile vom Flur her. Und endlich wurde eine Tür geöffnet. Wiederum nicht unsere.

»Herr Dose«, rief Saskia euphorisiert. »Wie soll ich Ihnen nur danken?«

»Ach, lass man stecken, Deern«, meinte Ubbo bescheiden und fragte: »Aber wou is denn nu der olle Reents?«

»Hier!«, rief ich. »Ubbo, hier drüben.«

Wieder Schlüsselgeräusche, wieder das Öffnen einer Tür, dieses Mal die unsrige. Die Begeisterung über die Befreiung war allerorten so groß, dass die Situation zu eskalieren drohte. Lagen wir uns hier gegenseitig stundenlang in den Armen, dann ging nichts voran. Die Gefahr, dass Rolf zurückkehrte, war existent, weshalb ich zur Eile antrieb.

»Lasst uns von hier verschwinden!«, rief ich. »Ehe alles wieder von vorn beginnt.«

»Erst müssen wir noch die anderen befreien«, meinte Sassi, die in der Tat aussah wie Bettinas kleine Schwester. Zumindest herrschte große Ähnlichkeit zwischen den beiden Betroffenen.

»Die annern?«, fragte Ubbo stumpf. »Welche annern denn, sach ma?«

»In den anderen Räumen sind auch noch Gefangene«, raunte ich ihm zu. »Abtrünnige Sektenmitglieder, deren Gehirne gewaschen werden sollen.« Gegenüber Sassi erklärte ich: »Die befreien wir später. Wenn wir hier erneut überwältigt werden, kommen wir alle nicht raus. Weder die anderen noch wir.«

Der Hund bellte zustimmend.

Kluges Köpfchen, meinte die Stimme.

Niemand widersprach, also verschwanden wir so schnell wie möglich aus dem Keller. Eine Flucht ohne weitere Probleme, da die Betonplatte weit geöffnet war und von dort helles Licht hereinströmte. Von Rolf weit und breit keine Spur.

»Der Piepenkopp muss dat ächt eilig gehabt ham«, meinte Ubbo sachlich. »Als wir grad runner sind, stand die Klabbe auch schon hoch. Ich schätz mal, der sucht uns.«

»Womit du recht haben könntest.«

»Na, dann soll er mal.« Ubbo grinste. »Uns kricht der so schnell nich, dat steht mal fest. Und die Bullerei aus WHV is auch schon informiert. Die sind unterwegens Richtung Tettens.«

»Gesine von Röhrbach?«, fragte ich skeptisch. Vorsichtig schleichend waren wir bei meinem schwarzen Touran angekommen. Unterwegs war Bettinas Handtuch mehrmals zu Boden gefallen und wieder aufgehoben worden. Von Rolf fehlte noch immer jede Spur. Es war, als hätte er nie existiert. Auch sein Range Rover war nirgends zu sehen. Nur allmählich begriff ich, dass er nicht Ubbo gesucht hatte, sondern das Weite. Wahrscheinlich war die Sache ihm zu heiß geworden.

»Genau die«, meinte Ubbo. »Die schnuckelige lüdde Frau Oberkommissarin, auf die du so stehst.«

»Wie kommst du denn auf das schmale Brett?«, fragte ich nicht ohne Erstaunen.

»Na, dat sieht ja woul ’n Blinder mit Krückstock, ouder nich?« Er grinste keineswegs. »So wie du die immer anglotzt.«

Saskia Schöpski war ein sonnengebräunter Typ. Trotzdem war sie momentan blass wie eine Wasserleiche. Wir waren schon ein paar Minuten unterwegs, als sie erstmals den Mund zum Reden öffnete. Bettinas vorausgegangene Versuche, sie zum Sprechen zu bewegen, waren vergeblich gewesen, die Fragen, mit denen sie sie gelöchert hatte, unbeantwortet geblieben.

»Bei Neptun und allen guten Geistern des Meeres«, plapperte sie nun von null auf hundert stöhnend los. »Ich hätte nicht gedacht, dass ich da noch mal lebend rauskomm. Oder wenn, dann völlig plemplem. Ich bin dir echt dankbar, Ubbo.« Sie himmelte ihn an. »Du bist mein Retter. Neptun persönlich hat dich geschickt, niemand sonst.«

Ich glaubte, meinen Ohren nicht trauen zu können. Wen, bitte schön, hatte Neptun geschickt? Ubbo? Wer, wenn nicht ich, war denn letztlich für ihre Rettung verantwortlich? Die in Saskias Worten steckende Ungerechtigkeit erschütterte mich. Die junge Frau hakte sich bei Ubbo ein und legte sanft ihren Kopf auf seine Schulter. Der Hundecoach unternahm nicht das Geringste, ihren Irrtum aus der Welt zu schaffen, sondern genoss ganz offensichtlich die Situation und die sich an ihn schmiegende Jugend.

Im Sinn der Sache beschloss ich, meine Gefühle von mir zu schütteln wie eine lästige Qualle von der Haut. Auch nach Sassis Rettung gab es schließlich noch einen brisanten Fall zu lösen. Ein Fall, der keinerlei Abschweifungen zuließ. Zunächst aber interessierte mich, was Saskia weiter zu berichten hatte. Da sie in ihrer Bewunderung Ubbos (sie schien ihren neuen Guru gefunden zu haben) offenbar keine anderen Gedanken mehr hegen konnte und von sich aus nichts erzählte, hakte ich professionell nach.

»Warum glaubten Sie, den Keller nicht mehr lebend zu verlassen?«

»Na«, rief sie beinahe empört, »schließlich haben die ja schon jemanden umgebracht. Und jetzt, wo die wussten, dass ich das wusste, standen meine Sterne wohl ziemlich schlecht.«

»Wen haben die denn umgebracht?«, fragte ich in einem Tonfall, als hätte ich nicht die geringste Ahnung.

»Focko, das habe ich in einem Gespräch belauscht.« Erschrocken fügte sie hinzu: »Oder ist vielleicht noch jemand tot?«

»Nicht, dass ich wüsste«, erklärte ich staubtrocken. Im Rückspiegel hatte ich Sassi genau im Blick. Ihre Mimik verriet nicht viel. Ihre Augen auch nicht. Außer dass sie Ubbo, sofern er sie nicht ausbremste, restlos verfallen würde.

Sie blickte zu ihm auf wie einst zu Heinz Meins, dem undurchsichtigen Guru der oberundurchsichtigen Seewiefken-Sekte. Offenbar war die junge Frau auf der ständigen Suche nach ihrem großen Retter. War es der eine nicht mehr, dann musste schleunigst ein anderer her. Ich dachte an ihren Vater, einen gewissen Alwin, der in der Familie keinerlei Rolle spielte. Von der resoluten Susi Schöpski war er nur erwähnt worden, als sie ihm für die Rettung ihrer Tochter jegliche Kompetenz abgesprochen und als er auf ihre Gefühle zu Focko Bruch nicht reagiert hatte. Beides ließ ihn in keinem besonders männlichen Licht erscheinen. Wen wunderte es da, dass Töchterchen Sassi sich auf der ständigen Suche nach einem maskulinen Erlöser befand, der großen, alles überstrahlenden Vaterfigur?

Ich beschloss, zu einem späteren Zeitpunkt ein Gespräch zum Thema mit Psychofuzzi Klaus Maria Deuter zu führen. Apropos: Bei seinem Insel-Spezialeinsatz hatte ich ihn nahezu vergessen. Ich musste ihn unbedingt erreichen. Bei der sich zuspitzenden Lage war nicht auszuschließen, dass auch er sich in Lebensgefahr befand. Möglicherweise benötigte er Hilfe.

»Und wer sind ›die‹?«, hakte ich bei Sassi so nebenbei nach, wie man seine Aalsuppe auslöffelt, bevor es zum Hauptgang mit gegrillten Schollen geht. »Wer hat Focko umgebracht?«

»Na, wer wohl?«, konterte Sassi, ohne sich wirklich für ihre oder meine Frage zu interessieren. Sie kroch förmlich in Ubbo hinein. Mittlerweile kraulte sie ihm sogar den verwahrlosten

Rothaarvollbart. Wie ein weiterer Blick in den Rückspiegel belegte, genoss mein Assistent die Situation wie der Tourist einen Sonnenaufgang über dem Schilliger Meer. Selbstzufrieden lächelte er nicht nur in sich hinein, sondern fröhlich in die Gegend hinaus. Dabei ließ er sich kraulen, als gäbe es kein Morgen. Seine fehlende menschliche Reife empörte mich. Die ihn anhimmelnde weibliche Person war glatte zwanzig Jahre jünger als er und befand sich in klar unterlegener, da sichtbar abhängiger Position. Ich würde ein paar ernste Worte mit ihm reden müssen.

»Walburga natürlich«, sagte Sassi. »Walburga und ihre Spießgesellen.«

»Ihre Spießgesellen?« Mich wunderte, dass eine aufgeschlossene junge Frau wie Sassi einen dermaßen verstaubten Ausdruck benutzte.

»Sag mal, ist dein Kumpel immer so schwer von Kapee?«, fragte sie Ubbo. Sie knabberte bereits an seinem Ohrläppchen.

»Meist schon«, entgegnete er. »Aber sach ma, wat meinst du denn mit Spießgesellen?«

»Na, die, die sie aufgespießt hat mit Neptuns Dreizack.« Sie ließ nicht von Ubbo ab. Ich konnte mir lebhaft vorstellen, wie ihre Verehrung für Heinz Meins ausgesehen und warum die Sache ihrer Mutter solche Sorgen bereitet hatte.

»Und wer is dat?«, fragte Ubbo. »Wen hat die denn nu aufgespießt?« Vielleicht spielte er das Spiel nur zugunsten eines besseren Ermittlungsergebnisses mit. Möglicherweise war er ein viel ausgefuchsterer Typ, als ich vermutete.

»Na, der Gerold natürlich.«

»Kenn ich nich. Aber wer noch?«

»Der Rolf. Die beiden würden alles tun, was die Walburga von ihnen verlangt. Der Rolf, weil der total auf sie steht. Und der Gerold, weil er den Umsturz mit ihr plant. Er will der Guru sein. Ganz einfach.«

»Ächt?«

»Na klar.« Wenn ich es richtig sah, befand ihre Zunge sich inzwischen in Ubbos Gehörgang. Der Hooksieler verhielt sich wie der Terrier, wenn er gestreichelt wurde. »Und wenn die morgen zu denen sagen würde, springt in Wilhelmshaven vom Rathausturm, würden die das sofort tun. Beide. Wenn auch aus verschiedenen Gründen.«

»Aber der is doch fuffzich Meter hoch!«, rief Ubbo.

»Du bist sooo süß!«, rief Sassi.

»Abhängigkeit und Karrieregeilheit«, warf ich ein.

Ich kapier das alles nicht, sagte meine innere Stimme. *Was soll die Polizei in Tettens? Wer von den dreien hat Focko ermordet? Und warum genau? Und warum eigentlich hat man von den anderen Gefangenen im Keller gar nichts mehr gehört?*

Spontan bremste ich ab und brachte den Wagen auf einem kleinen Parkplatz am Straßenrand zum Stehen. Verblüfft blickten die anderen mich an.

»Mir sind da noch zu viele Fragen offen«, erklärte ich. »Fragen, auf die ich Antworten brauche, bevor wir in Tettens aufschlagen. Lasst uns aussteigen. Der Hund muss auch noch mal, bevor es losgeht.«

39

»Warum hast du die Oberkommissarin nach Tettens gerufen, Ubbo? Da ist zurzeit doch gar nichts los.«

Ich setzte mich auf einen abgesägten Baumstumpf und fingerte eine Fluppe aus meiner inneren Zigarettenschachtel, um weder Ruhe noch Übersicht zu verlieren. Bettina stellte sich etwas abseits, um das Handtuch endlich so zu befestigen, dass es ihr nicht mehr in einer Tour hinunterfiel.

»Hast du 'ne Ahnung«, meinte Ubbo, der Sassi nicht mehr loswurde, es allerdings auch nicht unbedingt versuchte. »Walburga, Heinz Meins, und wat weiß ich, wie die alle heißen.«

»Unsinn!«, entgegnete ich. »Die sind auf Wangerooge. Das Seminar dort dauert noch zwei Tage.«

»Fleutschepiepen!«, triumphierte Ubbo. »Nix da. Dat Dingen da auf Backerooge ham die abgebrochen.«

»Warum dat denn?«, fragte ich versehentlich im Friesen-Slang, korrigierte mich aber sofort: »Wieso das denn?«

»Weil dat total ausn Ruder gelaufen is da. Dat war woul nich mehr trachbar, dat weiterzumachen.« Lässig lehnte er sich an mein Auto, Sassi tat es ihm gleich.

»Verkratzt mir den Lack nicht«, sagte ich nebenbei und stellte die entscheidende Doppelfrage: »Was ist eskaliert? Und woher, Ubbo, weißt du davon?«

Verblüfft sah er mich an. »Woher? Ich sollte doch Kontakt zu den Psychofuzzi halten.« Das klang angeberisch, war aber in diesem Punkt leicht zu entlarven.

»Wie willst du das denn gemacht haben?«, fragte ich aufmerksam. »Der hat doch kein Handy mehr.«

Ubbo wurde rot. Ich hatte ihn voll erwischt.

»Na schön«, lenkte er kleinlaut ein. »Der hat mich angerufen. Von irgendein öffentlichen Apparat.«

»Wieso ausgerechnet dich?« Ich fühlte mich übergangen.

»Weil meine Nummer total einfach is. Die hat so viele Siebenen, dat der sich dat sofort merken konnte. Deine wär viel zu kompliziert zum Auswendichlernen, meinte der.«

Ich nickte ungeduldig. Ich hatte ein schlechtes Gewissen, weil ich das geplante Treffen mit Deuter am Wangerooger Westturm (»Gleiche Stelle, gleiche Welle«) im Sog der Ereignisse völlig verpennt hatte.

»Jedenfalls hat der mir dat vertellt midde Eskala...dingsbums da bei denen. Er meinte ...«

An dieser Stelle unterbreche ich meine Aufzeichnungen. Zum besseren Verständnis der Gesamtsituation füge ich den Bericht Klaus Maria Deuters ein, den dieser mir später vorgelegt hat (tatsächlich schriftlich, dieser Pedant!):

Nach dem Treffen mit Reents am Westturm unfreundlicher Empfang durch Walburga im Ferienhaus. So gehe es nicht. Wer sich nicht an einfache Regeln halten könne, werde dies erst recht nicht schaffen bei wirklichen Herausforderungen. Welche Herausforderungen? Die Herausforderungen, die der wahre Glaube an jeden Gläubigen stelle. Ihre Aufforderung, mich zur Besinnung ins Zimmer zurückzuziehen, ist mehr Befehl als Bitte.

Mein Zimmer-Mitbewohner (Zahnarzt Dr. X aus Schortens mit bemerkenswertem Mundgeruch) erklärt mir ehrfürchtig, dass ich mich freuen solle (und dürfe!) über Walburgas deftige Ansprache. Das bedeute, dass ihr an mir liege. Werde sie zornig, dann sei es der Zorn des Seewiefkens persönlich. Wer den zu spüren bekomme (bis auf den möglicherweise finalen Zorn bei der Friesland vernichtenden Sturmflut!), dürfe sich überaus glücklich schätzen. Er sei ein Auserwählter! Ihm selbst gegenüber sei Walburga zwar auch schon ungehalten geworden, aber noch niemals zornig. Er beneide mich! Menschen, an deren Glauben dem Seewiefken nicht gelegen sei, strafe sie mit Missachtung, nicht mit Zorn! – Unruhige Nacht für mich.

Das Frühstück nehmen wir Jünger unter uns ein. Wir alle

werden übertriebenerweise Jünger genannt. Manche sind schon eine Weile dabei. Andere, wie ich, neu. Seewiefken, Guru und Untergurus speisen in einem Extraraum. Zu essen gibt es ausschließlich Produkte des Meeres. Zubereitet von Jüngern, die schon länger dabei sind. Selbst das Brot ist mit Meeresalgen gebacken. Geschlemmt wird nicht gerade. Getrunken wird Leitungs-, zum Glück kein Nordseewasser (kleiner Scherz).

Bei Tisch wird kaum geredet. Es ist sehr still. Dr. X knackt der Kiefer bei jedem Bissen. Plötzlich orkanartig aufbrausendes Geschrei aus dem Nebenraum. Hier nimmt die Führungsriege köstlichen Krabbensalat und andere Leckereien zu sich. Getrunken (bei Ermittlungsarbeit von mir beobachtet) wird herrlich duftender Kaffee und frisch gepresster Orangensaft, was meine Sinne aufs Äußerste reizt. Diese Schlemmermäuler!

Aber zurück zum Orkan. Natürlich ist es Walburga. Sie zetert! Offenbar ist ihr Angriffsziel kein anderes als der Guru selbst: Heinz Meins. Zwischendurch verstehe ich einzelne Worte, manchmal ganze Sätze: »Was bildest du dir ein? - Ich bin … du höchstens Johannes der Täufer! - Erlöserin. - Handlanger und so weiter.«

Immer wieder entgegnet Meins ihr etwas. Es ist ein einheitlich-gleichmäßiges Brummen. Nur einmal, nur ein einziges Mal, verstehe ich ein Wort, das für mich halbwegs einen Sinn ergibt und mich in Alarmstimmung versetzt:

»Mord!«

Darüber hinaus erschließt sich mir der grundsätzliche Disput beider Konfliktparteien schnell: Walburga zweifelt nicht nur die Macht ihres Gatten an, sondern seine grundsätzliche NOTWENDIGKEIT. Schließlich ist sie als Seewiefken die Erlöserin Frieslands und keinesfalls er! Was also wolle er überhaupt von ihr, »verdammte Kacke noch mal!«. (Sie wird tatsächlich ordinär!)

Davoneilende Schritte. Es wird wieder ruhig. Sehr ruhig. Still. Bis auf das Kieferknacken von Dr. X.

Kurz darauf beginnt das Seminar. Da das Wetter es zulässt, begeben wir uns über die Dünen ans Meer. Zwölf Jünger (fünf alteingesessene). Heinz Meins unterweist uns. Wir sitzen im Sand, er uns gegenüber. Nur Hannelore (Arthrose, Krankenschwester aus Recklinghausen) und Jörg (allgemein ungelenkig, Busfahrer aus Wildeshausen) schaffen den Lotossitz nicht. Alle anderen schon. Na ja, manche eher inkorrekt (Birgit aus Castrop-Rauxel, Werner aus Ostrauderfehn, Erwin aus Wittmund), aber egal.

»Liebe Brüder und Schwestern«, beginnt Heinz Meins seinen allmorgendlichen gottesdienstähnlichen Vortrag. »Das Meer ist unser Leben. Die Gezeiten bestimmen unser alltägliches Dasein. Ebbe und Flut: ein Kommen und Gehen.« – »So ist es«, murmeln wir als Chor erwartungsgemäß. – »Ebbe und Flut bestimmen über unsere geringfügigen Existenzen.« – »So ist es.« – »Stürme brausen über uns, wir können es nicht bestimmen.« – »Du sagst es, großer Guru.« – »Es rafft uns dahin oder lässt uns leben.« – »Ja, ja!« – »Wir alle haben nur eine Rettung!« – »Ja!« – »Nur eine einzige!« – »Genau!« – »Und wer ist das?« – »Das Seewiefken ist es. Das Wiefken der See.« – »Und sonst keiner?« – »Nein!« – »Was aber hält uns davon ab, dem Seewiefken all das zu geben, was es sich von uns wünscht?« – »Unsere Schwäche! Unser menschliches Elend!« – »Und warum gibt das Seewiefken uns trotzdem das zurück, was wir nie und nimmer verdient haben?« – »Aus Gnade, oh Neptun, aus purer Gnade.« – »Haben wir die Gnade etwa verdient?« – »Oh nein, großer Neptun, wo denkst du hin?« – »Sind wir alle Verdammte?« – »Ja!« – »Ob Friesenkinder oder nicht?« – »Ob Friesenkinder oder nicht!« – »Warum aber werden wir trotzdem gerettet?« – »Weil wir an das Seewiefken glauben, oh Neptun. Weil wir an es glauben.« – »Nun denn, so möge es sein, Brüder und Schwestern. Wir haben nur eine Chance.« – »Die Gnade des Seewiefkens. Sein unverdientes Verzeihen.« – »Nur eine einzige Chance.« – »Seine Liebe!« – »So ist es. Von Ebbe zu Flut und von Flut zu Ebbe. Im Rahmen der Gezeiten liegt unsere Rettung. Die Verräter werden es mit ihrem Leben bezahlen. Sie alle werden ertrinken in den Fluten des Meeres, das sie überschwemmt.« - »Gelobt sei Neptun.« - »Gelobt sei Neptun!« - »Gelobt sei das Minsener Seewiefken.« - »Gelobt sei das Minsener Seewiefken.« - »Das da wiedergekehrt ist zu uns in der Gestalt Walburgas!« - »In der Gestalt Walburgas, niemand sonst!«, echoen wir.

Tiefes, minutenlanges Schweigen folgt. Nur das Rauschen des Meeres, an diesem Strandabschnitt Wangerooges nicht unerheblich. Ein Wind kommt auf, es wird fast kühl. Eine sehr kleine, aber dunkle Wolke stellt sich vor die Sonne. Ich bekomme Gänsehaut. Nein, die hatte ich schon vorher. Es ist eine Gänsehaut, die nichts mit Frieren zu tun hat.

»Wie ihr wisst, Schwestern und Brüder«, erhebt Meins erneut seine Stimme, »wurde das Seewiefken einst gepeinigt von den Menschen des Wangerlandes, vornehmlich den Bewohnern Minsens. Von Männern und Frauen, selbst die Kinder haben Neptuns Tochter verspottet. Unbehelligt und nichts Böses ahnend oder wollend, war sie zuvor seit ungezählten Zeiten durch die Nordsee geschwommen. Gute Werke hat sie getan, wo immer es gute Werke zu tun gab. Schiffbrüchige hat sie vor dem Ertrinken gerettet, sich bei Seegefechten helfend auf die Seite der Guten gestellt, die Bösen auf den rechten Weg geführt. Krankheiten und Seuchen unter den Tieren des Meeres erfolgreich bekämpft. Sogar die Seehunde haben sie verehrt und ihr Huldigung erbracht.«

»Oh, wie gut sie war!«, stöhnen im Chor die alteingesessenen Jünger. Die anderen kennen den Text noch nicht. Er lag nicht, wie die Eingangsfloskeln, am Vorabend in den Zimmern aus, mit der Vorgabe zum Auswendiglernen.

»Oh, wie gut sie *war*?«, echot fragend der Guru. »Nein, da täuscht ihr euch, liebe Schwestern, liebe Brüder! Neptuns Tochter *war* nicht gut, sie ist es immer noch. Sie ist die Güte selbst, sie ist das Gute in unser aller Leben. Wie keine andere göttliche Figur verkörpert sie die Liebe zu den Menschen. Aber als sie vor vielen Jahrhunderten in das Netz eines Minsener Fischers geriet und die Menschen sie ausstellten wie ein Tier im Käfig und sich über sie lustig machten, weil sie anders war als sie selbst, weil sie anders *aussah* als sie selbst, da hat sie ihre Unschuld verloren. Neben ihrer unendlichen Güte hat sie den Zorn kennengelernt, der ihr bis dahin fremd war, weil er nicht ihrem Wesen entsprach. Ein Zorn, der aufgrund ihrer göttlichen Allmacht (denn sie ist die Tochter Neptuns, des Herrn der Meere und Ozeane) furchtbar ausfiel.«

»Die Allmacht des Seewiefkens ist unantastbar«, lamentieren die Eingeweihten. »Wir müssen sie versöhnen.«

»Dann, liebe Brüder und Schwestern«, sagt Meins, »erhebt euch, sie zu ehren.«

Alle stehen auf, blicken erwartungsvoll auf die Düne, der Meins sich zuwendet. Walburga erscheint. In ihrem leuchtend roten Gewand, mit ihrer leuchtend roten Mähne. Fraglos eine eindrucksvolle und charismatische Erscheinung.

»Geht zu ihr, Schwestern und Brüder!«

Wie an einer Supermarktkasse stellen die Gläubigen sich an.

»Ruft eure Verehrung laut aus euch heraus!«

»Seewiefken, wir verehren dich!«, rufen alle im Chor.

»Ruft eure Liebe laut aus euch heraus!«

»Seewiefken, wir lieben dich!«

»Bittet als die Unwürdigen, die ihr seid, Neptuns Tochter um Vergebung!«

»Seewiefken, vergib uns Unwürdigen!«

»Nun tretet zu ihr!«

Alle treten an sie heran.

»Fallt vor ihr auf die Knie!«

Es gibt keinen, der der Anweisung des Gurus nicht folgt. Auch ich nicht, obwohl ich die Sache natürlich für Schabernack halte. Jetzt aufzufallen wäre jedoch nicht gut.

Allgemeines Gemurmel: »Oh, heiliges Seewiefken, vergib uns. Rette unsere Seelen. Verschone unsere Körper. Erquicke unseren Geist. Wandle unsere Unwissenheit in Wissen. Vergib uns unseren Hochmut. Befreie uns von unserer Eitelkeit.«

Walburga selbst macht einen seltsam unbeteiligten Eindruck. In ihrem Gesicht sehe ich, dass sie genervt ist. Ich verbringe mein halbes Leben damit, in den Gesichtern der Menschen zu lesen wie in Büchern.

Plötzlich platzt Walburga der Kragen.

»Schluss jetzt!«, ruft sie zur Verblüffung aller Anwesenden. »Wen verehrt ihr eigentlich? Wirklich mich? Oder vielleicht diesen Kasper hier?« Mit großer Gestik deutet sie auf ihren Gatten, den noch immer im Sand sitzenden Guru, der nicht glauben kann, was er hört.

»Wir verehren dich, oh Seewiefken«, antwortet die (trotz Arthrose) direkt vor ihr kniende Jüngerin Hannelore aus Recklinghausen. Walburga scheint bereits befriedigt, als Hannelore demütig hinzufügt: »Aber natürlich auch ihn, unseren Meister und Guru. Er ist es, der uns die Wahrheit verkündet. Niemand sonst.«

»Siehste!«, ruft das Seewiefken. »Da haben wir's wieder! Ihr alle seid zu blöd zu kapieren, dass es hier ausschließlich um mich geht und nicht um diesen elenden Wattwurm da unten im Sand!« Sie rennt Richtung Düne. »Ich fass es nicht, wie komplett blöd ihr seid! Der Typ will doch nur mit euch rumpimpern. Jedenfalls mit den Weibern unter euch, die halbwegs schick aussehen. Wat anderes hat der doch nich im Kopp, Mann!« Je länger sie redet, umso deutlicher wird ihre offenbar ebenfalls (wie bei Hannelore) nordrhein-westfälische Herkunft. Von Wort zu Wort verliert sie mehr die Contenance.

»Walburga, so beruhige dich doch.« Der Guru steht auf und geht zu ihr.

Beschwichtigend legt er eine Hand auf ihre Schulter.

»Lass mich los!«, brüllt sie ihn an. Und an uns gewandt, die wir noch immer alle wie erstarrt im Sand knien: »Ihr müsst euch entscheiden: er oder ich! Jetzt!«

»Ich bin der Verkünder des göttlichen Wortes«, macht Meins den nächsten Versuch, die Lage zu deeskalieren. »Du bist das göttliche Wesen. Unsere Rollen sind klar voneinander getrennt.«

»Unsere Rollen, unsere Rollen!«, äfft sie ihn nach. »Scheiß wat auf Rolle! Ich *bin* dat Wiefken! Herrin über Leben und Tod. Dat ist keine Rolle! Und wenn ich zu jemand sach: ›Stirb!‹, dann hat der gefälligst zu sterben! Damit dat mal klar is.«

Mit diesen Worten dreht sie sich wütend ab und eilt davon. Meins macht einen äußerst hilflosen Eindruck, bemüht sich aber, dies zu verbergen.

»Liebe Seminarteilnehmer«, verkündet er, um Fassung ringend. »Liebe Schwestern und Brüder. Liebe Jünger. Ich breche hiermit das Seminar ab. Walburga macht eine schwere Zeit durch. Das Seewiefken in ihr ist zu stark geworden. Der Mensch Walburga verkraftet das nicht. Sie muss sich ganz neu besinnen.«

Nach und nach stehen die anderen und ich auf, klopfen uns den Sand von den Knien. Undefinierbares Stimmengewirr.

»Wir sollten jetzt alle nach Hause fahren. Die von euch, die bereits in Tettens wohnen, dorthin. Die anderen an ihre Heimatorte. Wer in Tettens bleiben möchte, kann dies natürlich gern tun. Ich werde mich bei euch melden, wenn die Lage sich geklärt hat.«

»Von wegen: Das Seewiefken in ihr ist zu stark geworden«, raunt mir Dr. X zu. Sein Mundgeruch ist an diesem Morgen verschwunden. »Hier läuft was ganz anderes, glaub ich allmählich. Was ganz anderes!«

»So?«, frage ich, während wir langsam zur Unterkunft zurückgehen. »Und was läuft hier?«

Er zieht mich hinter eine Düne.

»Ich glaub, dass hier jemand umgebracht wurde.« Seine Augen blitzen mich an. »Immer wieder hab ich Gesprächsfetzen in dieser Richtung mitgekriegt, immer wieder. Und die Walburga, die steckt metertief im Schlamassel. Die hat völlig die Kontrolle verloren. Aber das haben wir ja gerade auch gesehen.«

40

»Ich glaub auch, dass der Focko nicht mehr lebt«, sagte Sassi. Ubbo war gerade fertig mit seinem mündlichen Bericht über Deuters telefonische Aussagen. Sassi hing an seinem Arm. Ihre Bewunderung für den Hooksieler Hundecoach war ungebrochen. Es war, als rede sie ausschließlich mit ihm und als wolle sie auch nie wieder mit jemand anderem reden, als sei er der Einzige für sie bis ans Ende der Zeit.

»Was *wissen* Sie, Sassi?«, schaltete ich mich ein. »Mit Glauben kommen Sie vielleicht in der Sekte weiter. Hier geht es um knallharte Fakten. Willkommen in der Realität.«

Sie sah mich an, als hätte sie keine Ahnung, von was ich da gerade redete. Ihre Blicke hatten etwas ebenso Engelhaftes wie Naives, fast schon ein wenig Dümmliches.

»Warum wurden Sie überhaupt gefangen gehalten?«, half ich ihr auf die Sprünge.

»Ja«, echote Ubbo, »warum dat eigentlich, sach ma?«

»Sie waren doch eine der Gespielinnen des Gurus, oder vielleicht nicht?«

»Warst du dat in ächt?« Deutlich hörbare Enttäuschung schwang in Ubbos Stimme mit.

»Nein, mein Retter! Wie kommst du denn darauf?« Offen strahlte sie ihn an.

»Versuchen Sie nicht, sich rauszureden, Sassi!«, brachte ich die Kleine zur Räson. »Von Ihrer Mutter weiß ich –«

»Ach, Mama«, unterbrach sie mich und zog einen Flunsch. »Was weiß die denn schon? Die war doch selbst in den Focko verknallt.«

»Und Sie in den Guru.« Ich dachte nicht daran, lockerzulassen, auch wenn sie sich das noch so sehr wünschte. »Und nun erzählen Sie mir nicht, dass Meins das nicht ausgenutzt hätte. Soviel ich weiß, lässt der so leicht nichts anbrennen.«

»Ebendeshalb«, sagte Sassi traurig. »Sie glauben doch nicht, dass ich mit einem Mann zusammen sein will, der nichts anbrennen lässt?«

»Wer will das schon?« Bettina stöhnte schwer. »Mit dem Focko war das ja nicht viel anders.«

»Moment mal«, warf ich ein. »Soll das etwa heißen, dass Sie«, ich zeigte auf Saskia, »den Guru gar nicht rangelassen haben …«

»Natürlich nicht!«, rief sie empört. »Was denken Sie denn von mir?«

»… und Sie«, ich zeigte auf Bettina, »und Sie haben Focko Bruch abblitzen lassen?«

»Das nicht gerade«, räumte sie ein. »Aber Schluss gemacht hab ich mit ihm.« Ihr frisch befestigtes Handtuch rutschte schon wieder.

Warum das denn?, fragte meine innere Stimme. Ich gab die Frage weiter.

»Weil er doch was mit der Walburga laufen hatte.«

»Okay, aber Sie, Bettina, doch auch mit dem Guru.«

»Das ist ja wohl was anderes«, behauptete sie beleidigt und zurrte das Handtuch fest wie einen Haltegurt.

»Wieso is dat wat anneres?«, wollte Ubbo wissen.

»Der Heinz hat so viel zu geben«, flötete Bettina. »Und er braucht so viel Energie.« Sie geriet geradezu ins Schwärmen. »Die er dann wiederum an andere weitergibt. So vervielfacht sich quasi die Power. Das ist eine großartige Sache. Hier geht es um wahrhaft göttliche Impulse.«

»Und bei Walburga ist das anders?«, fragte ich skeptisch. »Sie ist doch das Seewiefken. Jedenfalls nach der Lehre des Gurus.«

»Seewiefken!«, rief sie plötzlich. »Ausgerechnet! Die blöde Schlampe! Die wollte doch mit dem Focko zusammen den Heinz entmachten. Rauswerfen wollten die ihn, mit einem Tritt vor die Tür setzen.«

Das Ganze roch nach einer Spaltung der Sekte in zwei Glaubenslager. Ein regelrechter Glaubenskrieg schien entfacht. Ein Schicksal, das offenbar jede Religion irgendwann ereilte. Hier auf der einen Seite die Anhänger des Gurus, auf der anderen die des Seewiefkens, also Walburgas. Mir ging nicht nur dies eine Licht auf, sondern gleich noch ein weiteres.

»Weshalb Meins Focko beseitigt hat«, stieß ich meine Erkenntnis hervor.

»Dat wär zumindest mal 'n Grund«, meinte Ubbo.

»Aber zurück zu Ihnen, Sassi.« Erschrocken sah sie mich an. Fühlte sie sich ertappt? »Wieso sind Sie ins ›Haus der Wunder‹ gegangen? Dort werden doch Gehirnwäschen für Abtrünnige durchgeführt. Waren Sie etwa abtrünnig?«

»Niemals!«, rief sie empört. »Für mich gibt es nur diesen einen Glauben. Neptun ist der einzig wahre Gott. Der Heinz seine menschliche Stimme auf Erden. Und die Walburga die Wiedergeburt des Minsener Seewiefkens. Ihr hat der Neptun die Macht über Nordsee und Friesland, vor allem über das Wangerland gegeben. Sie ist seine Tochter.«

Na, meinte die Stimme. *Da hat die Hirnwäsche ja super funktioniert.*

Ich dachte mir mein Teil.

»Die Sassi weiß einfach zu viel«, meinte Bettina. »Und sie war nicht mehr loyal gegenüber dem Heinz. Jedenfalls konnten sie sich da nicht mehr sicher sein. Da haben die sie halt ein bisschen bearbeitet.«

»Wovon redest du?«, hakte Sassi nach. Sie hatte offenkundig keine Ahnung.

»Schon gut, Sassi, schon gut«, wurde sie von ihrer Glaubensgenossin und Freundin beruhigt. »Das renkt sich alles wieder ein.« Sie streichelte ihr den Kopf.

»Genau«, bestätigte Ubbo. »Dat renkt sich allens wieder ein. Wir kriegen dat schon hin, wir zwei beiden.«

Er streichelte ihr ebenfalls den Kopf. Sassi schnurrte wie ein Kätzchen. Mir wurde endgültig klar, was die letzten Tage und Wochen mit ihr angestellt hatten. Susi Schöpskis Sorge war nicht unberechtigt gewesen.

»Was gibt es denn zu wissen«, blieb ich konsequent am Ball, ohne mich von momentanen Gefühlen ablenken zu lassen, »das nicht nach außen dringen darf?«

Sassi und Bettina fühlten sich gleichermaßen angesprochen. Die Erste antwortete verträumt: »Zum Beispiel die Sache mit dem Boot im Schilliger Watt.«

Die Zweite vergleichsweise sachlich: »Der ganze Beschiss mit den männlichen Fördermitgliedern zum Beispiel.«

»Das umgekippte Wrack?«, fragte ich die Erste und die Zweite: »Der wie funktioniert?«

»Genau das«, meinte Sassi.

Und Bettina: »Die zahlen horrende Beiträge. Dafür werden sie ab und zu auf Gruppenabende eingeladen. Cordula, Elvira und ich kümmern uns dann um die Herren der Schöpfung. Verfängliche Videos werden gedreht ... Erpressungen gestartet. Alles im streng religiösen Sinn: Wer sündigt, muss sich über Strafe nicht wundern. Und die kleinen Sünden bestraft der liebe Neptun sofort.«

»Wodurch die horrenden Beiträge noch horrender werden?«, schlug ich vor.

Bettina nickte. »Allerdings. Auch dass die Vollmitglieder ihr ganzes Hab und Gut der Sekte überschreiben, ist so sicher nicht immer legal.«

Ich steckte mir innerlich die nächste an. »Bleibt noch eine Frage, Bettina.«

»Warum ich dir das alles erzähle?«

Ich nickte. »Wollen Sie aussteigen?«

Jetzt nickte sie. Ihr Handtuch fiel zu Boden. Der Hund bellte dreimal extrem kurz.

»Der Glaube ist eine Sache ...«, sagte sie, während sie halbherzig nach dem provisorischen wie dürftigen Kleidungsstück angelte.

»Aber der Betrug und die Erpressung eine andere«, ergänzte ich bedeutungsschwer.

Wieder nickte sie. Nun hob sie das Handtuch doch auf. Der Hund bellte nicht. Ubbo fragte Sassi: »Aber wat is dat denn nu mit den umgekippten Kudder in Schilliger Watt?«

»Ach der«, hauchte Sassi entrückt. »Ich glaub, da liegt Focko drunter.«

»Wat denn? Der lebt noch?«

Sassi lachte. So als hätte Ubbo ihr einen prima Witz erzählt.

»Natürlich nicht«, sagte sie. »Kleiner Dummkopf.« Sie wuschelte ihm durchs Haar. »Ich rede von seiner Leiche.«

»Aber wie kommst denn darauf, sach ma?«

»Das hab ich gehört«, antwortete sie munter. »Der Rolf und die Walburga haben drüber geredet. Also, jedenfalls hab ich sie so verstanden.«

Als ich auf den Hof von »Ebbe und Flut« abbog, war es, als stieße ich mitten in einen Ameisenhaufen. Polizeiwagen standen herum, Türen waren geöffnet. Menschen rannten kreuz und quer durcheinander. Männer, Frauen, Jünger, Untergurus, ich konnte sie kaum unterscheiden. Manche von ihnen ganz offensichtlich verhaftet, Polizistenhände schwer auf den Schultern. Einige sogar mit Handschellen an den Gelenken. Andere versuchten die Flucht, manche wurden verfolgt. Es war ein unglaubliches Gewusel. Walburga und Gesine von Röhrbach standen mitten auf dem Hof. Sie schienen über irgendwas zu diskutieren oder zu streiten.

Mit einem Blick erfasste ich, was zu tun war. Alles musste jetzt sehr schnell gehen. Blitzschnell und effektiv. Wenn Saskias letzte Infos der Wahrheit entsprachen, wovon ich ausging, nutzte es gar nichts, die Leiche Fockos unter dem Bootsrumpf einfach nur zu finden. Lag sie dort schon seit Tagen, würde sie vermutlich kaum noch Spuren aufweisen, die uns zum Täter oder zur Täterin führen konnten. Folglich brauchten wir jemanden, der uns zur Leiche führte. Dies konnte nur durch den Mörder selbst oder eine eingeweihte Person geschehen. Andere dürften kaum Bescheid wissen. Wer wusste, dass die Leiche Focko Bruchs unterm Boot lag, der war der Täter. Zumindest einer davon.

»Du«, raunte ich Ubbo zu, »gehst jetzt zu der Oberkommissarin und lenkst sie ab. Schick sie ins ›Haus der Wunder‹. Die Gefangenen dort müssten unbedingt befreit werden, bla, bla, bla. Mach es noch dringlicher, als es ist. Und es ist ja schon ziemlich dringlich. Nimm Ricky mit. Er wird für zusätzliche Ablenkung sorgen.«

Top-Idee, sagte die Stimme.

»Dat soll kein Problem sein«, meinte Ubbo. Er und der Hund waren schneller aus dem Auto als erwartet.

»Und jetzt aufgepasst, meine Damen«, wies ich die beiden Gezeiten-Ladys energisch an. »Was jetzt kommt, ist sehr wichtig ...« Vier ebenso große wie hübsche Augen blickten mich aufmerksam an. »Sie, Sassi, unterstützen Ubbo in seinem Ablenkungsmanöver, indem Sie die Polizistin zusätzlich verwirren ...«

»Aber wie denn?«, wollte sie hilflos wissen.

Ich überlegte nur kurz, ehe ich sagte: »Hängen Sie sich Ubbo wieder an den Hals. Das können Sie ja so gut.«

»Was soll das denn heißen?«

»Egal. Machen Sie es einfach. Das wird die biedere Polizistin garantiert verwirren.«

»Ach so«, rief sie erleichtert. »Gar kein Problem. Gern doch. Sehr gern sogar.«

»Und Sie, Bettina, werden dem sogenannten Seewiefken ganz unauffällig Folgendes stecken ...«

Die Sektenschönheit lauschte mir gebannt.

Da ich nicht lange Zeit gehabt hatte, den Plan auszuhecken, konnte ich mir kaum sicher sein, dass er tatsächlich funktionierte. Ich versteckte mich unter der großen hellen Hundedecke auf dem Rücksitz meines Wagens. Das fiel mir nicht leicht, denn diese Decke war voller weißer, leicht borstiger Hundehaare, auch wenn man die nicht gleich sehen konnte. Tatsächlich dauerte es keine zwei Minuten, bis sich jemand hinters Steuer setzte und losfuhr. Ich wollte die Sache nicht gefährden, weshalb ich wie erstarrt unter der Decke blieb.

Ohne besondere Eile fuhr mein schwarzer Touran an. Das zeugte von großer Gelassenheit und ausgewogener Intelligenz der Person, die hinter dem Steuer saß. Ein Blitzstart hätte todsicher dazu geführt, dass die anwesende Polizei augenblicklich die Verfolgung aufgenommen hätte. Erst als wir das »Ebbe und Flut«-Anwesen bereits ein gutes Stück hinter uns gelassen hatten, wurde das Gaspedal kräftig durchgetreten. Die Reifen quietschten, der Wagen geriet ein wenig ins Schleudern, kriegte sich aber schnell wieder ein.

Vorsichtig lüftete ich die Decke, die doch sehr nach Hund muffelte. Ich brauchte etwas Luft und wollte, wenn möglich, etwas sehen. Meine Vermutung betreffs der fahrenden Person erfüllte sich. Teil eins meines Plans war aufgegangen. Ein Gefühl tiefer Befriedigung durchlief mich. Wenn die Sache weiter so reibungslos und effektiv funktionierte, würde es nicht mehr lange dauern, bis ich der Wilhelmshavener Kriminalpolizei in Person der Oberkommissarin Gesine von Röhrbach nicht nur die Leiche Focko Bruchs, sondern auch gleich die Mörderin präsentieren konnte. Völlig zu Recht war ich schon jetzt stolz auf mich. Walburga an ihrer roten Mähne problemlos zu identifizieren war kein Kunststück. Offenbar hatte alles geklappt wie am Schnürchen.

Während Ubbo und Sassi die Oberkommissarin nach dem von mir ausgeklügelten Plan raffiniert abgelenkt hatten, hatte Bettina ihrer Sektenvorgesetzten meiner Anweisung gemäß heimlich gesteckt, dass Fockos Leiche gefunden worden sei. Angespült am Schilliger Strand. Dann hatte sie laut gefragt, wo ich denn sei, und hatte Walburga so den Hinweis auf mein Auto gegeben. Dieses stand mit laufendem Motor und offener Tür fluchtbereit am Rand des Hofs im Schatten einer weit ausladenden Kastanie. Der Rest ist nicht mehr erklärungsbedürftig, weshalb ich mich diesbezüglich zurückhalte.

Ich war heilfroh, Ubbo den Hund mitgegeben zu haben. Minute um Minute neben mir unter der Decke stillzuhalten, hätte das Tier überfordert. Selbst mir fiel die Sache nicht leicht. Und wurde noch schwieriger, als ich plötzlich ein Kribbeln in der Nase verspürte, das mich zum Niesen nötigen wollte. Ich tippte auf mindestens ein Hundehaar, das sich in das Innere meiner Nase verirrt hatte. Mit behutsamer Bewegung hielt ich mir die Nasenlöcher zu. Der Reiz verringerte sich jedoch nicht, ganz im Gegenteil. Das nunmehr fest verschlossene Geruchsorgan blähte sich unter dem Druck förmlich auf. Noch aber ließ sich das Niesen aufgrund meiner extrem hoch entwickelten Selbstdisziplin unterdrücken. Wenn es damit vorbei war, konnte ich die ganze Aktion vergessen, so viel stand fest.

Walburga würde mich nicht mehr zu Fockos Leiche führen, wenn sie mich erst entdeckt hatte. Die Lage spitzte sich zu, da der Niesreiz sekündlich wuchs. Meinen Berechnungen zufolge waren wir noch lange nicht in Schillig angekommen. Dies konnte noch gut zwanzig Minuten dauern. So spürte ich denn, in tiefes Schweigen gehüllt, den Augenblick auf mich zukommen, in dem es kein Halten mehr gab. Es war so still im Wageninnern, dass Walburga selbst ein optimal unterdrücktes Niesen unweigerlich hören musste. Wie ein Turm, von dem man ahnte, dass er mit Auflegen des nächsten Steines einstürzen würde, baute sich der Niesreiz immer weiter in mir auf. Stück für Stück. Und dann passierte es: Ich nieste! Extrem laut.

Die Sache war aufgeflogen. Resigniert zog ich mir die Decke vom Kopf. Ich hatte keine andere Chance mehr, als mich zu stellen. Plötzlich hörte ich laute Musik. Bob Dylan sang »Don't think twice, it's allright«. Ich hatte keine Ahnung, woher das Gejaule der Mundharmonika plötzlich kam. Auf jeden Fall war es von ohrenbetäubender Lautstärke. Dann begriff ich, dass ein Wunder geschehen war.

Zeitgleich mit meinem Niesen hatte Walburga das Radio eingeschaltet und den Literatur-Nobelpreisträger seinen alten Song singen hören. Offenbar war sie Fan und hatte sofort dermaßen laut gedreht, dass mein Niesen im musikalischen Lärm untergegangen war. Das Glück des Tüchtigen. Vorsichtig, aber schnell zog ich die Decke wieder über den Kopf.

41

Als Walburga hastig das Auto verließ, ich vorsichtig unter der Decke hervorkam und mich draußen umsah, war augenblicklich klar, dass mein Plan auch weiterhin lief wie geschnitten Brot. Der Wagen stand in Schillig im Parkverbot. Direkt vor der Schranke zwischen dem DRK-Gelände mit dem Mutter-Kind-Kurheim auf der linken und den Ferienwohnungen der Arbeiterwohlfahrt auf der rechten Seite. Zum Deich waren es von hier keine fünfzig Meter. Als ich das letzte Mal hier gewesen war, war ich auf den völlig verwirrten Klausi getroffen. Gleich links am Weg stand das schöne alte Haus, in dem vor Jahrzehnten der damalige Heimleiter mit seiner Familie gelebt hatte.

Vorsichtig streckte die Dämmerung ihre Finger nach dem Tag aus. Als ich die fünfzig Stufen den Deich hinauf erreichte, war Walburga längst auf der anderen Seite verschwunden. Ich eilte empor und spähte hinüber. Im Laufschritt hatte Walburga bereits den halben Strand hinter sich gelassen, ihr Haar wehte wie eine rote Flagge hinter ihr her. Sie war nicht zu übersehen und befand sich auf direktem Kurs zum gekenterten Boot, auf dem träge ein paar Möwen saßen. Alles passte zusammen. Es war ablaufendes Wasser, das Wrack bereits freigelegt. Kaum sichtbar leuchtete das allmählich entstehende Watt im orangegelben Licht einer aufgehenden Mondsichel. Ab und zu flog eine der Möwen auf, krähte im Flug vor sich hin, landete im Watt und pickte auf Futtersuche in den kleinen, zurückgebliebenen Pfützen herum. Die Schreie der fliegenden Möwen hallten in der Stille nach wie das Echo einer anderen Welt.

Ich duckte mich auf den Deich, sodass Walburga mich auch dann nicht sehen könnte, wenn sie sich umdrehte. Dafür aber nahm sie sich gar nicht die Zeit. Hinter den Dünen erreichte sie den Wattsaum und schleuderte irgendetwas zurück an den Strand. Ich vermutete, dass es ihre Schuhe waren, die sie im Watt nur behindern würden. Schnurstracks steuerte sie auf das gekenterte Boot zu, hatte es fast schon erreicht.

Ich pirschte mich den Deich hinunter, der Abstand durfte nicht zu groß werden. In geduckter Haltung rannte ich weiter, das Handy bereits gezückt. Sobald Walburga anfing, sich am Bootsrumpf zu schaffen zu machen, wollte ich die Oberkommissarin benachrichtigen. Den Triumph, ihr Leiche und Mörderin gleich im Doppelpack liefern zu können, schmeckte ich schon jetzt auf meiner Zunge wie das in der Seeluft hängende Salz. Walburga lief und lief und lief. Dann lief sie am Boot vorbei.

Was war mit ihr los? Ich konnte nicht glauben, was ich sah. War Walburga möglicherweise verrückt geworden? Hatte der Wahn sie befallen, tatsächlich das Seewiefken zu sein? Wollte sie zurück ins Meer? War es der Geruch von Algen und Tang, der sie hinauszog in ein nasses Grab, von dem sie glaubte, zuvor aus ihm gekommen zu sein?

Innerlich stellte ich mich bereits darauf ein, sie retten zu müssen. Dann aber verlangsamte sie ihr Tempo rigoros, und ich begriff, dass sie dem ablaufenden Wasser hinterherlief. Offenbar wollte sie hinaus, ohne zu ertrinken. Als jetzt auch ich den Wattsaum erreichte, entledigte ich mich ebenfalls meines Schuhwerks. Da es sich bei diesem um hellbraune italienische Leichtlederschuhe handelte, stellte ich sie sorgsam am Rand der letzten Düne ab, wo ich sie später problemlos wiederfinden würde. Walburga hatte ihr Schuhe vergleichsweise wild durch die Gegend geworfen. Ihre übergroße Aufgeregtheit und Verzweiflung waren auch hieran leicht zu erkennen. Ich schlich vor zum Bootsrumpf und versteckte mich dahinter, meine Füße versackten im Schlick. Die Möwen waren verschwunden, als habe das Jenseits sie geschluckt.

Noch immer hatte Walburga sich kein einziges Mal umgedreht. Unbeirrbar ging sie weiter ihren Weg, folgte dem Wasser hinaus. Trotzdem durfte ich die Vorsicht nicht verlieren. Die Dämmerung wandelte sich allmählich in Dunkelheit. Das Licht der Mondsichel war nur schwach, worin mein großer Vorteil und meine Chance lagen, vom weltentrückten Seewiefken nicht entdeckt zu werden. Selbst wenn sie zurückblickte, womit ich früher oder später rechnen musste.

In meinem bisherigen Leben hatte ich gelernt, dass jeder Mensch sich irgendwann einmal umdrehte. Manch einer von ihnen blickte erschrocken zurück, manch einer voller Sehnsucht. Wie ich auf meine Zeit mit Luna im Altengrodener Haus oder die verpasste Chance mit der inhaftierten Marietta. Gedanken, die ich so schnell wie möglich beiseiteschob, da sie nicht hierher gehörten. Vielmehr lenkten sie mich ab vom Wesentlichen des Augenblicks.

Immer weniger hatte ich einen Schimmer, welches Ziel Walburga antrieb. Welchen Sinn konnte es haben, bei anbrechender Nacht dem Geruch von Schlick und Meer zu folgen und immer weiter ins Watt hinauszulaufen? Zu suizidalen Absichten hätte es nicht gepasst, dass sie dem Wasser nur hinterherlief und sich nicht Hals über Kopf in dieses stürzte. Ein altes friesisches Sprichwort sagt: »Wer der Ebbe nachläuft, will nicht in der Flut ertrinken.« (Erfindung des Autors)

Das Verhalten der vermeintlichen Neptuntochter war verstörend, aber offenbar hatte sie einen Plan, der mit Selbstmord nichts zu tun hatte. Letzte Zweifel daran versickerten schließlich wie ein schwacher Priel im Watt. Dann fiel mein Blick auf die kleine Insel nördlich, im Osten Wangerooges gelegen: Minsener Oog (Minsener Insel, Anm. des Übersetzers), auch Oldeoog (Alte Insel) genannt, die von Menschen unbewohnte Vogelinsel, an deren östlichem Ende ein schwarz-weißer, dünner Leuchtturm aufragt. Zur Zeit des Minsener Seewiefkens lag hier noch der Ort Minsen selbst. Plötzlich wusste ich, wohin unser Weg uns führen würde. Einen Zusammenhang herzustellen zwischen Minsener Seewiefken und Minsener Oog war nun kein Kunststück mehr. Sie wollte zurück auf ihre Insel. Der Leuchtturm wirkte auf mich wie eine Mahnung an jeden Friesen und Wangerländer sowie alle Menschen, dem Seewiefken auch weiterhin nicht zu nahe zu treten.

Eine lange Zeit bewegten wir uns so durchs Watt. Mit traumwandlerischer Sicherheit spazierte Walburga durch das hiesige

Priel-System, wich an den richtigen Stellen aus, ging nach links, nach rechts, dann ab durch die Mitte. Sie machte nichts falsch und alles richtig. Dafür konnte es nur eine realistische Erklärung geben: Sie besaß einen Wattführerschein! Walburga hatte gelernt, wie der Weg nach Oldeoog gefahrlos zurückzulegen war. Eine weitere (weitaus weniger realistische) Erklärung wäre es gewesen ... nein, ich weigere mich, den Gedanken aufzuschreiben! Sich vorzustellen, dass Walburga tatsächlich die Reinkarnation des Minsener Seewiefkens war und sich deshalb hier auskannte wie in ihrer Westentasche, war hanebüchener Blödsinn, an den höchstens verblendete und verbohrte Sektenjünger der »Ebbe und Flut«-Gemeinschaft geglaubt hätten. Dass meine innere Stimme sich auch bei diesem Thema nicht zu Wort meldete, erstaunte mich. Andererseits hatte ich sie nun schon längere Zeit nicht mehr vernommen. Möglicherweise hatte sie mich verlassen, auch wenn dies eine weitere Angelegenheit war, in der mir der Glaube fehlte.

Wie üblich arbeitete das Watt geräuschvoll. Diverses Blubbern und Quietschen erfüllte die zunehmend nächtliche Luft. Laute und Töne, jedem Wattwanderer vertraut bis ins Blut. Ansonsten Stille. Meinen Abstand zu Walburga hielt ich stets so groß, dass ich die Geräusche ihrer Schritte auf dem schlickigen Untergrund nicht hören konnte. Nur mit dieser Taktik konnte ich sicher sein, dass auch sie mich nicht hörte.

Die Sache wurde dadurch erschwert, dass ich andererseits so nah an ihr bleiben musste, dass ich ihrem Weg folgen konnte. Ich selbst kannte mich hier nicht aus. Ich hatte keinen Wattführerschein. Zwar hatte ich vor Jahren einmal eine geführte Wattwanderung nach Oldeoog mitgemacht und verfüge über ein nahezu fotografisches Gedächtnis, aber so weit ging meine Genialität dann doch nicht. Ich war auf Walburgas unfreiwillige Führung komplett angewiesen. Niemand, der sich nicht auskennt, sollte, vor allem in diesem Bereich, allein ins Watt gehen. Nicht nur Muschelbänke, an denen man sich leicht verletzen konnte, stellten eine Bedrohung dar. Die Sache war insgesamt lebensgefährlich und hatte schon so manches Greenhorn sein Dasein gekostet oder in große Gefahr gebracht.

Tatsächlich drehte das von so vielen verehrte Sektenidol sich während der gesamten Zeit im Watt nicht ein einziges Mal um. Ein für einen durch die Dunkelheit watenden Menschen ein ungewöhnliches Verhalten. Furcht schien Walburga nicht zu kennen, weder vor Finsternis noch vor heimtückischen Verfolgern. Das imponierte mir, bescherte mir aber auch erneut fruchtlose Gedanken an ein möglicherweise überirdisches Gemüt der Verfolgten.

Auch nachdem Walburgas erster Fuß Oldeoog betreten hatte wie Robinsons Fuß seine Insel, änderte sich nichts an der Zielstrebigkeit ihrer Schritte. Es war klar, dass ich eine Frau vor mir hatte, die wusste, wohin sie wollte. Fast glaubte ich, meine innere Stimme zu hören: *Alle Achtung! Tolles Weib, dieses Wiefken.* Aber es war nur eine Illusion, die Stimme schwieg weiter. Ich fühlte mich von ihr im Stich gelassen. Gehört hatte ich lediglich meine eigenen Gedanken.

Walburga verschwand aus meinem Blickfeld. Ich folgte ihr auf das unbewohnte Eiland, spürte nach all dem Schlick wieder trockenen Sand unter den nackten Füßen, deren Sohlen durch den einen oder anderen erlittenen Muschelschnitt brannten. Alles war in leichten Nebel gehüllt.

»Na, ist er noch da?« Es tat gut, die Frage endlich loszuwerden. Sie hatte auf meiner Zunge gebrannt wie eine Feuerqualle. Nachdem Walburga vor achtzehn Minuten hinter einer geschätzt zwölf Meter hohen Dünne verschwunden war, hatte ich mir die Worte sofort zurechtgelegt. Sie waren von so präziser Treffsicherheit, dass ich mich selbst darüber wunderte. Zum einen war die Frage das, was mich am allermeisten interessierte, zum anderen würden die Worte Walburga ins Herz fahren wie ein Giftpfeil. Sie würde sofort begreifen, dass ich im Bilde war. Ich hoffte darauf, dass dieser Effekt, gewürzt mit dem Schrecken, mich überhaupt auf der Insel anzutreffen, sie zu unvorsichtigen Handlungen verleiten würde. Als ich plötzlich im fahlen Licht der eingetrübten Mondsichel vor ihr stand, war mir klar, dass ihr heftiges Erschrecken nicht gespielt war.

»Wie ich sehe«, sagte ich mit smartem Grinsen, »ist auch das Seewiefken letztlich nur ein Mensch.« Innerlich steckte ich mir eine an. Ich war in vollem Umfang Herr der ungewöhnlichen Situation. »Eine Göttin des Meeres würde kaum über einen einfachen Detektiv aus Wilhelmshaven erschrecken. Oder?«

Ihre menschliche Souveränität bewies Walburga, indem sie sich schnell wieder einkriegte. »Was machst du denn hier, Mister Superschnüffler?«, fragte sie. Ich glaubte, ein um ihre Lippen gelegtes Lächeln zu erkennen. »An diesem ungewöhnlichen Ort?« Sie kam ein paar Schritte auf mich zu. »Zu dieser ungewöhnlichen Stunde?«

»Wo Sie recht haben«, erwiderte ich locker, »haben Sie recht. Es ist gleich Mitternacht. Geisterstunde.«

Walburga erschien mir in diesen Momenten mit ihrer roten Mähne und ihrem roten Gewand tatsächlich wie ein dem Meer entstiegener Geist. Ich war sicher, die Jünger der Sekte wären geschlossen vor ihr auf die Knie gefallen und hätten sie als das Seewiefken noch viel mehr um Gnade angewinselt, als sie es jemals getan hatten. Sie wären überzeugt gewesen, dass ihr letztes Stündlein geschlagen hatte. Wir beide standen uns unmittelbar gegenüber, aber keiner von uns dachte daran, vor dem anderen auf die Knie zu fallen. Da wir ungefähr gleich groß waren, befanden wir uns auf Augenhöhe.

Mir fiel auf, dass wir es bisher beide vermieden hatten, die Fragen des jeweils anderen zu beantworten. Ein Pokerspiel auf allerhöchstem Niveau. Keiner war bereit, sein geheimes Blatt als Erster auf den Tisch zu legen. Wir schwiegen sekundenlang. Aus Sekunden wurden Minuten. Als mir bewusst wurde, dass irgendwann einer von uns ohnehin das Schweigen brechen musste, machte ich schließlich genau das. Alles andere war Zeitverschwendung.

»Also, ist er noch da?«

»Ich weiß nicht, wovon du redest, Siebelt.« Ihre Stimme klang so ruhig wie die Wellen der Nordsee an einem Tag mit Flaute. Ruhig und rau zugleich.

»Reent.«

»Sorry, Reent. Wovon oder von wem redest du?«

»Von Focko«, antwortete ich in vergleichbarer Tonlage. »Von wem sonst? Focko Bruch.«

»Was sollte ausgerechnet der hier machen? Er ist –«

»Ja, ja«, unterbrach ich sie gelangweilt. »In Australien. Das Märchen kenne ich schon.« Ich ging ein paar Schritte auf und ab. Der weiche Sand unter den brennenden Füßen tat gut. »Obwohl, eigentlich ist es ja kein Märchen.«

»Siehst du. Jetzt sagst du es selbst.«

Ich blieb stehen, blickte sie aufmerksam an.

»Offiziell ist er natürlich in Australien. Nur dass es in Wahrheit nicht Focko ist, der sich mit dessen Ticket, Papieren und Namen dort befindet.«

»Sondern?« Ihr Lächeln sollte spöttisch wirken, verfehlte aber seine Wirkung. Vielmehr sah ich die bange Erwartung darin.

»Gerold!«, rief ich. »Ihr Komplize, Walburga.«

»Wie kommst du denn auf das schmale Brett?« Ihre Schauspielkunst verlor sich in der Weite des Horizonts.

»Focko kann es nicht sein«, legte ich nach. »Der liegt ja hinter der Düne hier. Im Sand verbuddelt. Er liegt doch noch da? Oder wurde er vielleicht in Schillig angespült?« Ich grinste hämisch.

Ihre beachtliche Intelligenz bewies Walburga ein weiteres Mal, indem sie an dieser für sie aussichtslosen Stelle den Widerstand aufgab.

»Du bist ja ein ganz schlaues Kerlchen«, räumte sie ein. Ich lehnte es ab, mich dadurch geschmeichelt zu fühlen. Erneut trat sie auf mich zu. »Aber irgendwie auch nicht so richtig schlau.« Sie lächelte. Obwohl das etwas Diabolisches hatte, war sie in gewisser Weise noch immer eine attraktive Frau. Wären wir uns unter anderen Umständen begegnet, hätte sie mich vermutlich interessiert. Ich mochte Frauen ihres Typs. Frauen, die wussten, was sie wollten. Bedingt durch unsere spezielle Situation jedoch war sie mir unsympathisch. Fragend sah ich sie an.

»Na, was glaubst du denn«, fragte sie, »was ich jetzt mit dir mache?«

Fast hätte ich laut aufgelacht.

»*Sie* mit *mir*? Die Frage ist doch wohl eher, was ich mit Ihnen mache? Allerdings ist auch das nicht wirklich die Frage, denn …«

Mitten im Satz wurde ich unsanft unterbrochen. Ursache war ein plötzliches höllisches Brennen in meinen Augen. So als hätte mir jemand eine Handvoll Sand in die Augen geworfen. Dann begriff ich, dass Walburga genau das getan hatte. Zu diesem Zeitpunkt waren meine Hände bereits mit dem stabilen Lederriemen gefesselt, den sie normalerweise um den Hals trug.

»Du hast recht«, hörte ich ihre volltönende Stimme. »Es ist keine Frage. Die Sache ist äußerst einfach. Ich werde gleich zurückgehen. Noch lässt der Gezeitenstrom es zu. Du aber wirst es leider nicht mehr schaffen, was wirklich jammerschade ist.«

Noch einmal warf sie Sand auf mich. Ich rieb mir mit meinen gefesselten Händen wie wild die Augen. Es nützte nicht viel. Als ich endlich wieder etwas sehen konnte, stand Walburga mit einem Spaten vor mir. Offenbar hatte sie das Gartengerät, mit dem sie vermutlich ihren Ex-Geliebten unter den Sand befördert hatte, auf der Insel zurückgelassen.

»Denn du wirst, nachdem ich dich hiermit niedergeschlagen habe, erst dann wieder zwischen Prielen und dem zurückkehrenden Wasser erwachen, wenn es keine Rettung mehr gibt. Das Meer wird dich fressen, Reent. Fressen, wie es das Land bei einer Sturmflut verschlingt. Wie es damals das Wangerland verschlungen hat …«

Körnchen um Körnchen wurde die Sache mit dem Sand besser. Ich setzte mich in aller Seelenruhe, wenn auch mit weiter gefesselten Händen, und steckte mir innerlich erst mal eine an. Unfassbare Gelassenheit strömte mir aus allen Poren.

»Von mir aus«, sagte ich und blickte zu ihr auf. »Aber vorher hab ich noch eine kleine Überraschung für Sie.«

Mit nur leichten Schwierigkeiten zog ich mein Smartphone aus der Tasche. Ich warf es Walburga zu. Zu kurz, es fiel in den Sand.

»Lass den Blödsinn«, sagte sie. »Was soll ich mit deinem Handy?«

»Einen Blick drauf werfen.« Locker streifte ich die Asche meiner imaginären Zigarette in den Sand.

»Hältst du mich für blöd?« Mein geübtes Ohr erkannte die Verunsicherung in ihrer Stimme. Walburga hob den Spaten an, ließ ihn über meinem Kopf kreisen. Wäre ich mir meiner Sache nicht so verdammt sicher gewesen, hätte ich jetzt vielleicht Angst gekriegt. So aber lächelte ich zunächst milde in mich hinein, um sie Sekundenbruchteile später offen anzulächeln.

»Keineswegs«, sagte ich. »Aber tun Sie sich selbst den Gefallen und betrachten die letzte von mir gewählte Nummer. Ist noch gar nicht so lange her.«

Tatsächlich hob sie nun das Handy aus dem Sand und starrte darauf. »Na und?«

»Das ist die Nummer von Gesine von Röhrbach. Oberkommissarin aus Wilhelmshaven.«

»Weiter.«

»Das war es eigentlich schon.« Ich schnipste den Stummel der inneren Zigarette weit von mir. »Sie erwartet uns mit einem ganzen Rudel ihrer Kollegen am Schilliger Strand.« In der Ferne hörte ich ein Brummen. »Ich weiß nicht, ob es da so gut kommt, wenn ich gleich nach Ihnen auftauche. Und dann auch noch als Leiche …«

Ich sah, wie es im edel geformten Kopf Walburgas ratterte. Das Brummen über uns wurde lauter. Dann war die Botschaft bei ihr angekommen. Sie warf den Spaten in den Sand.

»Aber wie ich grad sehe«, sagte ich ruhig, »brauchen wir so lange gar nicht mehr warten.« Ich zeigte auf die Scheinwerfer des Polizeihubschraubers, der sich aus dem Dunkel der Nacht löste.

Meine Achtung vor dem angeblichen Seewiefken stieg noch einmal, als sie mir nun die Fesseln löste und mich, ohne jede Gram gegen meine Person, fragte: »Hilfst du mir, Focko auszubuddeln? Ich weiß genau, das fände er besser, als wenn die Polizei ihn wieder hochholt. Von denen hat er nie so viel gehalten.«

Ich zögerte keine Sekunde. Und so erfüllten Walburga und ich gemeinsam Fockos letzten Wunsch. Focko, den ich in meinem Leben nur zweimal zu sehen bekam: einmal als Leiche im Tettenser Swimmingpool und nun in den Dünen Oldeoogs. Ebenfalls als Leiche, wenn auch im fortgeschrittenen Verfallsstadium.

42

»Wie dat nu alles genau gelaufen is«, meinte Ubbo Dose in seiner trockenen Art, »hab ich noch immer nich kapiert. Aber dat der Fall nu endlich aufgeklärt is, dat find ich echt moi. Denn mal proust, nä!«

»Prost, Ubbo«, sagte ich, und wir stießen an. Wir saßen in Jevers Kultkneipe Pütt und tranken das aus gleicher Stadt kommende Pils. Mittlerweile fast schon Tradition nach einem abgeschlossenen Fall. Ich hielt es für wichtig, am Ende noch einmal alles sacken zu lassen.

»Und zu beschnacken«, sagte Ubbo.

Um letzte offene Fragen zu klären. Vor allem Ubbo, der sich bei den zurückliegenden Ermittlungen vom einfachen Hooksieler Hundecoach zu meinem Assistenten gemausert hatte, schien hier noch einigen Bedarf zu haben. Die gute Seele hatte darauf bestanden, Klaus Maria Deuter ebenfalls zu unserer kleinen Siegesfeier einzuladen, weshalb diese Flachnase nun auch dabeisaß.

»Der Vogel hat ja nu auch mitgeholfen«, hatte Ubbo jovial argumentiert. Die Einladung an den Psychotherapeuten hatte ich jedoch erst ausgesprochen, als meine innere Stimme (die sich unmittelbar nach unserer Rückkehr ans Festland wieder gemeldet hatte) den Vorschlag des Hooksielers unterstützt hatte: *Also, dat find ich nu aber auch*, hatte sie augenzwinkernd den friesischen Slang imitiert. Selbst der Hund hatte hierzu geblinzelt.

»Also«, hakte Ubbo nun noch mal nach. »Wer war dat denn nu? Und vor allen Dingen: Warum hat der dat getan? Und wie?«

»Walburga war's«, sagte ich. »Sie hat Focko Bruch im Affekt mit einer Statuette des Seewiefkens erschlagen, die zusammen mit sechs anderen Nachbildungen am Pool gestanden hatte. Sie war gerade dabei, die sieben Figuren zu reinigen, als er mit ihr Schluss machte. Getreu dem Sektenmotto: Keiner ist sich für irgendwas zu schade. Vorbild Jesus: Der hat den Jüngern auch die Füße gewaschen, also putz ich auch mal die Figuren. Ja, und das war dann letzten Endes Fockos Pech. Der Guru hatte das steinerne Wiefken schon bei unserer ersten Begegnung vermisst. Jetzt hab ich es wiedergefunden, nur leicht blutverschmiert. In Fockos sandigem Grab auf Oldeoog.«

»Gruselich«, meinte Ubbo.

Ich lächelte wehmütig. »Gekränkte Eitelkeit und enttäuschte Liebe also. Die schnödesten aller Motive.«

»Schnöde?«, wandte Deuter ein. »Enttäuschte Liebe ist ein so häufiges Mordmotiv, dass man von schnöde nicht sprechen sollte.«

Ich bereute schon zu diesem frühen Zeitpunkt, den neunmalklugen Therapeuten eingeladen zu haben.

»Andere Motive«, sagte ich, »drängten sich fast auf. Konkurrenzneid, Missgunst, Eifersucht, Karrieregeilheit, religiöse Gründe, Betrugsopfer, möglicherweise ein Attentat –«

»Na, na«, fuhr Deuter mir unhöflich in die Parade. »Attentat! Wir wollen mal nicht übertreiben ...«

»Nee, dat wollen wir nu echt nich«, meinte Ubbo. Noch einmal hob er sein Glas in meine Richtung. »Aber wou mein Kumpel Reent hier recht hat, dat is, dat ich mir auch alles Möchliche hädde vorstellen können bei die abgehobenen Typen da. Und grad bei denen enttäuschte Liebe, nee, dat hätt ich nu aber ächt auch nich gedacht. Wat da alles so lief an Liebe oder nich Liebe, da blickt doch kein Schwein mehr durch, ehrlich gesacht.«

»Was genau«, fragte wissbegierig mein ehemaliger Therapeut, »spielten die beiden Mittäter eigentlich für eine Rolle?«

»Ach, das haben Sie gar nicht durchblickt?« Mehrere Sekunden lang genoss ich meinen Triumph. »Schwaches Bild, Deuter.«

Find ich nicht, meinte die Stimme.

»Klappe!«, rief ich.

»Die Stimme?«, fragte Deuter.

»Rolf«, antwortete ich auf seine erste Frage, »der Bodyguard des Gurus, war Walburga hörig. Natürlich hat er ihr geholfen, die Leiche zu entsorgen.«

»Und der andere?«, fragte Ubbo. »Der Typ, den Australien nu ausliefert?«

»Genau, Gerold. Der ist zufällig Zeuge des Mordes geworden und hat sofort seine Chance gewittert.«

»Wat für 'ne Schankse denn?«

»Fockos Rolle einzunehmen im Australien-Geschäft. Der Sektenmarkt dort blüht. Die Marke ›Meerjungfrau aus Deutschland‹ war gut angelaufen in Down Under.«

»Weshalb Walburga auf keinen Fall in den Knast durfte?« So langsam kapierte auch der schwerfällige Psychologe. »Sie wurde ja noch gebraucht.«

»Folglich musste der Mord vertuscht werden«, bestätigte ich. »Gerold ist als Focko Bruch nach Australien. Keine Leiche, kein Vermisster, kein Mord. Die Sache konnte laufen wie geplant.«

»Wie ham die eigentlich den Leichnam nach Oldeoog gekricht?«, fragte Ubbo. »Doch woul nich rübergeschleppt übers Watt, ouder wat?«

»Gerold hat ein Segelboot im Horumersieler Hafen liegen«, erklärte ich. »Damit war es kein Problem.«

»Ach sou.« Ubbo kratzte sich am Kopf. »Gut, dat ich mit den ganzen Schietkram nix an Hut hab. Karriere hat mich noch nie wat interessiert.«

»Was macht Heinz Meins jetzt eigentlich?« Deuter nippte an seinem Bier. »Die Sache mit der Sekte dürfte ja geplatzt sein. So ohne aktives Seewiefken. Und nach den Betrügereien.«

Ich lehnte mich zurück. »Die Mitgliederzahl bei ›Ebbe und Flut‹ ist seit Bekanntwerden des Mordes enorm in die Höhe geschnellt. Meins konzentriert sich jetzt auf Lach-Yoga. Das boomt unheimlich. Mit den Erpressungen hatte er nichts zu tun, das war allein Bruch.«

»Und Sekten«, ergänzte Ubbo seine Schietkram-Aussage, »interessieren mich schon mal gar nich.« Er lachte und bestellte noch ein Bier bei der hübschen, aber doch noch sehr jungen Bedienung.

»Apropos«, sagte ich. »Was ist eigentlich mit Sassi und dir?«

»Wat soll da sein? Die is doch noch 'n halbes Kind, Alder. Du glaubst doch nich in Ernst …?« Er spielte den Empörten.

Der Hund kläffte dreimal kurz, als wolle er sich Ubbos Aussage anschließen. Morgen würde ich mit ihm nach Vechta zu Marietta fahren und sie besuchen. Nach den jüngsten Ereignissen musste ich prüfen, wie es mit meiner Beziehung zu ihr stand. Viele Frauen waren mir während des Friesenguru-Falls über den Weg gelaufen. Oberkommissarin Gesine von Röhrbach hatte ich anschließend diesmal sogar zum Schollenessen in meine Wohnung eingeladen. Sie hatte von der unspektakulären Befreiung im »Haus der Wunder« erzählt. Die Gefangenen dort waren alle mit schwachen Narkotika betäubt worden und hatten geschlafen. Während des gesamten Treffens hatten wir uns nicht in die Haare gekriegt. Ein echter Fortschritt.

Meine Einladung an Rena dagegen stand noch aus. Die Schwester des Seewiefkens hatte mir vom ersten Moment an imponiert. Eine Sache, die sich im weiteren Verlauf der Ereignisse nur noch weiter vertieft hatte. Sie war nicht nur die erste Frau, die mir im vorliegenden Fall über den Weg gelaufen war. Sie war mir auch sofort ins Auge gesprungen. Und nun sollte sie die letzte sein. Ich fragte mich, worauf ich eigentlich noch wartete, und schnappte mir das Telefon. Ziffer für Ziffer wählte ich ihre Nummer.

Zusatzbemerkung des Erzählers

Mein Dank gilt dem Autor Olaf Büttner. Mit Rat und Tat hat er mich auch bei der Niederschrift meines zweiten Falls unterstützt. Ohne ihn gäbe es diesen Roman nicht, der eigentlich sowieso keiner ist. Er ist ein Tatsachenbericht. Es gibt Dinge, Menschen (und Hunde), die kann man nicht erfinden. Man muss sie nehmen, wie sie sind. Die Wahrheit aufzuschreiben ist das Schwerste überhaupt. Und das hat er für mich gemacht. Alle Achtung!

Reent Reents, Haven-Detektiv effektiv!

Olaf Büttner

FRIESENSCHWINDEL

Broschur, 304 Seiten

ISBN 978-3-7408-0044-4

Reent Reents, Haven-Detektiv mit Online-Diplom, steht nicht auf Hunde, aber auf seine polnische Nachbarin Marietta. Nur deshalb nimmt er ihren aufsässigen Terrier in Pflege, als sie verreist. Das Problem: Sie kehrt nicht zurück. So hat Reent nicht nur den Hund an den Hacken, sondern auch seinen ersten Fall am Haken. Völlig überfordert, aber mit tierischer Hilfe und einer mysteriösen inneren Stimme folgt er Mariettas Spur bis nach Polen. Eine Reise mit tödlichem Ende …?

»Mit viel Humor und einer ordentlichen Prise Liebe zur Heimat in Friesland und Wilhelmshaven wurde dieser Roman verfasst.«

Jeversches Wochenblatt

www.emons-verlag.de